FRANK WILMES

Ein letzter Frühling am Rhein

SEELENTOD Kilian Stockberger, Leiter der Mordkommission Düsseldorf, und sein Team, ermitteln im Fall eines getöteten Models. Das populäre Werbegesicht lebte in einem Luxusdomizil am Rhein. Intensive Gespräche mit Nachbarn, Freunden und Personen aus ihrem beruflichen Umfeld zeigen den Beamten das Psychogramm eines Menschen auf, der zwischen Melancholie und Promi-Partys schwebte. Wem vertraute die Tote? Und wie gingen ihre Vertrauten damit um?

Die Modewelt – eine verworrene Gesellschaft aus Wahn und Selbsterhöhung, aus frivolem Bürgertum und Boheme. Kommissar Stockberger ermittelt in einem mondänen Umfeld. Dabei schaut er in den Abgrund einer zerstörten Seele und gerät einem unglaublichen Mysterium auf der Spur. Doch erst der Hinweis eines Zeugen weist ihm den richtigen Weg und führt zu einem dramatischen Finale – an einem erstaunlichen Ort.

Frank Wilmes stammt aus dem Münsterland, dem Land der Bauernhöfe und Springreiter, der Schwarzbrote und Schinken, an der Kante zu Niedersachen und Holland. Seit mehr als 30 Jahren lebt er in Düsseldorf – eine Kunst- und Modestadt mit internationalem Flair, die sich selbst aber nicht so wichtig nimmt. Er hat als Regierungskorrespondent und als Wirtschaftsjournalist Staatschefs und Wirtschaftsführer kennengelernt, über sie Reportagen geschrieben und mit ihnen Interviews geführt. Privat beschäftigt er sich seit vielen Jahren mit den Launen des Zeitgeistes und mit der Geschichte der Klöster. Daraus entstand die Idee für seinen Krimi »Ein letzter Frühling am Rhein«.

FRANK WILMES

Ein letzter Frühling am Rhein

Kriminalroman

Personen und Handlung sind frei erfunden.
Ähnlichkeiten mit lebenden oder toten Personen
sind rein zufällig und nicht beabsichtigt.

FSC www.fsc.org
MIX
Papier aus verantwortungsvollen Quellen
FSC® C083411

Besuchen Sie uns im Internet:
www.gmeiner-verlag.de

Im Ehnried 5, 88605 Meßkirch
Telefon 07575/2095-0
info@gmeiner-verlag.de

1. Auflage 2021

Lektorat: Claudia Senghaas, Kirchardt
Herstellung: Mirjam Hecht
Umschlaggestaltung: U.O.R.G. Lutz Eberle, Stuttgart
unter Verwendung eines Fotos von: © cydonna / photocase.de
Druck: CPI books GmbH, Leck
Printed in Germany
ISBN 978-3-8392-2817-3

»So geht es all denen, die aus dem einsamen und beschaulichen Leben heraustreten und in Städten unter Menschen leben wollen, die von grenzenlosem Bösen erfüllt sind.«

Leonardo da Vinci

1.

Das Gewölbe der Kirche umschloss sie wie ein finsteres Zelt, und sie hatte den Eindruck, dass es nach Mittelalter roch, nach Hexen und Scheiterhaufen.

Sie zog ihre Lippen dunkelrot nach, prüfte die Kontur in ihrem Spiegel und holte aus ihrer Imitat-Gucci-Tasche ein Papiertaschentuch, das sie in ihren Handballen drückte. Später säuberte sie mit einem feuchten Tuch für Baby-Popos ihre von Pfützen verschmierten Sneakers aus glattem Leder und schlug den Kragen ihrer Jacke hoch, weil sie glaubte, der Teufel könnte ihr in den Nacken springen.

Die Kerzen vor dem Bild einer erstaunlich faltenfreien Mutter Gottes vollzogen ungerührt ihren Dienst. Sie leuchteten zart für reichlich Mystik: Licht bedeutet Leben. Was hell erscheint, kann nicht böse sein. Nur in der Düsternis versteckt sich das Böse.

Sie kniete.

Sie faltete die Hände.

Sie hatte Angst, in den Beichtstuhl zu gehen.

Der Gedankenstrom kollabierte. Alles Denken, Träumen, Ahnen, Staunen und Verzweifeln gingen über- und durcheinander.

»Ich kann nicht mehr.«

Sie atmete tief, aber hektisch, dann stöhnte sie mit leiser Stimme.

»Mein Gott, wer bin ich?
Mein Gott, was erwartest du von mir?
Mein Gott, habe Erbarmen mit mir.«

Der Beichtstuhl war frei.
Der Pfarrer war bereit.
Sie kniete noch immer.

Die aschgrauen Wolken hingen tief im Himmel und zogen wie eine müde Elefantenherde weiter. Für einen Moment fand die Sonne eine Lücke. Sie erhellte die farbigen Kirchenfenster und rückte deren Figuren und Motive bedeutungsvoll in den Vordergrund.

Jesus, der für uns Blut geschwitzt hat.
Jesus, der für uns gegeißelt worden ist.
Jesus, der für uns gekreuzigt wurde.

Der Organist übte für den nächsten Sonntagsgottesdienst. Die Pfeifen der Orgel trugen die Töne bis auf den Burgplatz, feierlich heiter und herausfordernd klar. Eine Musik, die nicht unterhalten wollte, sondern für einen höheren Sinn erdacht war. Zum Ruhme des Herrn.

Sie summte den Tönen hinterher.

Großer Gott, wir preisen dich.
Wir huldigen deine Güte.
Holst uns aus Sünde und Verdammnis.
In alle Ewigkeit.

Eine frierende Einsamkeit durchzog ihren Geist, der Trost hatte ausgespielt, die Hoffnung war nicht mehr zu hören. Das

Leben versank ins Innere, tief und tiefer, als würde sie in einen Brunnen fallen und den Wind des Fallens spüren.

»Finde ich dort mein Glück?«

2.

Die zarte Frühlingssonne lugte über die Häusergipfel, als sie vor der mit Alu verkleideten Eingangstür standen. Keine Seiten- oder Blickfenster. Keine Klinke. Keine Briefkästen. Keine Namensschilder von den Bewohnern. Nur eine Klingel, die in einen Messingrahmen neben dem Eingang eingelassen war. Eine herzliche Anmutung mit einladendem Charakter sollte dieser Eingang auf gar keinen Fall vermitteln. Könnte diese Tür sprechen, sie würde sagen: *Kommt mir nicht zu nahe.*

Das Gebäude mit seinen schmalen und hohen Fenstern im massiven Mauerwerk grober, vierkantiger Steine war mindestens 200 Jahre alt. Ein paar Schritte um die Ecke verlief im Mittelalter die schützende Stadtmauer von Düsseldorf. Von außen betrachtet nur ein schlichter Bau ohne jeden kreativen Blitz. Kein Erker. Kein Türmchen. Kein Platz für das Vergeuden von Quadratmetern. Funktional ehrlich. Über dem Eingang waren mit scharfem Blick noch die verwitterten Buchstaben aus Stein in geschlungener Schrift erkennbar:

Ich war fremd und
ihr habt mich aufgenommen.

Nach dem Klingeln hörten sie ein leises Summen. Die Tür öffnete sich automatisch, aber ganz langsam, sodass ein hastiges Hineingehen nicht möglich war. Das muss sich eine Yogalehrerin in Trance ausgedacht haben, dachte sich Hauptkommissar Kilian Stockberger. *Tief einatmen und entspannen. Langsam, langsam …*

Ein gesichtsmäßig älterer Mann im dunkelblauen Anzug und dunkelblauer Krawatte stand hinter einem hölzernen Podest, als wollte er eine Rede halten. Er ging nur wenige Schritte auf die Besucher zu. Der Kommissar musste seinerseits mehrere Schritte auf ihn zugehen, um ein Gespräch in normaler Lautstärke führen zu können. Jetzt betrug die Distanz nur noch 1,50 Meter. Ein Begrüßungshandschlag war unter diesen Umständen nicht vorgesehen.

Der blaue Anzugträger öffnete leicht den Mund, als würde gleich ein Vogel mit einem Würmchen heranfliegen, um ihn zu sättigen. Dabei ließ er seinen aufgestauten Atem langsam durch die behaarten Nasenlöcher fließen. Immerhin versuchte er ein Lächeln. Ein Lachdolmetscher würde seine Mimik allerdings so übersetzen: *Was willst du denn hier? Staubsauger verkaufen? Spenden sammeln? Ich habe keine Lust auf dich.*

Er stellte sich als Portier vor, ohne seinen Namen zu nennen. Er sprach leise, um damit zu betonen, dass dieser Ort kein

Allerlei vertrage. *Wer hier lebt, hat Respekt verdient.* Es fielen Worte wie *Leistungsträger* und *Prominenz.* Die brauchten Ruhe und Schutz vor falscher Aufmerksamkeit. Eine laute oder gar hektische Stimme würde seiner Aufgabe in keiner Weise gerecht. Er war sozusagen ein Aufpasser, ein Schutzbefohlener, ein Ordnungshüter für die wichtigen Menschen in diesem Haus. Ob der leise Mann auch laut fluchen konnte? Seine Stimme war wie eine Höhle, die die Welt nicht gesehen hatte. Sie verkroch sich ängstlich vor dem Leben. Er sprach im Rhythmus eines Ruhepulses mit ermüdender Geschwindigkeit.

Der Blick führte an ihm vorbei in den Besucherraum, der früher eine kleine Kapelle mit drei Fenstern aus Spitzbögen war. Statt farbiger mosaikartiger Muster enthielten sie nur milchiges Glas. Hier beteten die Nonnen noch vor ein paar Jahren sieben Mal am Tag. Stets begann der Morgen mit den gleichen Worten:

Herr, öffne meine Lippen.
Damit mein Mund dein Lob verkünde.
Ehre sei dem Vater und dem Sohn und dem Heiligen Geist,
wie im Anfang, so auch jetzt und allezeit und in Ewigkeit.
Amen. Halleluja.

Die Nonnen hatten ihr Kloster verlassen, weil sie es nicht mehr finanzieren konnten. Die meisten Räume standen leer. Der Nachwuchs fehlte. Die letzte Novizin war vor zwölf Jahren ins Kloster eingetreten. Das Durchschnittsalter der Schwestern lag bei 69 Jahren. Die Nachfrage nach Rollatoren überstieg zuletzt die Anzahl an Gebetbüchern. So verabschiedete sich das Haus von den Nonnen, von ihren Gebeten und ihrer Andacht. Die klösterliche Spiritualität aber wollte selbst nach vielen Jahren nicht aus den Mauern weichen. Sie kämpfte gegen den Einfall der Architekten und Raumausstatter, die aus dem Kloster ein Luxusdomizil gemacht hatten. Edel, teuer und mit Blick auf den Rhein. Kontemplation auf das neue Sein. Wer hier lebte, hatte es geschafft. Ein scharfer Kontrast zum Armutsgelübde der Nonnen.

Chira Walldorf, 28 Jahre alt, ein international beachtetes Model, lebte hier auf zwei Etagen, aber sie war selten zu Hause. Ihr Terminkalender las sich wie ein internationaler Flugplan. London. Rom. New York. Berlin. London. Paris. London. New York. Berlin. Mailand. Sie war das Gesicht von Haute-Couture-Modenschauen und bekannter Marken. Sie machte Werbung für eine französische Automarke und eine Hautcrème mit dem Namen »Vole«, die mit ihrer rosa geschwungenen Schrift verwöhnende Zärtlichkeit versprach – für Frauen, die sich mögen. Dazu der Slogan:

WEIL DU ES BIST.

Schon bald kalauerte der Spruch durch die Straßen und löste Albernheiten aus. Pubertierende Mädchen äfften ihren Lehrer nach: *Du bekommst keine fünf, weil du es bist.* Und man konnte kaum noch in eine Kneipe gehen, ohne den Spruch zu hören: *Das Bier geht auf meinen Deckel, weil du es bist.* Ein Psychologe hatte sogar ein Buch über die Alltagswirkung von Werbesprüchen geschrieben. Das Buch hieß: »Weil du etwas willst!« Erstes Kapitel: »Belohne dich!«

Chira Walldorf genoss schicke Partys, sehen und gesehen werden: dort, wo schön und reich aufeinandertrafen. Wer in diesem Olymp der gesellschaftlichen Avantgarde aufgestiegen war, musste all die B-Promis und Sternchen auf Distanz halten, weil sie nicht gut waren für das eigene Image. Glamour ist nicht zum Discountpreis zu haben. Glamour umfasst Ausstrahlung, Stil, Begehrtheit. Das ist nur mit A-Level zu schaffen.

Der Portier – Hausmeister sagte hier keiner – traute seinen Segelohren nicht.

»Wir sind von der Kriminalpolizei, mein Name ist Kriminalhauptkommissar Stockberger. Und das ist Oberkommissarin Winkler und Kommissar Reichenhall.«

Er möge bitte die Wohnungstür von Frau Walldorf öffnen. Er schaute kribbelig auf die Polizeimarke, versuchte cool zu sein und stellte eine typische Frage aus einem Fernsehkrimi.

»Darf ich fragen, worum es geht?« Er kicherte dabei ein wenig, selbst überrascht von seiner offensiven Frage, die allerdings ohne Antwort blieb.

»Bitte, lassen Sie mich vorangehen«, sagte er eifrig und dienerisch mit nervösem Augenzucken. Dabei grinste er. Er war jetzt der Mann, der der Polizei eine Wohnung aufschloss. Kein Träumer, ein Macher. Mit voller Entschlossenheit. »Bitte hier entlang.«

Der Fahrstuhl hielt nicht auf dem Flur, sondern öffnete sich direkt zur Wohnung. Die ersten Blicke fielen auf vergrößerte Schwarz-Weiß-Fotos von Chira Walldorf in der französischen »Vogue« und in der deutschen »Madame«. Gegenüber der Garderobe hing ein körpergroßes Foto von ihr. Sie trug ein langes weißes Kleid ohne Schmuck. Lässig hielt sie in der rechten Hand, nach unten sinkend, ein Sektglas, offenbar ein Urlaubsfoto.

Schauspieler stellen ihren »Bambi« für die beste Hauptrolle oder als bester Nebendarsteller in eine Vitrine. So machen das auch Sportler mit ihren Medaillen von Olympiaden, Europa-

und Weltmeisterschaften. Diese Zurschaustellung adelt Leistung und Stolz und holt den gestrigen Ruhm in die Gegenwart. Models zeigen ihr Kapital: das Gesicht. Es muss wirken, und die Wirkung ist das Nonplusultra einer Branche, die den Schein des Lebens über alle Unebenheiten hinweg perfektioniert. Perfekt ist das, was du siehst. Was du nicht siehst, geht dich nichts an.

Ihre fast dreieinhalb Meter lange Couch wirkte wie eine Bühne, die großes Theater erlebt hatte. Lust und Hingabe, Gelassenheit und Protest, Reden und Schweigen. Die Inszenierungen des Lebens brauchten diese Couch, um sich fallen zu lassen und das Leben zu spüren, allein, zu zweit, zu dritt, zu viert oder noch mehr, alles egal. Wichtig war allein: Wer hier war, musste dem Leben nicht mehr hinterherlaufen.

Rechts von der Couch befand sich eine Bar mit 20, 30 Gläsern. In Flötenform, kegel- und ballonförmig, schmal, zylindrisch und mit langem Stil – für Champagner, Weiß- und Rotwein, Whisky, Obstler und Cognac. Aber keine Biergläser. Bier ist das Volk, Champagner das Königreich.

Nur 500 Meter von der Wohnung thronten die bekannten und traditionswürdigen Altbier-Hausbrauereien, darum windeten sich kleine und große Lokale mit deutscher, italienischer, spanischer und türkischer Küche. Täglich gingen mehrere Tonnen Lebensmittel über die Tresen. Von der Schweinshaxe über Pizza bis zum Döner. Essen ging immer. Was den Leib füllte, fütterte auch die Seele. Feinschmecker wären hier allerdings so fehl am Platze wie eine Dessous-Show im Vatikan.

Frauen und Männer, Jung und Alt, Heimische und Touristen zogen durch die Gassen der Ablenkung und der Inspiration, des Träumens und Vergessens. Liebeshungrige, Neugierige, Verwegene. Aus den Lokalen dröhnte der Bass irgendeiner hektischen Musik. Die Menschen schrien sich an, um verstanden zu werden. Ein paar Meter weiter aber regierte schon wieder die Gemütlichkeit. Helene Fischer sang aus einer Box: *Du fängst mich und lässt mich fliegen.*

Manchmal wehte der Wind die Stimmen und die dumpfen Schläge der Musik hinüber zu ihrer Wohnung. Die Treppe in ihrer Maisonettewohnung führte zu einem ovalen Raum, den die Nonnen für ihre Exerzitien genutzt hatten.

Geistige Übungen, um Gott näher zu kommen.

Betrachten.
 Besinnen.
 Horchen.

Sie saßen auf Yoga-Hockern in der Runde. Ein Gong ertönte, und Weihrauch zog wie ein grauer Schleier zur Decke und verbreitete seinen balsamartigen Duft.

Auf die Atmung achten.
 Ein und aus, tief und satt.
 Deine Stirn ist glatt.
 Du bist entspannt.
 Erfasse deinen Geist.
 Spüre deinen Glauben.
 Öffne dich.

Rosenkränze hingen sanft zwischen den Fingern, als bräuchten die 59 Perlen der Gebetskette mütterliche Fürsorge.

Andacht und Hingabe verbündeten sich zur Askese. Sprechende, schweigende, singende Gebete – dann wieder eine Stille, die ein Stadtmensch nicht einmal erahnen könnte. Eine Stille, die keine nervöse Ruhe entfachte, weil sich nichts tut, sondern eine heilende Unruhe, weil sie neue Gedanken freisetzte, um das Leben für Gott weiter zu entwickeln.

Stille.
Lass dich fallen.
Und auffangen.

Der Sinn dieses Raumes hat sich in eine spröde Weltlichkeit verwandelt. Puristischer Schick statt Kerzen und Kreuze. Nichts lag dort herum. Eine Ordnung, die fast schon anstrengend wirkte, weil sie für das Auge nichts hergab. Vielleicht hatte diese aufgeräumte Sturheit auch nur den einen Sinn, ihr aufreibendes und üppiges Leben mit Kargheit und Klarheit einzufangen. Oder es war alles ganz anders. Die Putzfrau fühlte sich wie ein strenger Sheriff für Sauberkeit und Ordnung.

Verhaftet: Die Blumenvase ohne Blumen.

Verhaftet: Das Kleid auf dem Stuhl.

Verhaftet: Einige Bücher auf dem Parkettboden.

Ein Buch hatte sie vergessen: »Jahrmarkt der Eitelkeiten«.

Wer eitel ist, sollte seine Eitelkeit verstehen – das feine Gerippe aus Dominanz und Anmaßung, aus Selbstachtung und Lebenslust. Eine Eitelkeit ohne Sendungsbewusstsein ist nutzlos. Sie braucht eine Botschaft, die anmacht, provoziert und lenkt. Eine Nonne darf nicht eitel sein. Das Gebet kennt keine Eitelkeit. Demut als Lebensaufgabe. Gott dienen und preisen. Nur darum geht es im Kloster. Ein Model muss eitel sein, um all den Sehnsüchten ein Bildnis zu geben. Ein

Bild sagt mehr als Tausend Worte. Ein Blick reicht, um die Sprache des Gesichtes zu verstehen. Triumph, Trauer, Offenheit, Stolz, Leidenschaft, Herz oder Herzlosigkeit, Liebe oder Abwehr. Mit dem Gesicht fängt alles an.

Die Dekokissen auf der schmalen Couch an der Schlafzimmerwand hatten augenscheinlich alle den gleichen Abstand und in der Mitte einen Knick. In dieser adretten Spießigkeit konterkarierten sie den Lebensstil der Bewohnerin, die Weltbürgerin und Zigarillo-Raucherin, die Entfesselte und Mutige, die Spielerin zwischen Hochmut und Gleichmut, zwischen Arroganz und Bescheidenheit.

Aber es sind ihre Kissen.

Die Seite mit ihrem Tagebucheintrag von gestern war noch aufgeschlagen.

»Die Leute verstehen nicht, dass ich doch nur *Ich* bin, sie glauben, dass ich *Wir* bin, für alle da, immer nett und offen, aber ich gehöre nur Gott, auch wenn es mir keiner glaubt.«

Vor den Fenstern ihres Schlafzimmers hingen weiche, fast durchsichtige weiße Vorhänge – zugezogen. Die Sonne offenbarte die feinen Strukturen des Stoffes. Auf der Wand tänzelten einzelne Punkte, Striche, Figuren. Schattenspiele im aufhellenden Hintergrund.

Eine heitere Frische durchzog die Frühlingsluft. Draußen schallte das Gelächter einer Jugendgruppe ins obere Stockwerk. Es waren Tage, die zur Verwegenheit herausforderten und sich triumphierend über das Notwendige und Angemessene hinwegsetzten. Das Leben erschien in seinen schönsten Farben, als hätte es nie ein Grau gegeben.

Chira Walldorf lag auf dem Bett.

Ihre langen Haare fielen nach links und rechts, als müssten sie nach dem Gerechtigkeitsprinzip jede Gesichtshälfte gleichmäßig berücksichtigen.

Auf ihrem leblosen Körper lag eine Karte.

ICH HABE MIR DEINE SCHÖNHEIT GELIEHEN.
DU LEBST WEITER.
IN EINER ANDEREN WELT.
DU MUSST DAS VERSTEHEN.
ICH WEISS, DASS DU JETZT GLÜCKLICH BIST.
DAS IST MEIN TROST.

3.

Auf dem Flur der Mordkommission roch es nach Bohnerwachs. Man hörte das leise Zischen der Röhrenleuchten an der Decke, einige flackerten nur kurz auf. Vor jeder Tür standen vier graue Plastikstühle, darauf Menschen mit abweisenden, gleichgültigen, nervösen oder verweinten Augen. Die Tristesse des Abgrunds – die Schuld – verortete sich genau hier. Was einmal war, Glück, Aufbruch, Leben, verkehrte sich nun in eine bohrende und bedrückende Finsternis. Mord ist schwarz, dunkel, schrecklich. Die Moral hat versagt.

Wer auf diesem Flur Zeuge oder Beschuldigter war, verriet kein Gesicht. Das Böse ist weder schön noch hässlich, die Spuren liegen allein im Motiv. »Jeder Engel kann zum Teufel werden.« Davon war Kilian Stockberger, der seit zwei Jahren als Kriminalhauptkommissar das Dezernat für Tötungsdelikte leitete, restlos überzeugt. »Das kann ganz schnell gehen. Wenn aus Liebe Hass wird, brennen schon mal die Sicherungen durch.« Für ihn war die Vernehmung eines Beschuldigten »großes Theater«. Dramaturgie, Gefühle, Ergriffenheit, Ausdruck, all das entwickelte sich bis zum Finale – bis zur Aufklärung eines Falles. Darin mischten sich Erfahrung und Routine, aber auch Anspannung und Neugierde. Fest stand allein, dass zwei Menschen aufeinandertrafen, von dem keiner etwas von dem anderen wusste, wie er dachte und sich fühlte, welchen Charakter er verbergen oder zeigen würde. Der erste Akt der Vernehmung: Kilian und der mutmaßliche Täter nahmen sich gegenseitig wahr, sie glucksten, steuerten und bremsten, der Kampf um die Deutungshoheit von Worten und Gesten begann. Welche Rolle nahm Kilian ein, welche der Beschuldigte? War der Vernehmer in der Lage, Emotionen und Geduld zielgenau einzusetzen? Er wusste, dass er sich mit einer »blöden Frage« oder einer Unbeherrschtheit die ganze Vernehmung kaputt machen konnte. Wenn der Beschuldigte bockig war und dichtmachte, war das Spiel erst einmal aus. Der zweite Akt der Vernehmung: Kilian kreiste den mutmaßlichen Täter vorsichtig ein, ließ ihm aber Luft zum Nachdenken. Er stellte analytische, bohrende, feinsinnige, geschickte, raffinierte, spitzfindige Fragen, aber nie Fragen, die den Beschuldigten bloßstellten. Die Kunst bestand für ihn darin, so zu fragen, dass der Beschuldigte sich mehr und mehr öffnete und schließlich alles erzählte. Selbst ausgebuffte Profi-Lügner hatte Kilian mit seiner beharrlich freundlichen Fragerei aus der Reserve gelockt. Außerdem achtete er penibel darauf, Ruhe mit Worten und Gesten auszustrahlen. Denn wer ruhig ist, vermittelt Vertrauen, als spreche der Vater zu seinem Sohn oder der Arzt zu seinem Patienten. Der dritte Akt: Das bedrückende Geheimnis des Beschuldigten fand seinen Weg über Selbstmitleid und Verzweiflung, Hingabe und Offenheit. Dann fiel der Satz, der sich wie erfrischendes Gewitter über den schwülen Tag legte: »Ich war es.« Dafür verteilte Kilian Streicheleinheiten. »Es ist gut, dass Sie sich freigemacht haben, jetzt atmen Sie erst einmal kräftig durch. Wie wäre es mit einem Kaffee oder einer Zigarette?« Er hatte das Geständnis, aber das reichte ihm nicht. Er wollte den Hintergrund des Abgrunds wissen, warum, wieso, allein, wo und wie? Erst wenn er alles wusste, war er seiner Rolle als Vernehmer gerecht geworden.

Finale.
Der Vorhang fällt, Applaus.
Das Licht geht aus,
die Masken sind gefallen,
leer die Bühne,
und all die Müdigkeit wabert durch die Luft.

Ein anonymer Hinweis brachte ihn und seine Kollegen zum Opfer. Irgendjemand hatte einen Brief in den Briefkasten der Polizei geworfen:

BITTE KÜMMERN SIE SICH
UM CHIRA WALLDORF.
SIE HAT ES VERDIENT.

Zuerst dachte Kilian, einen Notarzt dorthin zu schicken oder einen psychologischen Dienst. Denn da war ein Mensch in

Sorge um einen anderen Menschen. Er fragte sich, was das mit ihm zu tun hatte? »Wir sind für tote Menschen zuständig, die irgendein Mistkerl getötet hat.« Es war ohnehin ein Zufall, dass der Brief auf seinem Schreibtisch landete, weil ihn die Poststelle falsch einsortiert hatte. Er schaute auf den Brief wie auf die Anzeige eines Sportwagens, den er gerne hätte und den er sich niemals leisten könnte. Er ahnte, dass diese »komische Sache«, wie er den schriftlichen Notruf beschrieb, nicht in die Schablone seiner Erfahrungen und seines durchtrainierten Misstrauens passte.

Wenn Kilian in sich gekehrt nachdachte, träumte er mit offenen Augen. Seine Frau Charlotte kannte das. Er schaute sie an, ohne sie bewusst wahrzunehmen. So ähnlich erging es jetzt seinem Kollegen Miko Reichenhall, der ihm aus drei Metern Entfernung zurief, dass Chira Walldorf doch diese Modetante sei. Keine Reaktion. Er kam näher und klopfte auf Kilians Schreibtisch. »Hallo, Chef, Chira Walldorf ist eine Weltberühmtheit.«

Während die Männer der Spurensicherung in ihren weißen Overalls aus Vliesstoff mögliche Beweise sicherten, kniete sich der Gerichtsmediziner Albert Justus über die Leiche. »Oh, noch verdammt jung«, staunte er spontan.

»Um es genau zu sagen: 28 Jahre«, bemerkte Kilians Kollegin Cosima Winkler und schaute sich den Personalausweis genauer an.

»Schade für so ein junges Leben«, nuschelte der Mediziner und fragte, wer sie denn sei.

Die Kommissarin wunderte sich über die Frage. »Ist doch egal, wer das ist. Das hat doch mit deiner Arbeit nichts zu tun.«

»Mein Gott, bist du heute wieder empfindlich«, raunzte er zurück.

»Das ist Chira Walldorf, das Model«, mischte sich Kilian ein.

»Oh, dann kann ich mir ja die Aufzeichnung der Körpermaße sparen«, lächelte Albert provokativ in die Runde.

»Wie, was?« Cosima schaute ihn frech an.

Er schaute fröhlich zurück. »Also, wenn ich das recht überblicke, schätze ich ihre Maße auf 87-66-92.«

»Arschloch!« Sie verließ den Raum. Kilian blieb.

»Also, jetzt zur Sache, Albert, du kennst doch die Fragen aller Fragen?«

»Logisch, wann und wie.«

Kilian sah ihn ungeduldig an.

Albert war die Ruhe selbst. Er summte leise, als würde er über etwas brüten, über einen Hinweis oder einen Verdacht, aber er meinte nur: »Ich sehe keine Gewaltspuren.«

»Du siehst gar nichts?«, fragte Kilian ungläubig, schaute dabei zur Decke, als würde er dort seinen Glauben wiederfinden.

»Kilian, alter Kumpel, lass den Stress raus.«

»Oh«, intonierte er dann bedeutungsvoll, um eine Entdeckung anzukündigen.

Kilian drehte sich sofort zu ihm um. »Ja?«

»Wenn ich mir die Pupillen anschaue, den Schaum an und auf den Lippen und dann den Geruch bewerte, na ja, es könnte sich um Gift handeln.« Als Kilian spontan nichts sagte, ergänzte er: »Hast du verstanden: könnte!«

»Wie kam das Gift in den Körper? Durch Selbsttötung?«, fragte Kilian pflichtbewusst.

Er wusste zwar, dass der Brief, der auf der Leiche lag, ebenso wie der, der in den Briefkasten der Polizei geworfen worden war, nicht zu einem Selbstmord passte. Trotzdem wollte er nichts ausschließen. Er ließ nach Anhaltspunkten für einen Suizid suchen. Abschiedsbrief, angebrochene Medikamentenschachteln, Gläschen und Fläschchen mit giftigen Rückständen.

Später müsste er noch in ihrem Leben herumwühlen. Einsamkeit? Liebeskummer? Trauer? Depressionen? Alkohol- und Drogenprobleme?

Albert suchte auf den Venen mit einer Lupe nach Einstichspuren. Selbst wenn er welche gefunden hätte, müsste er gleichwohl die Obduktion abwarten, um verlässliche Informationen zu bekommen.

»Nee, das wird hier nichts mehr.« Er packte seine Utensilien in sein Alu-Köfferchen und versprach: »Morgen mache ich euch glücklich und sage, wann und woran sie starb.«

Nachdenklich offenbarte er beim Hinausgehen: »Wenn es sich tatsächlich um einen Giftmord handeln sollte, wäre das für mich eine Premiere. In meinen 26 Berufsjahren habe ich so etwas noch nicht erlebt, auch bundesweit kommt es eigentlich kaum vor.«

Kilian schaute aus dem Fenster. Er sah eine Gruppe älterer Menschen vor einem der Ausflugsschiffe auf dem Rhein. Ein paar Jugendliche stellten Plastikhütchen in Rot, Blau, Gelb, Grün und Lila hintereinander auf, um sie dann mit ihren Skateboards zu umrunden. Der Freitag hatte seinen Nachmittag erst zur Hälfte absolviert. Aber schon jetzt füllten sich die Terrassen der Restaurants. Die fahrenden Eisverkäufer in ihren VW-Bullis mussten aufpassen, dass sie sich nicht gegenseitig die Kunden wegnahmen. Obwohl die Sonne immer mal wieder hinter einer Wolke verschwand und sie schwächelte wie ein ausgepumpter Bodybuilder, saßen auf den meisten Nasen Sonnenbrillen, als müssten sich die Menschen ihrer lieblichen Jahreszeit vergewissern, die nicht nur Wärme bringt, sondern auch die Natur zum Leben erweckt.

Ihm gefiel dieser Anblick, weil der Mensch nicht für Matsch und Kälte geboren wurde. Er selbst brauchte den Aufbruch einer Jahreszeit, die ihn aus der Tristesse befreite.

Er dachte darüber nach, wie schön es doch wäre, wenn Charlotte ihn nach der Arbeit mit einem Aperol Spritz begrüßen würde, um auf den Frühling anzustoßen. Das hatte sie allerdings noch nie getan.

Er müsste Charlotte schon anrufen, um das Getränk konkret anzufordern. Aber damit wäre der Reiz des Moments verflogen, nämlich den Frühling mit seinen zarten Anmutungen und Zufällen ohne Plan und Ordnung einzufangen.

Er hörte aus dem hinteren Zimmer: »Die Leiche kann in die Gerichtsmedizin.«

Die Nachricht vom Tod der Berühmtheit ließ nur ein paar Stunden auf sich warten – wenn überhaupt. Plötzlich riefen scharenweise Journalisten in der Pressestelle des Polizeipräsidiums an, um Details zu erfahren. Der Pressesprecher musste sich selbst schlaumachen, worum es ging.

Die Online-Ausgaben der großen Zeitungen reagierten auf den Tod mit reißerischen, spekulativen oder sachlichen Eilmeldungen:

»Heute tragen die Engel Chanel«

»Schneewittchen-Mord im Kloster«

»Drogentod am Altar?«

»Chira Walldorf ist tot«

»Warum musste Chira Walldorf sterben?«

Diese mediale Wucht, die wie nach einem Dammbruch schlammige Wassermassen ins Tal drückte, überwältige Kilian, der in seinem ganzen Leben vielleicht acht Sätze mit einem Journalisten gesprochen hatte. Bisher konnte er unbehelligt von der Öffentlichkeit seine Fälle bearbeiten. Aber jetzt wurde er zu einer Figur des öffentlichen Interesses.

»Wer ist der Kommissar, der den Model-Mörder jagt?«, titelte eine Nachrichtenagentur. Besorgt rief ihn Charlotte an, er solle einen Anzug mit weißem Hemd anziehen. Diese Notfallbekleidung für repräsentative Anlässe hing permanent in seinem Büroschrank. Aber bisher gab es keinen Notfall. Er konnte auch nicht erkennen, warum die aktuellen Ermittlungen einen Anzug mit weißem Hemd erforderlich machten.

Beziehungsweise: Er wollte Charlotte bewusst falsch verstehen. Trotz gehörte zu seinem Charakter, und er war mit seiner Art das, was Menschen manchmal als sonderbar oder kompliziert bezeichneten. Die Norm, wie ein Mensch geheimhin sein sollte, um den allgemeinen Erwartungen zu entsprechen, passte nicht in seine Welt. Das machte sich freilich auch an kleinen Dingen des Alltags fest. Er scheute die Petitesse durchaus nicht. So hasste er es zum Beispiel, eine Parfümerie zu betreten. Er sagte, er bekomme in der warmen Raumluft Kopfschmerzen von den unterschiedlichen Düften, die sich die Kundinnen auf die Haut sprühen ließen, um den Geruch zu testen. Außerdem mochte er es nicht, wenn die Verkäuferin ihm ein Parfüm-Pröbchen zum Mitnehmen anbot, weil er nicht als eitel gelten wollte. Männer mit Parfüm waren für ihn eitel. Aber Charlotte meinte, er sollte von der Verkäuferin alles annehmen und sich dafür bedanken. Sie liebe es, wenn Kunden übertrieben »Danke« sagten, das gebe ihr das Gefühl, eine Wohltäterin zu sein. Und die Wohltäterin würde ihr dann beim nächsten Einkauf sagen: »Ach, Sie haben aber einen netten Mann!« Gefolgt von dem Satz: »Warten Sie noch kurz, ich gebe Ihnen noch ein paar Pröbchen mit, die müssen

Sie unbedingt ausprobieren.« So funktionierte also Frauen-Kommunikations-Konsum, dachte sich Kilian.

Da war er natürlich sehr viel klarer im Kopf. Er wollte sich nicht verstellen und irgendwelche Spielchen spielen, um das Verkaufspersonal für ein bestimmtes Verhalten zu gewinnen. »Ich bin authentisch«, betonte er mehrmals am Tag, besonders dann, wenn seine Frau nach seinem Empfinden mal wieder nicht authentisch war. Dabei fand er das Wort »authentisch« ziemlich bescheuert, weil es jeder »Plapperheini« benutzte und es deshalb völlig kraftlos wirkte. Den Widerspruch hielt er aber locker aus.

Er versuchte, auch »dynamisch« und »innovativ« weitgehend aus seinem Wortschatz zu verbannen, obwohl er sich selbst als dynamisch und innovativ bezeichnen würde, aber klar, wenn die größten Langweiler sich als dynamisch und die erfolglosesten Typen sich als innovativ hochjubelten, müsste er andere Worte für sich finden.

Ihn gab es nur exklusiv, und er musste ständig aufpassen, kein Opfer des Zeitgeistes zu werden. Der Zeitgeist mit seinen Moden und Stimmungen war für ihn ein gefährlicher Geselle, und seine Charlotte eine gefährliche Kumpanin des Zeitgeistes.

Angriff: »Zieh doch mal etwas Anderes an«, forderte sie ihn auf.

Die Verteidigungslinie stand sofort: »Ich bin nicht ein Clown, der sich verkleidet.«

Gegenangriff: »Ein Clown fällt wenigstens auf.«

Kilian war Dauer-Jeans-Träger. Manchmal kombinierte er seine Jeans mit einer blauen Jacke, wenn er das Gefühl hatte, dadurch nicht seine Authentizität zu beschädigen. »Bullen-Outfit« nannte das Charlotte, weil alle zivilen Polizisten so oder ähnlich herumliefen. Sie sagte, sie müsse übertreiben, weil ihr Mann auf sprachliche Feinheiten hinsichtlich der Mode nicht reagiere.

4.

Vor dem Haus der Ermordeten drängelten sich Fotoreporter und Kamerateams um die besten Plätze. Sie schubsten sich beiseite und motzten wirr durcheinander. Einige hatten eine Standleiter dabei, um über die anderen Köpfe hinweg die Linse auszurichten für das bewegende, animierende, herausfordernde Motiv. Optimal wäre ein Motiv gewesen, das Trauer und Anmut, Stille und Intimität im entscheidenden Bruchteil einer Sekunde einfängt, so etwa: Als die schwarz gekleideten Männer vom Bestattungsinstitut die anthrazitfarbene Leichenbahre aus dem Haus tragen, öffnen sich die Wolken und die Sonne strahlt wie ein Abschiedsgeschenk für Chira Walldorf. *Schön kitschig.* Aber die Leiche war schon in der Gerichtsmedizin, und auf das Wetter hatten die Fotoreporter ohnehin keinen Einfluss.

Der Nachrichtenstrom erfasste die Republik, als sei ein Modelmord wichtiger als eine Sozialreform. Wichtiger als der Trump-Putin-Gipfel. Wichtiger als ein Machtkampf um das Kanzleramt. Was die Menschen ins schockhafte Staunen versetzte und ihnen Anlass zum Tratschen gab, musste einfach bedeutungsvoll und damit wichtig sein. Die großen Modehäuser in Paris und Mailand gaben Beileidsbekundungen heraus. Artige Worte im feinen Kostüm des Schreckens.

»Wir trauern um ein großes Leben«, schrieb die wohl renommierteste Modelagentur »Z 10«. Großes Leben, stand da tatsächlich, als ob Chira Walldorf sich viele Jahrzehnte für junge Künstler eingesetzt oder Spenden für arme Kinder in Deutschland gesammelt hätte.

Der schillernde Modemacher Massimo Dutti beließ es nicht mit einer schriftlichen Erklärung. Mit Sonnenbrille trat er aus dem Palast seiner Haute Couture, obwohl die Sonne nicht schien. Er sagte mit belegter Stimme, monoton, aber doch unruhig, als müsste er mit genau 38 Buchstaben das Unbegreifliche einer plötzlichen Endlichkeit auf den Punkt bringen: »Wir sind alle bestürzt und unendlich traurig.« Er schaute für einen Augenblick in die Kameras, ging dann zurück durch die gläserne Tür, die einen massiven Türgriff hatte, der einem Rugbyball ähnelte.

Die Branche des Zeitgeistes kannte sich mit den Worten der Schmeichelei aus, mit all den Befindlichkeiten und Sehnsüchten, begehrt zu sein. Aber nun befand sie sich in einer beklemmenden Starre zwischen Ergriffenheit und Verwirrtheit. Ihr buntes, schrilles, heiteres Spektakel offenbarte müde, ratlose Worte und ebenso müde und ratlose Gesichter. Mode ist Leben. Extravaganz. Partys. Aber doch kein Leichensack!

Die sündhafte teure Modemarke »Patricia Home«, mit der die Tote zum Star-Mannequin wurde, setzte auf eine Hoffnungsprosa, um das Nicht-Mehr-Sein zu verarbeiten und sich von den Trauerworten der *anderen* abzusetzen:

Der Tod ist die Fratze des Lebens
Übermütig offenbart er sich
in einer Sekunde des Schmerzes
triumphiert im Dunkel der Angst
und merkt nicht
das neue Leben hat schon begonnen
im Kirschblütenland.

Das Kirschenblütenland war nun allerdings das Gerichtsmedizinische Institut. Zur Todesursache schrieb Albert formal nüchtern:

»Absichtliche Fremdbeibringung durch Gift. Die angewandte Dosierung führte innerhalb von zwei Stunden zum Tod. Der Tod trat zwischen 19 und 22 Uhr ein.«

Die Journalisten wollten mehr wissen. Sie gierten nach Details, um ihre Geschichten damit zu bereichern. Daraus wurde eine Sucht, die nicht informieren, sondern unterhalten wollte. Ein mediales Spektakel, das nicht nur von Fakten lebte, sondern auch von Spekulationen. Daran trug Staatsanwalt Martin Hummelberger mit seiner übervorsichtigen und zudem hölzernen Art wesentlich bei. Informationen, die längst durchgesickert waren wie etwa »Mord durch Gift«, behandelte er aus »polizeitaktischen Gründen« als Staatsgeheimnis. Das führte wiederum dazu, dass er eine Pressekonferenz, wie sie in aufsehenerregenden Fällen üblich war, ablehnte.

Was er freilich nicht beachtete, dass die Journalisten sich daran nicht störten. Sie bastelten ihre eigenen Nachrichten, befragten Nachbarn, Modehändler, Werbepartner und stöberten im Leben des toten Models herum. Jeder Krümel verdichtete sich zu einem krossen Brot, frisch aus dem Backofen. In all diesen Inszenierungen konnte man gar nicht groß genug denken.

Ein Kommentator schrieb: »In welcher Welt leben wir eigentlich? Ein Mensch, der das Schöne und Gute verkörperte, musste sterben.«

Spitzfindig fragte Charlotte ihren Kilian am anderen Tag, was denn ein gewaltsamer Tod mit Schönheit zu tun hätte?

»Quatsch mit Soße«, brummte er.

»Du bist ja ein Prachtanalytiker«, schob sie nach.

»Kauf dir einen Fisch und wickle ihn in dieses Scheißblatt ein.«

»Welchen Fisch möchtest du denn?«

»Steak mit Pommes.«

Kilian war durchaus begabt darin, sein Gemüt von empathisch auf dickfellig umzustellen. Darin mischte er allerdings häufig die Andeutung eines Witzes, um nicht so streng herüberzukommen.

Die Onlinemedien, Radio- und TV-Sender hatten sich an der ersten Nachrichtenwelle sattsam abgearbeitet. Die Wochenzeitungen und Magazine mussten nun mit eigenen Geschichten nachziehen und einen Dreh finden, um aus Alt Neu zu machen. Genau genommen fiel ihnen das auch nicht schwer, weil sie meisterlich darin waren, ihren Geschichten einen rührseligen, sentimentalen und weinerlichen Antrieb zu geben.

Ein Magazin, das donnerstags erscheint, verschob seinen Redaktionsschluss sogar von Dienstag auf Mittwochmorgen, um noch von der Mord-Model-Hysterie zu profitieren. Es kramte aus seinem Archiv alte Mordgeschichten hervor, layoutete dazu eine aufwendige Bilderstrecke mit wenig Text. Das wirkte. Dafür durfte natürlich der Schillerndste aller Modeschöpfer nicht fehlen. Ein Serienkiller schoss Gianni Versace vor seiner Villa »Ocean Drive« in Miami Beach zweimal in den Kopf. Über die Gründe zweifelt die Polizei selbst Jahrzehnte nach der Tat noch immer. Der Killer nahm sich später auf der Flucht das Leben.

Dagegen war der Mord an Mauricio Gucci in der »Via Palestro« in Mailand ein echter Klassiker. Die rachsüchtige Gattin Patrizia Reggiani konnte es nicht verwinden, dass ihr Ehemann sie nicht mehr wollte, und engagierte den Todesschützen. Vier Kugeln benötigte er für die Vollendung seines Auftrages. Anschließend schrieb die Witwe ein griechisches Wort in ihr Tagebuch: »Paradeisos«, Paradies.

5.

Die Spurensicherung sicherte 124 verschiedene Spuren, Fingerabdrücke, Echthaare und Haare von einer Perücke, Speichel, Schuppen, Schmutz, der mit Schuhen in die Wohnung hineingetragen wurde. Auffällig war, dass von den Gläsern im Glasschrank zwei Gläser komplett ohne Spuren waren. Solch eine penible Reinigung erfuhr auch der Boden in der Küche, der klinisch sauber erschien.

Die Sichtung ihres Smartphones ergab: Ihr letztes Gespräch führte sie noch am Morgen mit ihrem Bruder. Es dauerte keine zwei Minuten. Aus den weiteren Anrufen und Nachrichten ließ sich bis zu diesem Zeitpunkt nur erkennen, dass viele Verbindungen ins Ausland führten oder von daher kamen.

6.

»Wer sind diese Menschen, die im Haus von Frau Walldorf wohnen?«, wollte Kilian wissen, nachdem die ersten Routinebefragungen, die nach Auffinden der Leiche begonnen hatten, keine Erkenntnisse gebracht hatten.

»Bin schon dran«, antwortete Cosima mürrisch, als wüsste sie nicht selbst, was in welcher Reihenfolge zu tun ist.

»Ich will auch wissen, wer da so ein- und ausgeht, und besonders natürlich, wer alles am Todestag sich in diesem Haus aufgehalten hat.«

Am liebsten hätte sie gesagt: »Darauf wäre ich niemals von allein gekommen. Zum Glück gibt es da aber jemanden, der mir sagt, was ich schon längt weiß.«

»Ja, Herr Hauptkommissar, wird gemacht«, salutierte sie stattdessen mit übertriebener Befehlsbereitschaft.

Kilian schaute sie irritiert an. »Ist was?«

»Nein, ich bin einfach nur dankbar, dass du mir immer genau sagst, wann was zu tun ist.« Sie verband diese Worte allerdings mit einem Lächeln. Eine auflockernde Vorsichtsmaßnahme für den Fall, dass er Ironie genau in diesem Moment nicht verstanden hätte.

Sie legte sich einen Plan zurecht.

Erstens: Recherche im Polizeicomputer. Gibt es polizeibekannte Auffälligkeiten, Hinweise und so weiter.

Zweitens: Externe Recherchen in Zeitungen und Online-Diensten. Vielleicht gab es Berichte über oder Interviews mit einem Hausbewohner und damit erste Anhaltspunkte über Meinungen, Befindlichkeiten, Vorlieben, Affären.

Drittens: Einzelgespräche mit allen Bewohnern. Sie überlegte, was schlauer war: Sollten die Gespräche in den Wohnungen stattfinden oder im Polizeipräsidium? Für das Polizeipräsidium sprach: Hier lügt es sich schwerer, weil der Ort einschüchtert. Dagegen sprach: In einer Wohnung nähme sie mehr Details auf.

Sie entschied sich für die Wohnungen, zumal dieser Ort enormes Steigerungspotenzial besaß. Das Polizeipräsidium mit offizieller Ladung käme dramaturgisch an die Reihe, wenn aus einer Befragung eine Vernehmung würde.

Cosima schaute neugierig auf die Namen, als wären sie Schmuckstücke. Schick, teuer, außergewöhnlich.

Dr. Max Moritz, Zahnarzt, alleinlebend, 49 Jahre.
Hans Meiser, ehemaliger Topmanager, jetzt Pensionär, 73 Jahre, mit seiner Frau Klara, 55 Jahre, die sich einen Namen als Charity-Lady gemacht hat.
Der Diskobesitzer Hans Langbein, 62 Jahre, und seine Freundin Agnes Fiedler, 34 Jahre, die momentan nicht arbeitet.
Jürgen Wolters, Rechtsanwalt, 48 Jahre, und seine Frau Emma Seewald-Wolters, 51 Jahre, ebenfalls Rechtsanwältin.
Prof. Dr. Heinrich Zirschke, Theaterwissenschaftler, 60 Jahre, und seine Frau Annette Hahn-Zirschke, 48 Jahre, Inhaberin eines Yoga-Studios.
Simone Capella, Filmregisseurin, 55 Jahre, alleinlebend.
Ulli Holdt, Fußballmanager, 44 Jahre, und seine Frau Dr. Agnes Pauli, 44 Jahre, Urologin.

Noch hatte sie mit niemandem gesprochen, aber ihre Fantasie formte bereits ein konkretes Menschenbild. In dem Haus lebten narzisstische Menschen mit viel Geld, die nicht kapierten, wie das wahre Leben funktioniert. Natürlich wusste sie, dass es Vorurteile waren. Sie hatte in diesem Moment aber keine Lust, ihre Gedanken zu differenzieren. In ihrem Haus lebten Handwerker, Lehrer (auch ihr Freund war Lehrer), eine Richterin für Arbeitsrecht und irgendein Therapeut, keiner wusste so genau wofür, jedenfalls roch es aus seiner Wohnung häufig nach indisch Curry scharf und Meditationsräucherstäben mit holzigem Duft und leicht süßlicher Note. Er war der Haus-Guru, ansonsten waren die Nachbarn recht normale Menschen; normal hatte aus ihrer Sicht ohnehin den unschätzbaren Vorteil, »dass bei uns niemand ermordet wird.« Mitunter liebte sie simple Befunde, auch wenn sie ahnte, dass sie in Wirklichkeit nur Wünsche und Mutmaßungen enthielten. Ansonsten vertraute sie ihrem »gesunden Menschenverstand« in alltäglichen Lebensfragen. Würde es kniffliger, wäre das auch kein Problem. Sie konnte schwierige Zusammenhänge schnell erfassen. Das lag sicherlich daran, dass sie schon als Kind Schach spielte und in Mathematik immer Klassenbeste war. Klar, dass nach ihrem Abitur alle gutgemeinten Ratschläge darauf hinausliefen, sie sollte doch bitte unbedingt Mathematik studieren. Sollte – doch – bitte, diesen Dreiklang aus Verzweiflung, dass sie ihr Talent wegwirft, hat sie nicht mit Trotz ignoriert, sondern mit einem eigenen Berufswunsch konterkariert. Sie ließ sich vom Werdegang einer Bekannten inspirieren, die Polizistin geworden ist.

Sie suchte Dr. Max Moritz auf. Er hatte den Ruf eines Prominenten-Zahnarztes. Viele reiche Russen ließen sich zu ihm einfliegen. Im Service inbegriffen: Shuttle-Service in einer schwarzen Limousine, Unterbringung im Fünf-Sterne-Hotel und natürlich ein Dolmetscher.

Er wohnte in der ersten Etage. Der Flur hatte weiße Wände, schwarze Fliesen und Lampen im Art déco-Stil. Vor seiner Wohnung stand eine hellgrüne Bonsaizucht in einem Terrakottagefäß, so schüchtern wie ein Balletttänzer vor seinem ersten Boxtraining.

Cosima dachte über den Namen ihres Gesprächspartners nach. Wie konnten die Eltern ihr Kind nur Max – bei dem Nachnahmen Moritz – nennen? Wie konnte aus Liebe ein Witz werden? Dachten sie etwa an die Geschichten von Wilhelm Busch über Max und Moritz? Eine Freundin von Cosima wollte ihre Tochter Amelie nennen. Den Namen fand auch sie so richtig süß, aber ein Bekannter, ein Pathologe meinte, dass in der Medizin »Amelie« bedeute, dass

Arme und Beine fehlen. Damit war es um diesen Namen geschehen.

In der Wohnung von Dr. Moritz fielen ihr sofort die Vasen, Kissen und Kerzenständer in unterschiedlichen Größen und Materialien auf. Er verfolgte einen erkennbaren Stil, eben kein geschmackliches Durcheinander. Die Bilder hingen so, dass sie sich nicht gegenseitig die Schau stahlen. Er hatte Sinn für eine klare Struktur und inszenierte die Wohnung ohne jede Überanstrengung für das Auge. Das Ambiente hatte etwas Selbstverständliches, weil der Bewohner sich in dieser Wohnung nicht verlor. Was Cosima sah und verinnerlichte, war nicht ihr Geschmack, aber sie mochte es doch irgendwie. Sie hatte keine Chance, diesen Widerspruch aufzulösen. Vielleicht ging sie innerlich auch nur deshalb auf Distanz, um ihre Ikea-Möbel schönzureden.

Sie begrüßte ihren Gesprächspartner mit einem kräftigen Händedruck.

»Schön, Herr Moritz, dass Sie Zeit für mich haben«, sagte sie brav. Denn dass er sich Zeit nehmen musste, war tatsächlich ein Muss.

»Der Doktor gehört eigentlich zu meinem Namen«, entgegnete er mit einem schmalen Lächeln.

Sie ließ sich nichts anmerken.

»Herr Dr. Moritz, Sie wissen, warum ich bei Ihnen bin. Es geht um den Tod von Frau Walldorf. Es ist sehr wichtig, dass Sie alles sagen, was Sie wissen. Wenn Ihnen später etwas einfällt, rufen Sie mich einfach an, okay?«

»Ja, ja, klar«, nuschelte er hektisch. Er wirkte dabei abwesend. Bilder und Worte flogen durch seinen Kopf wie vernarrte Vögel. Nachbarin / Tod / noch so jung / so schön / wie schrecklich / hoffentlich passiert mir so etwas nicht / hoffentlich ist die Tante von der Polente bald wieder weg.

Er berührte mit seinen Mittelfingern die linke und rechte

Stirn, massierte sie und ging so durch den Raum. Cosima dachte wieder an Wilhelm Busch, und Dr. Moritz regte sich noch immer nicht, als müsste er sein Leben durchdenken oder einen einzigartigen Gedanken aufspüren. Dann kam doch der Moment. Er sagte fast entschuldigend: »Frau Walldorf sah ich kaum. Der Rhythmus unseres Lebens oder unserer Arbeitszeiten war total unterschiedlich. Aber glauben Sie mir, ich hätte mich gerne um Ihre Zähne gekümmert. Sie hätte zu meinem Profil als international angesehener Zahnarzt gepasst. Aber ich glaube, sie war bei einem Kollegen in Monte Carlo. Da wohnte sie zeitweise, oder wo auch immer.«

Er schaute die Kommissarin an, oder besser gesagt, er taxierte sie von unten nach oben und von oben nach unten. Es schien, als suchte er nach Andockmöglichkeiten, um das Gespräch aufzulockern. Die Chance, die ihr roter Pulli mit V-Ausschnitt ihm bot, ließ er liegen. Wahrscheinlich fiel ihm nichts zu Rot ein. Keine roten Tulpen. Keine roten Lippen. Kein roter Wein. Wahrscheinlich wusste er auch nicht, dass die Menschen meistens dann Rot einsetzen, wenn sie sich geschwächt fühlen und ihren Energiehaushalt füllen wollen. Wahrscheinlich war also die Polizistin seelisch nicht ganz auf der Höhe, aber er konnte diese Schwäche nicht ausnutzen.

Cosima fragte ihn, ob er einmal in der Wohnung von Frau Walldorf gewesen war.

»Nein«, antwortete er sehr bestimmt.

»Nie?«, fragte sie zurück.

»Niemals!«

»Dann berichten Sie doch einmal von Ihren wenigen Begegnungen mit Frau Walldorf.«

»Ja, gerne. Ich weiß aber nicht, was Sie unter Begegnung verstehen?«, fragte er umständlich zurück, um dann doch weiterzureden. »Was ist eine Begegnung? Ein Gespräch? Ein längeres Gespräch? Also, ich hatte mit ihr nur einige zufällige

Hallo-Begegnungen. Ich schätze, dass eine Begegnung maximal zwei Sekunden gedauert hat.«

»Für ein Hallo brauchen Sie zwei Sekunden? Das geht doch schneller!«

»Ich sagte ja auch: maximal zwei Sekunden.«

Cosima merkte, dass ihr die Befragung aus dem Ruder laufen könnte. Er war zu indirekt, zu versteckt, zu defensiv. Das mochte durchaus daran liegen, dass er sie nicht ernst nahm. Er strich sich mehrmals mit der Hand durch seine langen Haare. Vielleicht war er auch nur deshalb nicht gut drauf, weil er sein Haargummi für den Pferdeschwanz nicht finden konnte. Denn er schaute häufig in den Spiegel. Einige Mal ging er nah heran, als wollte er einen Mitesser auf der Nase ausdrücken.

Sie überlegte, woran Dr. Moritz sie erinnerte. Sie fühlte, dass sie es gleich wüsste. Als er seine Haare zusammenband und sein langer Hals somit in den Mittelpunkt seiner Physiognomie rückte, zumal er ein T-Shirt trug und kein Hemd, schoss ihr durch den Kopf: Er sah aus wie eine Giraffe, was natürlich Blödsinn war. Aber sie bekam den Zwang, ihn für eine Giraffe zu halten, nicht mehr aus dem Kopf. Sie empfand das als amüsant.

Sie konzentrierte sich.

»Was wissen Sie über Frau Walldorf oder anders gefragt: Was redet man über sie?«

Die Giraffe saß aufrecht auf der vordersten Kante des Stuhls, schlug das linke Bein über das rechte Bein und entfernte Flusen von der kanarienfarbigen Leinenhose.

Cosima kam sich bei diesem Gehabe fast wie ein Kerl vor. Sie saß bequem und angelehnt. Sie weigerte sich, es auf einen Wettbewerb für elegante Sitzhaltung ankommen zu lassen. Denn den würde sie haushoch verlieren. Sie schaute auf die Vitrine mit Porzellanhunden, Porzellankatzen und einem Porzellanaffen.

Sie stellte sich vor, dass ihr gleich ein Butler mit weißen Handschuhen einen Earl-Grey-Tee mit einem Tropfen Milch bringe, dazu ein Plätzchen ohne Schokoladenüberzug, weil es weniger Kalorien hatte. Oder eine Zirkustruppe mit lustigen Clowns stürmte ins Wohnzimmer und verteilte Zuckerwatte. Oder ein Masseur bot ihr eine Nackenmassage an, damit sie ihre Fragen gelassener vortrage.

»Ach wissen Sie, Frau Polizistin, Sie fragen, was ich von Frau Walldorf weiß …«

»Oberkommissarin!«

»Okay, eins zu null für Sie, das war Ihre Retourkutsche für den Doktor. Ich mag aufgeweckte Frauen, die klar reden wie aus der Pistole geschossen. Oh sorry, das mit der Pistole lassen wir mal lieber. Also Frau Oberkommissarin, ich erwähne gerne Ihren Titel, aber ich muss schon sagen, das ist eine sehr lange Dienstbezeichnung, da muss ich ja dreimal Luft holen, ehe ich das Wort ausgesprochen habe. Was ich Ihnen aber unbedingt sagen möchte: In diesem Haus wird nicht getratscht. Wir leben quasi in einer tratschfreien Zone. Ich finde das sehr bemerkenswert.«

Cosima veränderte ihren Tonfall wie eine Lehrerin gegenüber einem Schüler, der schon wieder seine Hausaufgaben nicht gemacht hat. Sie ging in sich, *bleib locker, zieh dein Ding hier durch, lass dich nicht von der Giraffe beeindrucken.*

»Ich habe nicht danach gefragt, wie Sie oder die anderen Hausbewohner ein Gespräch führen, sondern, was Sie über Frau Walldorf wissen oder was man über sie sagt.«

»Natürlich wissen wir, dass Frau Walldorf eine Berühmtheit ist, äh, war, und wenn wieder eine große Story über sie in der Zeitung stand, war das ein Gespräch wert, oder wenn da Schaulustige vor dem Haus standen. Viele wussten ja, dass sie hier wohnt.«

»Wer hat sie denn besucht, ich meine, hatte sie häufiger Besuch, haben Sie Besucher gesehen?«

»Da fragen Sie den Portier, an dem müssen alle vorbei, die Hausbewohner und die Besucher.«

»Sie haben nie Besucher oder Besucherinnen gesehen?«

»Wer zu Frau Walldorf wollte, fuhr mit dem Fahrstuhl direkt zu Ihrer Wohnung, und im Eingangsbereich habe ich nichts gesehen, zumindest nichts Auffälliges. Ich sehe den Leuten ja nicht an, zu wem sie wollen.«

Sie schaute auf ein übergroßes Gebiss, mit Goldblatt überzogen. Es stand in einer schwarz lackierten Kommode auf einem Glasregal. Dr. Moritz arbeitete weiterhin hartnäckig daran, unsympathisch zu wirken. Er wirkte gönnerhaft. Er pflegte seine Allüren.

Nach dem Gespräch bedankte er sich bei Cosima für die Zeit, die sie sich für ihn genommen hatte.

Sie war sprachlos.

Beim Hinausgehen sah sie erst undeutlich, dann beim Nähertreten sehr deutlich ein gerahmtes Foto von Chira Walldorf mit der Aufschrift: »Für Max.«

Sie las es laut vor: »Für Max.«

»Ist doch schön«, erwiderte Dr. Moritz mit einer ungewohnten Helligkeit in seiner Stimme, als hätte er sie in diesem Augenblick nicht im Griff.

Sie schaute ihm in die Augen. Er schaute zurück. Blick auf Blick. Wer jetzt zuerst wegschaute, hatte verloren.

»Und nun?«, fragte er ungeduldig, um Bewegung in den Augenkontakt zu bringen.

»Nun müssen Sie mir das erklären«, entgegnete sie ihm hart, fordernd, scharf, als müsste sie den Fall jetzt festmachen, festbinden, festkleben.

Er lächelte herausfordernd und prüfte den Sitz seines Pferdeschwanzes. Offenbar wollte er in diesem Moment seinen

Spielraum zwischen Verlegenheit und Überlegenheit ausloten. Vielleicht ärgerte er sich auch nur darüber, dass er das Foto vor dem Besuch der Polizei nicht weggelegt hatte.

Er lächelte erneut. Allmählich ging ihr dieser Max Moritz mit seinem Lächeln auf die Nerven.

Er reckte seinen langen Hals nach vorne: »Ach, entschuldigen Sie, ich bin wohl etwas begriffsstutzig. Das Foto gehört nicht mir, sondern meinem Freund. Der heißt auch Max.«

Er machte eine kurze Pause, weil er dachte, die Oberkommissarin würde direkt etwas sagen oder fragen wollen, weil das aber nicht der Fall war, setzte er seinen Satz fort.

»Oh, Sie dachten wohl, das wäre mein Foto, und ich hätte die Chira Walldorf eben doch persönlich gekannt. Gefährlich, gefährlich, so schnell kann man zum Beschuldigten werden, aber ich rede zu viel, sorry.«

Cosima schaute in ihren Notizblock. Das tat sie immer, um Abstand zu gewinnen oder Abstand zu demonstrieren. In diesem Fall bedeutete Abstand, auf sein Geplänkel nicht einzugehen und ihn das auch spüren zu lassen. Als würde sie ihre Frage vom Notizblock ablesen, fragte sie ihn mit einer Geste der Beiläufigkeit, wo denn sein Freund überhaupt wohne.

»Der Max wohnt nur am Wochenende hier. Während der Woche ist er auf seinem Bauernhof im Münsterland. Den hat er vor zwei Jahren gekauft, komplett umgebaut. Na ja, dort ist er von montags bis freitags, um Lieder zu komponieren, zu lesen und zu verstehen, wie Muse funktioniert, und am Wochenende will er Großstadt erleben. Aber sein erster Wohnsitz ist diese Wohnung, das können Sie beim Einwohnermeldeamt ganz schnell klären.«

»Das mache ich doch glatt«, bemerkte Cosima trotzig und wollte von Dr. Moritz wissen, weshalb Frau Walldorf seinem Freund das Foto mit Widmung geschenkt hatte.

Er zog zunächst seine Lippen übereinander, als wollte er

auf diese Weise sein Lippenbalsam gleichmäßig verteilen. »Tja, gute Frage. Soweit ich weiß, hat er das Foto nicht direkt von ihr, sondern von ihrem Fotografen. Die kennen sich, und da hat mein Freund ihm wohl gesagt, komm, besorg mir von der Chira ein Autogramm, und der Fotograf hat noch *für Max* draufschreiben lassen. Das ist doch nett, oder?«

Auf dem Flur stöhnte sie die Luft, die sie in die Backen aufgesogen hatte, in einem Zug heraus, um ihre Erleichterung zu spüren, dass das Gespräch mit Dr. Moritz vorbei war. Sie schaute zur Decke, flehte den Satz in sich hinein: Bitte lieber Gott, lass mich heute Abend nicht von Giraffen träumen.

7.

»Chira Walldorf – war es Mord aus Liebe?«, titelte das Leute-Magazin »Glitzglotz«, als könnte man aus Liebe einen lieben Menschen umbringen. Darüber musste das Volk reden. An den Kassen der Supermärkte. An den Biertischen der Kioske. In den Schrebergärten. Wo auch immer. Die Menschen fantasierten, wie der Mörder Liebe in Tod umwandelte. Das Schlüsselloch konnte gar nicht groß genug sein, um hindurchzublinzeln in eine unheimliche Welt.

»Glitzglotz«-Chefredakteur Thomas Gardner musste *sein* Schlüsselloch in einer Talkshow verteidigen, an der zwei weitere Gäste aus der Mode und der Psychologie teilnahmen. Die Vertreterin der Modebranche, eine Unternehmerin für Damenoberkleidung aus Ostwestfalen-Lippe, schaute ihn angewidert an, zögerte kurz und fragte ihn dann: »Herr Gardner, besteht der Sinn Ihrer Arbeit darin, Unsinn zu schreiben?«

Herr Gardner blieb ruhig. Er wusste, dass die Kamera genau im Moment der Kritik auf ihn gerichtet war. Er zeigte sich dem Publikum erhaben, souverän und gönnerhaft, allerdings eine Spur zu lässig. Denn darin lag eine Überheblichkeit, die nicht zu seinen Lesern passte.

Die Moderatorin der Talkshow wollte von der Psychologin wissen, einer Professorin für Neuropsychologie, wie sich der unerwartete Tod einer Berühmtheit auf die Volksseele auswirke, und ehe sie antworten konnte, lästerte Gardner, dass Neuropsychologie doch etwas mit Hirnschädigung zu tun habe. Er drehte sich zum Publikum und fragte, ob wir hier alle hirngeschädigt seien? Das Publikum lachte, und die Psychologin erwiderte spröde sachlich, dass sie sich mit den zentralnervösen Grundlagen des menschlichen Erlebens und Verhaltens sowie ihren Veränderungen befasse. Die Moderatorin verzog ihre Lippen, und die Psychologin führte weiter aus, dass der unerwartete Tod einer Berühmtheit wie Lady Di oder John Lennon oder …

»Lange her«, giftete Gardner.

»Wenn also ein berühmter Mensch plötzlich stirbt, sterben Träume, denn die Menschen projizieren ihre Träume auf den Star. Er personalisiert das Schöne, Gute, Wunderbare, das sich vom Alltag abhebt, und mit seinem Tod entlässt er die Menschen plötzlich mit Wunden in ihren Alltag.«

Gardner, der zu seiner Anzugfarbe immer ein gleichfarbiges Einstecktuch trug, wartete auf seinen Auftritt. Auf seine große Nummer, um den schlau quasselnden Frauen endlich Paroli zu bieten.

Er lächelte die Moderation mitleidig an und bemerkte triumphierend: »Liebe ist nicht immer lieb, Liebe muss Hass und Wehmut aushalten, und wenn das einmal nicht möglich ist, verliert die Liebe ihren Halt, und das endet wie in diesem Fall recht tragisch.«

Die Talkmasterin fragte ihn mit wachen Augen, wie er das genau meine. Denn »Wehmut, Liebe, Tragik, das ist alles nicht neu, das hören wir fast jeden Tag von irgendjemandem von irgendwoher«.

Er lächelte noch klarer dieses »*Ach Püppchen, du hast keine Ahnung*« und bemühte sich um ein bedeutungsvolles Erscheinungsbild. Sprechtempo verlangsamen, Brille in die Hand nehmen und Blickkontakt suchen. Als er sich seines bedeutungsvollen Ausdrucks ganz sicher war, konnte er endlich davon sprechen, dass ihm aus dem Umfeld der Toten Informationen zugetragen worden seien.

»Zugetragen«, lästerte das Püppchen, »wer hat denn da was getragen? Muss ganz schön schwer gewesen sein.«

Gardner, noch ganz angetan von seiner Andeutung, hätte sich mit seiner Antwort gerne fünf Minuten Zeit gelassen, um die Begierde des Püppchens und der Zuschauer nach einer konkreten Antwort auszukosten und die Neugierde in Ungeduld zu verwandeln. *Sag's endlich, sag's endlich, sag's endlich.*

Mit seiner Online-Redaktion hatte er bereits vorher ausgemacht: »Wenn ich rede, dann haut die Schlagzeile heraus.«

Er wusste genau, wie er seine Leser packen musste, mit Themen, die zornig, wütend, neidisch oder eifersüchtig machten. Als raffinierter Schleimer der Volksmeinung beherrschte er ohnehin das hinterhältige Zusammenspiel aus Vorurteilen und Intoleranz, und das Spiel ging so: Mehrheit gegen Minderheit, und die Mehrheit gewinnt immer.

Endlich sagte er dann: »Wir gehen davon aus, dass sich

Chira Walldorf im lesbischen Umfeld bewegt hat und dass dort die Ursache für den Mord gefunden werden muss.«

Ehe das letzte Wort gesprochen war, hatte »Glitzglotz« schon seine vorbereitete Schlagzeile scharf gestellt:

»Mordverdacht um Lesbenaffäre.«

Die Nachrichtenagenturen und Online-Ausgaben von weiteren Tageszeitungen nahmen die Schlagzeile sofort auf und machten daraus ihre eigene Headline.

»Gerüchte um Chira Walldorf: Liebte sie Frauen?«

»Musste das Model sterben, weil sie eine neue Geliebte hatte?«

»Drama um die Liebe?«

Kilian spürte, dass seine geduldige Gelassenheit zarte Risse zeigte, wie ein Muskel nach überhartem Training. Die Zeit saß ihm im Nacken, weil die Medien Druck machten. Sie schossen mit Schlagzeilen und Schlagworten. Immer schwang der Vorwurf mit, die Polizei tue zu wenig. Sie sei nicht wendig genug und viel zu brav. *Beschützt uns endlich.*

Immerhin, Kilian verstand nun, wie sich ein Politiker unter medialem Dauerbeschuss fühlt oder ein Bundesligatrainer, dem nach jeder Niederlage sein baldiger Rausschmiss vorausgesagt wird.

Kilian wusste selbst: Wenn ein Fall in zwei, drei Tagen nicht gelöst wird, wird es mit jedem Tag schwerer. Aber was sollte er mit dieser Erkenntnis anfangen?

»Es kommt, wie es kommt«, sagte er so daher. Er wollte keinen tiefen Gedanken aussprechen, sondern einfach etwas sagen, das nach Gelassenheit klang.

8.

Eine Analyse der Verbindungen auf dem Laptop von Chira Walldorf ergab, dass ihr Nachbar Jürgen Wolters in den vergangenen acht Wochen drei E-Mails an sie geschrieben hat. Er diente sich darin als ihr Anwalt an, der sich gerne um rechtliche Alltagsfragen kümmern würde. Sie hatte keine dieser E-Mails beantwortet.

9.

Als Modeverkäuferin einer Kette, die sich darauf spezialisiert hatte, die Haute Couture mit billigen Stoffen nachzumachen und an junge Leute zu verkaufen, legte die junge Frau aus dem Ruhrgebiet Wert auf einen »gewissen Status«. So redete kein Mensch in ihrer Stadt, aber immerhin: Um dem Reden ein Alibi zu verleihen, fuhr sie gerne nach Düsseldorf, um mal etwas anderes zu sehen, wie sie sich ausdrückte.

Natürlich gab es anschließend immer viel zu erzählen vom Bummel auf der sündhaft teuren Königsallee, wo all die Rang-mit-Namen-Boutiquen vertreten waren, und ihr fiel auf, wie überdreht die Verkäuferinnen dort wirkten. Vielleicht waren sie auch nur stolz darauf, für eine Luxusmarke arbeiten zu dürfen, die sie sich selbst niemals leisten konnten. Vielleicht wäre eine gewisse Heiterkeit auch unpassend. Wer für einen Pullover 1.850 Euro bezahlt, erwartet vom Personal respektvolles Verhalten. Angemessene Distanz. Ruhige Stimme. Jede Unebenheit im Aufritt würde das Kaufritual erheblich stören.

Ihr kleines Badezimmer mit einem überdimensioniert großen Spiegel war ihr Sehnsuchtsort. Er war umrahmt mit 16 Glühbirnen, um das Gesicht fasergenau auszuleuchten. Wie eine Sonne aus der Steckdose verbreitete dieses Licht Wärme für ein Gefühl der Genugtuung. »Das bin ich. Ich bin die Schönheit. Die Engel werden es bezeugen.«

Von oben betrachtet wirkte ihr Badezimmer wie ein Atelier. Ordnung würde nur stören. Chaos bedeutete Leben. Ein Leben ohne Anpassung. Wild. Frei. Selbstbestimmt. Lebe dein Leben und nicht die Erwartungen anderer Menschen.

Sie lächelte in sich hinein und die Konturen ihres Gesichtes offenbarten einen Stolz, der auf den großen Applaus wartete. Was in diesem Leben wirkte, war großes Theater. Die kriechende Raupe mutierte zum begehrten Schmetterling, und seine Flügel, olivgrün mit feinem Ockergelb, ach wie schön, schlugen heiter im weichen Wind.

»Ich bin die Schönste im ganzen Land«, sang sie heiter zu ihrem Ebenbild im Spiegel.

In Augenhöhe des Spiegels stand ein roter Samtplüschhocker wie in einem Hollywood-Filmstudio, als würde sich gerade Cate Blanchett oder Julia Roberts für die nächste Szene die Lippen nachziehen. Aber hier saß nicht *Hollywood*, sondern das *Ruhrgebiet*. Auf der schmalen Ablage unter dem Spiegel und dem Beistelltischchen neben der Toilette befanden sich all die Instrumente für die Vollendung ihres Gesichtes. Puderdöschen, Rouge, Pinselset mit breiten und schmalen Bürsten aus Echthaar, sechs Lippenstifte in Kirschrot, Rosé, Beerentönen, Pink und Orange. Lipgloss, Lidschatten mit matten und schimmernden Nuancen, Augenbrauenzupfer, Abdeckcreme, Kajalstifte, Glätteeisen, Lockenmaschine, Wimperntusche, Abdeckfarben, Nagellack, Scheren, Haarbürsten wiederum in Echthaar, Anspitzer für die Kosmetikstifte, Schwämmchen, Seifen, Haargummis in verschiedenen Farben.

Sie saß mit geradem Rücken auf ihrem Samtplüschhocker und betrachtete ihr Gesicht. Sie versuchte, sich an einem großen Gedanken zu orientieren, um ihren Gefühlen eine Stoßrichtung zu geben. Daraus wurde eine Kette aus Impulsen, Fiktionen und Offenbarungen: Die Menschen mussten sie einfach mögen, dachte sie.

Sie träumte. Ein Künstler malte ihr ins Gesicht das Bild einer Versonnenen, die Liebreiz und Begierde in verlockender Ausstrahlung auslebte. Er folgte damit all den Fügungen seiner Kreativität, um seinem Schöpfungsauftrag für sie gerecht zu werden. Aufbegehren, Wille, Struktur. Dafür überwand er Grenzen, um seine Idee von einem magischen Gesicht zu einem großartigen Erlebnis werden zu lassen.

Sie lächelte unterschiedlich in den Spiegel hinein, um zu sehen, welches Lächeln anmutend klar wirkte. Lachen ist das schönste Kompliment an das Leben. Lachen ist wie ein Vulkan, der statt vernichtender Lava eine sinnliche Fröhlichkeit in die Herzen der Menschen fließen lässt. Sie variierte dafür verschiedene Gesichtsausdrücke, bis sie ihre Form mit der passenden Botschaft gefunden hatte: keck, herausfordernd mit gütiger Weiblichkeit.

Sie war getauft worden. Sie war ein Geschenk Gottes. Sie bedeckte ihr Gesicht behutsam mit ihren Händen, als wollte sie es liebkosen, weil sich ihre Haut über Nase, Ohren und Wangenknochen zu einer idealtypischen Schönheitsfassade spannte. Was die Geburt hervorbrachte und über Kindheit und Pubertät bis heute formte, verbarg sich allerdings hinter einer Maske. Wer darauf schaute, konnte nicht ahnen, was sich dahinter verbarg.

Ihre Wahrheit.

10.

»Okay, kommt mal alle zusammen!« Dabei klatschte Kilian wie ein Trainer in die Hände, als müsste er sein Team anstacheln, alles aus sich herauszuholen. Kraft, Energie und Willensstärke, um den Mörder zu finden.

»Ich brauche keine Motivation, ich bin motiviert«, bemerkte Miko trocken.

»Wer ist das nicht?«, fragte Cosima herausfordernd.

Kilian schaute ernst. »Denkt dran, wir sind die Jäger, der Mörder ist der Gejagte. Er weiß nicht, welchen Vorsprung er hat. Ein Vorsprung, der jede Minute, jede Stunde und jeden Tag weg sein kann, und dann läuft alles auf das Finale zu. Die Angst sitzt ihm im Nacken. Wenn wir wissen, wer dieser Mensch sein könnte, ist, finden wir ihn auch. Dann gibt es kein Entkommen mehr.« Dabei ballte er seine Faust.

»Bist du unter die Wikinger gegangen?«, warf Miko belustigt ein.

Kilian verkniff sich einen Kommentar.

Cosima wollte gerade etwas sagen, bevorzugte aber dann doch einen Schluck aus dem Kaffeebecher.

Kilian schaute Cosima und Miko an. »Ich komme auf den Brief zurück, der uns zum Opfer geführt hat. Eine erste fototechnische Analyse und die Kameraaufzeichnungen haben ergeben, dass ein Mädchen diesen Brief in unseren Briefkasten geworfen hat. Das heißt wiederum, der Mörder oder – ganz allgemein gesprochen – ein schuldfähiger Erwachsener war es nicht.«

»Aber das ist ja unglaublich«, ereiferte sich Cosima, »dass eine Mutter oder ein Vater das eigene Kind zum Komplizen machen.«

»Moment, nicht so schnell«, grätschte Miko in die steile These seiner Kollegin. »Wir wissen viel zu wenig, um dies oder das zu behaupten.«

Cosima stöhnte den Einspruch weg.

Kurzes Schweigen.

Kilian nippte an seinem Kaffeebecher, schaute in die Runde und animierte: »Lasst doch die Fotos von diesem Mädchen einfach mal auf euch wirken. Schaut euch alles genau an, als müsstet ihr die ›Mona Lisa‹ begutachten. Wie häufig schauen wir zum Beispiel auf ein Urlaubsfoto, aber wir schauen nicht mehr richtig hin, weil Urlaubsfotos immer gleich sind. Also: Pupillen scharf stellen, Gehirn anmachen.«

Kurzes Schweigen.

Cosima ergriff das Wort. »Also, das ist ein Mädchen mit weißen Söckchen und schwarzen Lackschuhen. Es trägt einen übergroßen Mantel, der Schal ist so lang, dass sie ihn mehrmals um Hals und Mund gewickelt hat, und sie trägt eine schwarze Kappe mit der Aufschrift ›Be nice‹. Sie sitzt aber so tief im Gesicht, dass man tatsächlich rein gar nichts sieht.«

»Wenn dieses Mädchen kein Kind ist, sondern ein verkleideter Liliputaner«, fragte Miko unsicher in die Runde.

»Dagegen spreche doch die foto- und videotechnische Analyse der Körpermaße«, entgegnete Cosima eine Spur zu lehrerhaft.

»Nee«, erwiderte Miko nunmehr kraftvoll, »die fototechnische Analyse kann nicht zwischen Kind und Liliputaner entscheiden.«

Cosima runzelte die Stirn. »Doch! Schau auf das gesamte Erscheinungsbild. Es ist völlig klar, dass es sich um ein Kind und nicht um einen kleinwüchsigen Menschen handelt. Schau auf den Gang. So geht doch kein Erwachsener.«

Kilian zog die Lippen breit, knetete mit den Fingern und ließ die Schneidezähne des Oberkiefers kurz hintereinander mehrmals auf die Schneidezähne des Unterkiefers fallen.

Seine Sinne, Gefühle und Gedanken haderten mit diesen komischen Aufnahmen von diesem komischen Kind, weil das Gesamtbild absurd wirkte.

»Das Kind trägt sogar Handschuhe, im Frühling, na klar, damit es keine Fingerabdrücke gibt«, fügte Cosima hinzu.

»Tja, an alles gedacht«, ergänzte Miko und fasste seinen Eindruck zusammen. »Das Kind, wenn es denn ein Kind war, schaut ständig auf den Boden, selbst, als es den Brief in den Briefkasten wirft. Die Anweisung war wohl: Da hängen Kameras, schau nicht in die Kameras! Das Kind ertastet ziemlich umständlich die Klappe des Briefkastens. Na ja, wie ein Blinder oder so ähnlich. Dann geht das Kind langsam zurück. Sehr langsam. Ich habe noch nie so ein langsames Kind gesehen. Es musste wahrscheinlich so langsam gehen, damit die vermummende Kleidung nicht verrutscht. Es kann natürlich auch sein, dass ein hastiges Weglaufen so aussieht, als hätte man etwas zu verbergen. Ah, das Kind trägt eine rosafarbene Tasche mit der Aufschrift ›Grizzly love‹. Ich weiß von meiner Nichte, dass junge Mädchen total auf diese Tasche stehen. Der Renner sind allerdings die Grizzly-love-Sneakers mit den knallbunten Schnürsenkeln und der gummiartigen Bärenkralle, die so cool locker vom Schuh abfällt.«

Kilian schaute sich ein weiteres Mal die Video-Aufzeichnungen an.

Der Gang.

Die gekrümmte Haltung.

Der Briefeinwurf.

Der Rückzug.

Er sah nichts, was ihn weiterbrachte.

Er fragte sich, was er übersehen haben könnte. Wie müsste er den *Film* anschauen, um neue Gesichtspunkte zu erkennen? Er versuchte, seine Sehgewohnheiten auszublenden. »Aber wie blendet man so etwas aus?«, fragte er sich ratlos. »Ich sehe doch, was ich sehe. Mit den gleichen Augen und dem gleichen Sinn und dem gleichen Kopf. Ich schaue ja genau hin, aber bin ich in der Lage, nicht nur das zu sehen, was ich sehe, sondern auch dahinter zu schauen wie bei einem Kinofilm, um den Regisseur zu verstehen, was er sich bei den Szenen und Dialogen, der Hintergrundmusik und der Kameraeinstellung gedacht hat?«

Kilian verstaute seine Hände in den Hosentaschen und entspannte sich mit Grimassen, verformte seinen Mund zu einem Kuss, zog die Stirn nach oben und wieder nach unten und schloss für einige Sekunden die Augen.

Dann stand er wieder vor der Wand mit den Fotos. Er vertiefte sich in den Vorsatz, die Fotos nicht anzuschauen, sondern sie zu *betrachten*. Anschauen war für ihn wie angucken und anstarren, um sich einen Eindruck ohne tieferen Sinn zu verschaffen. Betrachten verband er dagegen mit Einkehr und Hingabe, um dem Blick Raum und Zeit zu geben. Denn nur so, meinte er, hebe sich die Distanz zwischen Bild und Betrachter auf.

Meinte er tatsächlich.

Seine Pupillen scannten das Foto. Er musste mehrmals die Augen schließen, um die Pupillen zu entlasten. Je intensiver er sich in dieses Foto *verlor*, desto starrer wurde seine Aufmerksamkeit. Er hatte das Gefühl, dass sich alle Farben und Konturen zu einer Masse aus Weiß verdichteten. Für einen Moment überlegte er, wie er wohl einem Künstler wiedergeben würde, was er sah.

Sollte er antworten: »Ich sehe nur weiß?«

Der Künstler wäre beleidigt, weil Kilian nicht erkannte, was in diesem Weiß vor sich ging, die feinen Strukturen, Bewegungen, ein Aufbegehren, Mühsal, Kampf.

Wer das Bild nicht lesen konnte, taugte nicht für die Kunst. Er war Durchschnitt. Aber nur die Elite erkannte das Edle. Nur sie konnte die Gedanken des Malers lesen, sie deuten und der Welt öffnen.

Kilian sah immer noch weiß. Er gehörte nicht zur Elite der Kunstkenner. Er war nur Beamter, Leiter der Mordkommission, zuständig für Pragmatismus und »Das-ist-die-Welt«. Kein Platz für Spinner und Lebenskünstler, für inspirierte Intellektuelle und hoffnungslose Esoteriker. Sein Job war die nüchterne Selbsterkenntnis, dass er zu dienen hatte.

Er wunderte sich über seine Gedanken.

»Cosima, komm doch mal«, rief er ihr aus seinem Büro zu, »du bist ja Expertin für die Jugend-Marken-Kultur oder wie ich das nennen soll. Finde bitte alles zur Mütze mit dieser Aufschrift ›Be nice‹ und die Markenbezeichnung ›Grizzly love‹ heraus. Wie teuer diese Produkte sind, in welchem Alter sie gekauft werden und in welchen sozialen Gruppen, Gruppierungen oder Milieus sie zu einem Statussymbol geworden sind. Okay?«

Cosima salutierte ihm mit ironischer Beflissenheit. »Ja, Chef.«

Er rief auch Charlotte an, ob sie von »Be nice« und »Grizzly love« gehört hätte.

»Nein.«

Und er rief Tilda an, immerhin war sie eine Journalistin aus der Modeszene.

»Nein.«

Nein ist die Fratze der Aufklärung.

Nein ist ein Stoppschild.

Nein bedeutet: Such dir dein »Ja!« woanders.

»Mein Gott, ein Scheißfall, wenn es schon an solchen Kinkerlitzchen scheitert.« Kilian schluckte die Buchstaben wie eine Überportion Lebertran.

Cosima fragte sich, weshalb er so einen Wind um läppische Fragen machte. »Ein paar Klicks im Internet, und schon haben wir die Antworten.«

Kilian warf ihr ein angedeutetes Lächeln zu, seine Art, eine Kapitulation zuzugeben. Dann begann er aber schnell mit der Rückeroberung seiner Autorität, meistens mit einem Allerweltsatz: »Dann wollen wir mal.«

Sein Chefgehabe klang immer dann durch, wenn er mit seinen Gedanken und Worten in eine Einbahnstraße fuhr und daraus nicht mehr heil herauskam.

Cosima nahm seine Attitüden gar nicht mehr wahr. Er war durchaus ein emotionaler Mensch, aber berechenbar. Wenn er schlecht drauf war, wirkte er in allem sehr reduziert. Er sprach weniger, ging nicht zum gemeinsamen Mittagessen, machte die Tür seines Büros zu.

In heiteren Momenten oder in Momenten, wenn ihm der Sinn nach neckischer Ironie stand, nannte er Cosima »Divchen«, um das Wort Diva zu verniedlichen. Er bezog dieses Wort nicht auf ein affektiertes und blasiertes Verhalten, sondern auf ihren Kleidungsstil.

Sie verweigerte sich dem Cool-Image ihrer Kolleginnen, die sich alle Mühe gaben, dem Bullenklischee gerecht zu werden. Vernehmungen mit harten Jungs, eine Schießerei mit Gangstern, eine Verfolgungsjagd über hohe Mauern hinweg, geschafft, harter Job. Genau betrachtet, unterschieden sich Frauen und Männer in ihrem Dezernat kleidungsmäßig kaum voneinander. 80 Prozent Übereinstimmung bei Sportschuhen und Jeans. Kilian war mit seinem Jeans-plus-X-Outfit auf der sicheren Seite, weil er damit in keiner Weise auffiel.

»Du hast eine Modephobie«, stichelte Cosima, »weil du Angst davor hast, dich mal anständig anzuziehen.«

Er entgegnete ihr, dass er kein Opfer der weiblichen Geschmacksdiktatur sein wolle. Jeans mit blauer Jacke war für ihn ein gesunder Mittelweg zwischen Diktatur und Selbstbestimmung. Mittelweg hieß: Sei anders, aber falle dabei nicht auf.

Er dachte sich: Wer cool ist, braucht nicht schick zu sein.

Divchen dagegen dachte: Wer cool ist, kann es sich leisten, sich schick zu kleiden. Schick zu sein war für sie nicht nur eine Frage der weiblichen Ausstrahlung. Sie verband damit auch ein Statement, eine Botschaft, um ihre Persönlichkeit und ihre Sinnlichkeit unterschiedlich darzustellen, und das sei nun einmal mit einer blauen Jeans jeden Tag nicht möglich.

Kilian fand das amüsant. Miko war das völlig egal. Miko gab sich nicht einmal die Mühe, sich ein größeres Hemd zu kaufen, um seinen Bauch kleiner erscheinen zu lassen. Wenn er einen guten Einfall hatte, trommelte er zärtlich mit den Fingern auf seine Rundungen, und das Hemd spannte sich auffällig darüber. Er bemerkte es nicht. Er war frei von jeglichem Stilempfinden.

Cosima trug gerne unifarbene Hosenanzüge in Blau, Schwarz und Anthrazit. Das entsprach tatsächlich nicht dem üblichen Sichtfeld in der Kollegenschaft, aber sie wirkte dadurch nicht abgehoben oder aufdringlich, weil ihr natürliches Naturell alle Gegenargumente überspielte.

Nur einmal, und das führte nach vielen Monaten zu vereinzelten, aber feinen und gepflegten Lästereien, erschien sie im Präsidium mit Stresemann-Hose und Rüschenbluse, ein bisschen sexy 30er-Jahre, als stünde sie in der Filmkulisse mit Greta Garbo oder Marlene Dietrich. Sie hatte sich mittlerweile von all den Lästereien erholt, sie machte sogar selbst Witze darüber.

Wenn sie über den Flur ging, multiplizierte sich das Stakkato ihrer Trittgeräusche, und das Publikum aus Zeugen, Anwälten und Beschuldigten verfolgte das Geschehen wie einen herankommenden Zug, der in den Bahnhof einfuhr.

Saß sie einem Beschuldigten gegenüber, arbeiteten *ihre* Fantasie und *ihre* Schauspielkunst. Sie stellte harmlose Fragen und öffnete damit das große Buch der psychologischen Gesprächsführung.

Ein Lächeln bedeutete: Du bist doch sympathisch. *Du Arschloch.*

Ein leises Sprechen bedeutete: Immer mit der Ruhe. *Komm in mein Spinnennetz.*

Empfindsame Worte bedeuteten: Du bist nicht allein. *Mach endlich dein Maul auf.*

Sie liebte es, unterschätzt zu werden. Dann verschob sich die Skala des Beschuldigten von kluger Raffinesse zum grandiosen Trottel. Er redete sich um Kopf und Kragen, und der Anwalt kam gar nicht hinterher, den Wortausstoß seines Mandanten in eine andere Richtung zu lenken.

Sagte ein Beschuldigter von ganz allein, ja, ich war es, dann war sie die ehrlichste Spezialistin für Lob und Anerkennung. Eine Tat mochte noch so schlimm sein, aber wenn dem Bösen eine radikale Ehrlichkeit innewohnte, dann sagte sie dem Täter: »Sie haben ihr kostbarstes Gut nicht verloren, ihre Würde.«

Die richtig harten Jungs wurden ihr allerdings noch nicht vorgesetzt. Darum kümmerte sich der Chef immer noch selbst.

Miko hatte in der Kantine ein paar Nussecken gekauft und neben die Kaffeemaschine gelegt, »für alle«, wie er einladend bemerkte. Cosima fragte ihn, weshalb er ständig Hunger habe. Kilian wollte das wohl auch wissen. Er schaute wissbegierig in Mikos Richtung.

Er knöpfte sich den mittleren Knopf seines Hemdes zu, den sein gespannter Bauch aus der Umklammerung herausgeschleudert hatte, und fragte Kilian und Cosima, ob sie bereit seien, eine traurige Geschichte zu hören. Er würde sie auch ganz schnell erzählen.

Kilian hörte schweigend zu.

Cosima nickte und schaute dabei in ihren Computer.

»Also, in meinem früheren Leben lebte ich in bitterer Armut. Meine Eltern mussten hart auf den Feldern arbeiten, um die Familie vor dem Hungerstod zu retten. Der König und die Fürsten lebten prächtig, und ich träumte davon, statt Grießbrei ein knuspriges Hähnchen zu essen. Meine Eltern hatten kaum noch Kraft, den Tag zu überstehen. Sie starben sehr früh, und wenige Jahre später folgte ich in den Tod, weil ich nichts zu essen bekam. Meine Seele aber starb nicht. Sie wanderte durch die Gezeiten. Als ich wiedergeboren wurde, empfing mich meine Seele mit einem Festmahl, und meine innere Stimme schwor meinem Geist, lieber dick als dünn zu werden. Wie ihr seht, habe ich mein Versprechen gehalten.«

»Ooohhhhh, ist das eine traurige Geschichte«, alberte Cosima, »aber jetzt verstehe ich dich endlich. Ich melde dich bei den Weight Watchers sofort ab, und die bestellte Waage schicke ich auch zurück. Ehrenwort.«

Kilian zog demonstrativ seine Tür zu und sagte, so war er jedenfalls zu verstehen, »Kindergarten«.

11.

Es gab Rotwein, Weißwein, Sekt, Wasser, helle und dunkle Weintrauben, Radieschen, französisches Landbrot, Baguette, Butter, Öl, Salz, Feigensenf und acht verschiedene Käsesorten, darauf jeweils eine eingesteckte Fahne mit dem passenden Namen: Brie, Edamer, Camembert, Schaf- und Ziegenkäse, Holländer, Gorgonzola und Parmesan.

Dr. Robert Kirsch und seine Frau Tilda waren zu Besuch bei Kilian und Charlotte. Robert war ein alter Freund von Kilian. Er hatte Psychologie studiert und seine Doktorarbeit über die »Dominanz der Eitelkeit im Spiegel der Eifersucht« geschrieben. Er ging der Frage nach, wo die Grenzen verlaufen zwischen der natürlichen Freude über die eigene Attraktivität und der übertriebenen Sorge, dass mich keiner mehr mag.

Robert war erst über Umwegen zur Psychologie gekommen. Er hatte bereits ein Jahr als Studienrat für Chemie und Biologie gearbeitet, als er spürte, dass Schule ihm nicht lag, genauer gesagt, dass ihm die Eltern der Schüler nicht lagen. Die Eltern dachten immer, sie hätten die liebsten und klügsten Kinder, die ständig von anderen Kindern geärgert und vom Lehrer benachteiligt würden. Er musste sich eingestehen, dass sein pädagogischer Idealismus nicht ausreichte, um über den Unterricht hinaus Krisenmanagement gegenüber den Eltern zu leisten.

Seine ehemalige Freundin, eine Verhaltenstherapeutin, weckte sein Interesse an der Psychologie. Er konnte sich noch gut an ihre erste Patientin erinnern, eine junge Frau mit einer Spinnenphobie. Wenn sie eine Spinne sah, bekam sie rote Flecken im Gesicht, zitterte und redete wirres Zeug, um damit ihre Angst wegzureden. Der Therapieplan sah vor, dass die Patientin nach vier Wochen in der Lage sein sollte, eine Gummispinne zu berühren, nach acht Wochen einer Biospinne beim Krabbeln angstfrei zuzusehen und nach zwölf Wochen sie in die Hand zu nehmen. Es hatte nicht funktioniert. Sie blieb spinnefeind, aber immerhin bekam sie ihre Hysterie in den Griff.

Robert entschied sich für die Psychologie, weil er den Menschen in seiner charakterlichen und seelischen Substanz verstehen wollte: Wie er denkt. Warum er es denkt. Wie er Dinge wahrnimmt und verarbeitet. Wie sich Ticks und Macken entwickeln. Woher sie kommen. Wie genau das Scheitern eines Menschen in allen Details funktioniert und warum Menschen aus dem Leben gehen, die anscheinend – augenscheinlich – alles haben.

»Jeder Mensch«, formulierte er in einem klug klingenden Tonfall, »ist ein Mysterium, dessen Beurteilung uns immer wieder zu Anfängern macht.« Er genoss solche Sätze, weil sie spontan Eindruck hinterließen, obwohl er damit wahrhaftig nichts Neues aufgedeckt hatte. Er hätte auch sagen können, dass die Psychologie wissenschaftlich nicht schnell genug vorankomme, um die Menschen genauer zu verstehen. Aber das wollte er so natürlich nicht sagen. Er wusste, dass die Psychologie immer nur Annäherungen bot, aber keine logische Lösung.

Später machte er sich einen Namen als Buchautor und Gastredner über die menschlichen Abgründe des Tötens. Per Zufall kam er dazu. Er lernte auf der »Forensischen Nacht«, einer Veranstaltung des Gerichtsmedizinischen Instituts, die Leiterin der Gerichtsmedizin kennen. Sie hielt einen Vortrag über »TV-Mord und Wirklichkeit«. Das Mordthema ließ ihn seitdem nicht mehr los. Er forschte nach »Charakterlichen Indizien für spezifische Mordmerkmale«. Er bemerkte im besten Schlagzeilen-Deutsch: »Jeder kann zum Mörder werden.«

Meistens trafen sich Kilian und Robert ohne ihre Ehefrauen. Dann redeten sie über Politik und Fußball, über den Job und komische Mitarbeiter. Sie erzählten sich Anekdoten von früher, meistens Frauengeschichten, in denen Kilian und Robert die begehrtesten Männer waren, die die schönsten und klügsten Frauen um den Finger wickeln konnten. Solche Erinnerungen, wie wahr sie auch sein mochten, lösten tiefe Zufriedenheit aus. Heute fiel dieser Erzählstrang aus. Kilian und Robert saßen sich gegenüber, Charlotte und Tilda auch. Charlotte besaß eine Boutique in der Vorstadt. Sie hatte sich auf spanische Designer spezialisiert. Salida, Soltomar oder Suerta. Dass sie alle mit »S« begannen, war reiner Zufall, beteuerte sie, und dass kaum eine Kundin diese Namen im Kopf hatte, spielte auch keine große Rolle, Hauptsache, sie klangen nach Lebensgefühl und Begehrtsein.

Sie konnte sich noch haargenau an die ersten Kollektionen erinnern. Die Blazer sahen aus wie Armee-Jacken, schwer und schwarz. »Heute sehen die Jäckchen ja wie seidige Papiertüten aus, leicht, leicht, leicht und in allen Farben«, meinte sie. Wer ihre Boutique betrat, musste die Piratin in sich entdecken. Raus aus der artigen Damen-Bürger-Rolle, rein in das Rebellen-Anderssein. Sonst wirkte ihre Mode wie ein karnevalistisches Kostüm. So schräg, als würde ein Biedermann eine rote Brille tragen. Sie selbst war kein farbenfroher Modemensch. Sie kombinierte Schnitte und Stoffe – alles in Schwarz, manchmal aber wechselte sie auch ins andere Extrem: alles in Weiß.

Den Riesenumsatz machte sie nicht, sagte sie ungefragt, aber die Boutique war ihr Ding und dieses Ding war mehr als ein Job. Es war eine Aufgabe von unschätzbarem Wert. Denn genau genommen verkaufte sie keine Mode, sondern Ausstrahlung, Selbstbewusstsein, Glück. Das sei wie mit einer Kneipe. Die Menschen gingen nicht in die Kneipe, um ein Bier zu trinken, sondern um andere Menschen zu treffen. Auf die

Kommunikation komme es an, das Bier sei da nur ein Zusatznutzen.

Trocken bemerkte Kilian dazu, dass er ein »sinnlicher Beamter« sei und stolz darauf sei, ein Glücks-Beamter zu sein. Er liebte es, mit seinem Staatsdiener-Image zu spielen, weil sich Beamter nach Besoldungsgruppe, Beförderung, Pensionen, Ärmelschoner und stressfreier Arbeit anhörte. Vielleicht würde er seinen Beamtenstatus am liebsten verstecken, wenn er im Gewerbesteuerarchiv der Stadtverwaltung oder als Sportlehrer in der Grundschule arbeiten würde. Aber als Leiter der Mordkommission sendete er beamtenuntypische Assoziationen: Sie vermitteln den tiefen Morast von Dramen und Tragödien, von Leid und Kummer, und alles endet mit der Strafjustiz, mit Urteil und Gefängnis.

Tilda war Modejournalistin. Sie schrieb für Tages- und Wochenzeitungen, manchmal auch für die teuren Modemagazine, auf Hochglanz gedruckt, damit die Mode-Anzeigen der renommierten Luxusmarken so klar hervorstachen wie ein Karpfen in der Badewanne. Das Papier der Seiten enthielt leichte Duftnoten, als würde man in eine *gedruckte* Parfümerie gehen. Genau genommen schrieb sie nicht über Mode, sondern über das gesellschaftliche Drumherum der Haute Couture. Über Launen und Stimmungen der Branche, über die Stars der Branche, die sich nicht Modedesigner nennen ließen, sondern Modeschöpfer. Vielleicht hätte sich Picasso Bildschöpfer nennen sollen statt Maler. Sie schrieb auch über Magermodels, drogenabhängige Models, über todessüchtige Models. Sie schrieb über die Schatten, die die Modewelt im Sonnenschein nicht bemerkte.

Models kannte Robert nur aus den Frauenzeitschriften, die Tilda mitbrachte. Als er noch jünger war, hießen sie Cindy Crawford, Linda Evangelista, Naomi Campbell oder Claudia

Schiffer. Wer danach kam, keine Ahnung, ihm fiel nur noch Agyness Deyn wegen ihres platinblonden Pixie-Schnittes ein.

Regelmäßig reiste Tilda zu den Pariser Modenschauen, zur Mailänder Modewoche, zur London Fashion Week und zur New York Fashion Week. Jedes Mal, wenn sie die Koffer packte, grummelte Robert den Standardsatz: »Du hast es gut, du kommst herum.«

Sein Bart machte ihn älter, als er war. Seine extreme Schlankheit passte nicht zu seiner Gesamtstatur. Großer Kopf, hagerer Körper, Sportler. Er lief und lief. Wie an einer Schnur gezogen, zog es ihn in die Wälder, »um Kilometer zu fressen«, wie er das ausdrückte. Er aß fast nur vegetarisch, Alkohol trank er nur selten, so selten, dass er spätestens nach einem Glas Wein bereits die Fahruntüchtigkeit erreichen würde. An dem Rotwein auf dem Tisch nippte er nicht einmal, und beim Anblick des Käses dachte er wohl nicht an Geschmack, sondern an Kalorien.

Robert pflegte sorgsam seine Marotten. Manchmal erweckte er den Eindruck, eine Gegenposition nur aus Trotz zu beziehen, um damit einen »Gegner« herauszufordern und ihn die Enge zu treiben.

Kilian kannte aus seinen Vernehmungen dieses Schauspiel aus Mimik, Gestik, Rhetorik, das Anschleichen und Verstecken, all die Hintergründe menschlicher Angriffslust.

Robert war auch genial darin, die Themen so zu lenken, dass er im Mittelpunkt stand. Ganz gewiss war er an diesem Käse-Wein-Abend der Redezeitkönig. Wenn er redete, merkte er manchmal nicht, dass er wie ein Fahrlehrer redete, der einem Formel-Eins-Rennfahrer den optimalen Bremszeitpunkt vor einer Kurve erklären will.

Roberts aktuelles Buch »Der Mörder in dir« erreichte sofort eine Startauflage von 150.000 Exemplaren. An all den Honoraren und Nebeneinkünften schien er prächtig zu verdienen. Er fuhr einen grünen Porsche 4 S mit cremefarbenen Sitzen. Er behauptete, er brauche dieses Auto, um jung zu bleiben. Er sei kein Opel-Typ. Das wiederum empfand Charlotte als »gestrig«. Sie fragte, ohne mit einer Antwort zu rechnen, ob ein Auto denn heute noch dazu tauge, Klassenbewusstsein zu zeigen.

»Es geht nicht um eine soziale oder gesellschaftliche Klasse, sondern um Lebensart«, belehrte Robert sie.

»Ach so«, bemerkte sie hinterlistig ironisch.

»Soll doch jeder fahren, was er will«, antwortete er nach kurzem Zögern. Seine Kapitulation war wohl überdacht. Mit Luxus zu prahlen, bedeutete Machtverlust. Die wirkliche Macht leitete sich aus Respekt ab. Respekt war das größte Kompliment für einen Menschen.

»Ich fahre ein scheiß Auto, Marke Biedermann«, fügte Kilian amüsiert hinzu und wusste selbst nicht genau, wie er das meinte, als Akt der übertriebenen Bescheidenheit oder als provozierendes Stilmittel gegenüber dem übermächtigen Porschefahrer?

»Also, ich trinke Wein«, bekundete Tilda ihren Trinkwunsch, »Robert trinkt ja Wasser und fährt uns dann auch heim.«

Er hob sein Wasserglas wie einen Siegerpokal: »Prost, auf einen schönen Abend.«

»Ja, schön, dass ihr mal wieder bei uns seid«, frohlockte Charlotte im schönsten Gastgeber-Eröffnungs-Small-Talk. Sie lächelte und schaute dabei jedem in die Augen. Augen lügen nicht. *Fühlt sich auch jeder wohl hier?*

»Mensch, Kilian, da hast du ja momentan einen ganz schönen Fall am Bein«, durchbrach Tilda das artige Summ-Summ-Geplänkel.

»Ja, dieser Schneewittchen-Mord«, ergänzte Robert so beiläufig erhaben, als möchte er nichts Weiteres über diesen Fall erfahren, weil er erstens nicht als neugierig gelten mochte und zweitens genau wusste, dass er gleich sowieso seinen großen Auftritt als Fachmann und Menschenkenner haben würde.

Charlotte tat ihm prompt diesen Gefallen: »Robert, was hältst du von dieser Sache, alles merkwürdig, oder?«

Er war kein Mann für eine knappe Antwort. Er dozierte lieber, von oben nach unten, und Kilian, Charlotte und Tilda waren für die nächsten ausufernden Minuten seine Studenten.

Seine Zuhörer waren froh, dass er im Sitzen sprach und sich nicht stehend an der Stuhllehne als imaginiertem Rednerpult festhielt. So hatten sie wenigstens das Gefühl, an einem Tisch im Wohnzimmer zu sitzen und nicht in einem Raum irgendeiner Bildungseinrichtung.

Robert atmete kräftig durch, seine Mimik, in der sich Konzentration, Expertise und Bildung abzeichneten, bereitete seine Zuhörer auf wirklich Wichtiges vor.

Sie erhielten Einblick.

Einblick wie Offenbarung. Er öffnete das Verborgene und warf ein Licht auf die Wahrheit.

Kilian ließ indessen die Luft des Gähnens langsam durch die Finger ziehen, damit es keiner bemerkte. Was sein Freund gleich sagen würde, erfüllte mindestens den Anfangsverdacht der Langeweile. Ihn zu langweilen war allerdings ein schweres Vergehen. Langeweile kam ihm wie Totschlag seiner Zeit vor. Robert jedoch lebte auf.

»Um den Fall wirklich beurteilen zu können, müsste ich wissen, durch welches Gift die Frau gestorben ist. Handelt es sich zum Beispiel um das relativ herkömmliche E 5, käme eine breitere Zielgruppe in Frage. Handelt es sich dagegen um ein raffinierteres Gift wie etwa eine intravenöse Succinylcholin-Injektion, die sich im Körper nicht nachweisen lässt, könnte man auf Personen mit Heilberufen schließen, Apotheker oder Ärzte oder Krankenschwestern. Generell können wir sagen, dass Männer anders töten als Frauen. Männer schießen oder schlagen, wählen also die härtere Variante, während Frauen den sanfteren Weg des Giftmordes wählen. Ich muss dazu etwas ausholen. Wenn ein Mensch erschossen, erdrosselt, erstochen oder erschlagen wird, ist eine absichtliche Tötung offensichtlich, das heißt, der Arzt kann nicht irrtümlich den Todesschein auf natürlichen Tod ausstellen. Beim heimtückischen Giftmord ist das anders. Der muss entdeckt werden. Und das wiederum bedeutet, dass viele Morde durch Frauen unentdeckt bleiben.«

»Oh«, hob Tilda neugierig die Stimme, als wäre sie überrascht.

»Ja, mein Schatz, so ist das. Kleiner Tipp am Rande: Wenn sich das Gift blau vermischt, dann empfehle ich euch, das Zeug in Blaubeerquark zu rühren. Dann fällt es nicht auf.«

Keiner lachte.

Er zog seine Augenbrauen zusammen und knitterte dabei seine Stirn zu Falten. »Aber ich komme vom Thema ab.«

Kilian kannte das Gift, das zum Tod führte. Er schwieg.

Robert strich sich über seinen rechten Oberschenkel, als wolle er seine taubenblaue Hose glattziehen. Er trug fast immer taubenblaue Anzüge mit weißem Einstecktuch, dazu braune Schuhe mit braunem Gürtel. »Das sieht richtig schick aus«, lobte Charlotte jedes Mal und immer in Gegenwart ihres Gatten Kilian, der nie schick aussah.

Tilda war wieder bei der Mordsache. »Es könnte doch sein, dass Drogen im Spiel waren. Ich kenne ja die Typen aus der Modeszene, die dröhnen sich manchmal zu und wissen dann nicht mehr, wer sie sind.«

Alle schwiegen.

»Ach Quatsch, was ich da sage«, zeigte sie sich selbst den Vogel, »aber ich will nicht ausschließen, dass dieser Mord etwas mit der Modebranche zu tun hat, mit all den Emotionen, Verwerfungen und Enttäuschungen. Ihr seht immer nur Trallala, ach wie schön, aber ihr schaut nicht hinter die Kulissen, ihr seht keine Einsamkeit, keine Übermüdung, keine Magermodels, ihr seht nur das Produkt, Glitzer, Glamour und so weiter.«

Charlotte machte eine weitere Flasche auf. Robert trank weiterhin stilles Wasser.

Tilda überlegte, ob sie alles gesagt hatte, was sie sagen wollte, und ob sie das Gesagte auch richtig betont hatte. Nichts wäre schlimmer, als die Wirksamkeit guter Gedanken durch eine falsche Modulation verpuffen zu lassen.

»Dann lass uns mal auf das Leben anstoßen«, schlug Charlotte vor.

Das aufkommende Lachen wirkte wie eine törichte Albernheit gegenüber all den schweren Themen des Abends. Die Runde kam sich zeitweise vor wie auf einer Beerdigung mit Sarg, Kränzen, stillem Händeschütteln und den schweren Glocken der Friedhofskapelle. Aber anschließend beim Leichenschmaus setzte bereits wieder plappernde Fröhlichkeit ein.

12.

Miko freute sich über seine Entdeckung. »Schaut her, die Frau Walldorf hatte einen Stalker. Und jetzt hört genau hin. Der wurde vom Gericht angewiesen, ihrem Haus in einem

Umkreis von einem Kilometer nicht näher zu kommen und auch sonst jeden Kontakt strikt zu vermeiden.«

»Und, was sagt uns das«, fragte Cosima eher beiläufig, als nehme sie den Stalker-Fall nicht ernst.

»Das sagt uns, dass er ein Besessener ist, und wer besessen ist, der hat sich nicht mehr unter Kontrolle.«

Cosima fragte ihn mit geschlossenen Augen, als sei sie mit ihren Gedanken gerade woanders, was er denn mit dem Stalker anstellten wollte.

»Kilian wollte von uns wissen, ob Frau Walldorf Feinde hatte. Hier hast Du einen Feind.«

»Oh Gott, dann habe ich ja viele Feinde, wenn man eben auch die dazu rechnet, die nicht ganz dicht im Kopf sind«, sagte sie so dahin.

»Und was bin ich für Dich«, fragte Miko vergnüglich.

»Du bist mein Lieblingsfeind.«

Miko gefiel diese Antwort, weil Cosima genau das Gegenteil damit meinte. Diese Art der Kommunikation, mit Ironie zu spielen, damit zu locken und zu necken, beherrschten beide prächtig.

Er blätterte weiter durch die Akte des Stalkers. Weil die Polizei in einer anderen Sache Diebesgut bei ihm vermutet hatte, erwirkte sie eine Hausdurchsuchung und machte Fotos von der Wohnung. An einer Wand hingen übereinander und nebeneinander Bilder von Chira Walldorf, überzeichnet mit einem wilden Gekritzel, als hätte ein Kind erstmals einen Stift in der Hand gehabt, um damit etwas anzufangen. Auf manchen Bildern standen Worte wie »Hässlich grässlich« oder »Saublöde Visage« oder »Ritz dir eine Falte auf die Stirn«.

Das Gesicht des Stalkers erinnerte ihn an einen römischen oder antiken Jüngling, wie er in etlichen Büchern abgebildet ist oder als Bildhauerei in einem Museum steht. Er hatte markante Wangenknochen und kurzgeschnitten Locken. »Ist das ein schöner Mann«, fragte Miko seine Kollegin.

»Er ist dann schön, wenn er ein Typ ist.«

»Verstehe ich nicht.«

»Miko, ich weiß, dass Du das nicht verstehst«, antwortete Cosima mit übertrieben fürsorglicher Stimme.

Beide mussten lachen.

Ihn ließ die Frage nicht los, was der Stalker von Frau Walldorf wollte. Glaubte er wirklich, sie würde ihn lieben und sich auf eine Beziehung mit ihm einlassen? War er beleidigt, weil seine Liebe verachtet wurde? Schlug dann eine Mischung aus Kränkung und mangelndes Selbstwertgefühl in Mord um? Miko stutzte über seine Gedanken, abwegig fand er sie aber nicht. Häufig in seinem Polizistenleben war er Psychopaten begegnet mit einer braven Umhüllung bürgerlicher Normalität. Was sie sagten, wie sie es sagten, wie sie sich kleideten, wie sie ihre Freizeit gestalteten, sie wirkten zufrieden und innerlich aufgeräumt. Doch in ihren Köpfen bildeten sich Nester mit gefährlichen Raubvögeln, die nur darauf warteten, Beute zu machen. Dann verwandelten sich die Körper zu einer Masse ohne Seele – zu einer Drangsal der bösen Tat.

Miko bestellte den Stalker ins Präsidium ein.

13.

Der Tag begann heiter. Die einfühlsame Radiostimme vom Wetterdienst kündigte für den kommenden Samstag Höchsttemperaturen von bis zu 24 Grad an. Es war die Zeit des Übergangs. Der Frühling witterte schon den Sommer und würde bald Wiesen, Gärten und Gefühle mit einem frischen Aroma der Lebensfreude übergeben. Miko schüttelte sich, um wach zu werden. Ihn plagte die Frühjahrsmüdigkeit. Cosima pries ihm die Wirkung einer kalten Dusche an, die er wegen der Kälte aber ablehnte.

Er wohnte nur einige Fußminuten vom Präsidium entfernt. Und von dort waren es wiederum nur wenige Fußminuten bis zum Landtag und zum Rhein mit seiner Promenade, die in die Altstadt führte und zur Wohnung von Chira Walldorf. An diesem Morgen stellte er Cosima und Kilian Dr. Robert Kirsch als »Experten« vor. »Er wird uns unterstützen, um ein Täterprofil zu entwickeln.«

Cosima und Miko hörten brav zu, machten einen interessierten Gesichtsausdruck, und Miko fragte Dr. Kirsch, was für einen Doktor er habe.

»Ich habe in Psychologie promoviert.« Dabei schaute er professionell freundlich.

Später lästerte Miko gegenüber Cosima: »Ich habe die Ehrendoktorwürde für praktische Appetitkunde verliehen bekommen.«

Kilian und Robert zogen sich zurück und tranken einen Kaffee.

»Mensch, Kilian«, meinte Robert plötzlich, »ich dachte immer, es sei ein Klischee, dass Polizeikaffee ungenießbar ist, aber das ist ja die pure Wahrheit.«

»Der Kaffee ist auch nicht für uns gedacht, sondern für herzkranke Zeugen.« Kilian freute sich über seinen gelungenen Konter.

Kilian erklärte ihm Vordergründiges und Hintergründiges über den Fall. »Der Tatort war ein Lebensort der Getöteten. Sagen wir mal so: erster Wohnsitz. Sie war als Model in der Welt ständig unterwegs. Fest steht, dass der Lebensort bewusst als Tatort ausgewählt worden ist. Denn der Hergang der Tötung, Giftmord, war so gewählt, dass das Sterben in dieser Wohnung stattfinden musste. Wie sie auf dem Bett dalag, ausgeruht schlafend mit sorgsam gekämmten Haaren, so sieht ja kein normal sterbender Mensch aus, das alles wirkte sehr, sehr theatralisch.«

Robert machte sich Notizen, schrieb Worte auf wie »Bühne«, »Inszenierung«, »Dramaturgie des Sterbens«, »schöne Tote«.

Er hatte schon ein Grundgefühl für diesen Fall parat, weil die Umstände des Todes nur in eine Richtung zielten konnten, aber er behielt den Gedanken noch für sich.

In seinem Büro ging er die Tatortbilder erneut durch und verinnerlichte den Tathergang.

Er versuchte, eine Struktur, einen Sinn, eine Richtung zu erkennen. Aber dafür war es jetzt noch zu früh. Er brauchte mehr Informationen. Merkwürdigerweise gingen ihm ein paar Märchen durch den Kopf. »Hänsel und Gretel«, »Schneewittchen« und »Der Räuberbräutigam«, grausame Geschichten über Liebesentzug, Verzweiflung und Tod, irgendwann folgte ein glückliches Ende. Er dachte darüber nach, wie *sein* Fall heißen würde, wenn es ein Märchen wäre. Vielleicht »Goldhaarliebe« oder »Komm ins Zuckerliebesland« oder »Weine nicht um mich«.

Er konnte den Gedanken, dass dieser Mordfall ihm wie ein Märchen vorkam, nicht abschütteln, zu merkwürdig, fantastisch, unwirklich erschienen ihm die einzelnen Sätze, deren er habhaft werden wollte, denen er ihr Geheimnis entlocken wollte.

ICH HABE MIR DEINE SCHÖNHEIT GELIEHEN.

»Wie kann man Schönheit leihen? Und warum sollte man sie leihen? Für welchen Anlass?«

Er wurde aus seinen Gedanken selbst nicht mehr schlau. Er spürte, wie ihn das Verharren an der Oberfläche schmerzte. Es war kein körperlicher Schmerz, sondern eine Ungeduld, die sich nicht entladen konnte und dadurch Druck in seinem Innersten aufbaute.

DU LEBST WEITER. IN EINER ANDEREN WELT.

»Du lebst weiter. In einer anderen Welt? Welche Welt soll das nur sein?«

DU MUSST DAS VERSTEHEN.

»Sie muss ihren Tod verstehen? Wie kann man einem unschuldigen Opfer zumuten, seinen gewaltsamen Tod verstehen zu müssen?«

ICH WEISS, DASS DU JETZT GLÜCKLICH BIST. DAS IST MEIN TROST.

»Das Opfer soll glücklich sein, weil es versteht, tot sein zu müssen, damit seine Schönheit ›verliehen‹ werden kann? Das ist für den Täter tröstlich.«

Er schrieb mit einem roten Stift auf ein großes Blatt Papier die Worte

DAS IST PSYCHO

14.

Chira Walldorf war schon als junges Mädchen nett anzuschauen. Sie hatte ein gutmütiges Gesicht mit ausdrucksstarken Lippen und verträumten Augen, aber mit einem kecken Blitz. Sie tollte um die Apfelbäume und spielte mit den Jungs Verstecken und Fangen. Im Sommer rannte sie barfuß über die Wiesen und ließ im Herbst auf stoppeligen Feldern Drachen steigen.

Dass sie später einmal zur Ikone der Mode reifen und als Model Karriere machen würde – auf diesen Gedanken musste man erst einmal kommen. Die Eltern gingen natürlich davon aus, dass sie im Dorf bleiben, eine Ausbildung machen, einen Mann kennenlernen, Kinder bekommen würde – was auch sonst!

Ein Foto zeigte sie auf dem Traktor ihres Vaters, der den Bauernhof schon in fünfter Generation bewirtschaftete. Sie lächelte spitzbübisch, als würde sie gleich den Schlüssel ins Schlüsselloch stecken, das freche Knacken und Räuspern des Motors in Gang setzen und die Kraft spüren, wie sich die schweren Räder selbst durch härtesten oder tiefschlammigen Acker durcharbeiten. Mit Traktor verband sie nicht Arbeit, sondern Spaß.

»Bauer zu sein, ist kein Beruf, sondern eine Berufung«, predigte ihr Großvater. Er hatte oberhalb der Dielentür, vier Meter breit, 2,50 Meter hoch, ein Holzschild anbringen lassen, darauf stand:

»Wir sind mit der Scholle verwachsen,
wir nehmen alle Mühe auf uns,
um eine gute Ernte heimzuholen.«

Anfang Oktober feierte die Familie immer das Erntedankfest, erst in der katholischen Kirche, dann zu Hause mit der Familie und den Nachbarn. Üppig wurde der Altar in der Kirche mit Obst, Getreide und Feldfrüchten dekoriert. Abends gab es in der geschmückten Diele ihres Bauernhofes Kartoffelsuppe mit Speckwürfeln. Die Männer tranken Bier und Schnaps, die Frauen Weißwein und Wasser.

Die Diele war ausgelegt mit großen, vierkantigen Steinen. Im Erker hing ein Holzkreuz mit einem Palmenzweig, schräg gegenüber thronte der Kamin, in dem noch vor 50 Jahren die Schinken der geschlachteten Tiere geräuchert wurden.

Für Großvater und Großmutter war die Diele Küche und Schlafzimmer, ein Lebens-Raum der fortwährenden Berührung. Entweder berührten Geräusche oder Gerüche oder die Enge; kein Entkommen möglich. Aber sie kannten es nicht anders. Fast alle Bauern im Dorf lebten so. Dagegen hatte der Großbauer, dem auch die Gastwirtschaft am Ort gehörte, ein riesiges Haus. Die Dorfbewohner erzählten sich, dass er und seine Frau sogar eigene Schlafzimmer hätten und die Kinder versuchten zu erraten, wie viele Zimmer wohl in so ein Haus passten.

Als der Großvater nicht nur die Felder bewirtschaftete, sondern auch mit der Tierzucht begann, erst Schweine, dann Kühe und später auch Rinder, kam mehr Geld herein, und er begann damit, den Bauernhof zu vergrößern. Sein Sohn setzte dieses Werk fort. Immer gab es etwas zu erneuern oder zu verändern, erst die Scheune, dann den Schweinestall, dann wieder die Küche, und Chira und ihr Bruder bekamen eigene Zimmer.

Die Diele veränderte radikal ihren Zweck, aber ihr Alter verbarg sie nicht. Ein Alter, das viele Leben verinnerlichte und das die Patina einer intensiven Tradition vermittelte – auch wenn dieser Raum zum Kommunikationszentrum wurde für die Familie mit ihren Freunden, für den Postboten, Tierarzt, Pfarrer, Bürgermeister und die Vertreter des Bauernverbandes oder der Genossenschaftsbank.

Bei einem Kaffee oder einem Schnaps redeten die Männer und Frauen über die neuen Bürger des Dorfes, über die Nikolausfeier der Freiwilligen Feuerwehr und neuerdings auch über einen ehemaligen Olympiasieger im Springreiten, der von den Bauern für seine Reithallen, Pferdeställe, Führ- und Longieranlagen Grundstücke kaufen wollte. Aber er wollte nicht verstehen, dass ein Bauer niemals seine Scholle verkauft, und weil er es nicht verstand, hatte er sogar den Bürgermeister darum gebeten, er solle doch bitte auf die Bauern zugehen. Darüber wiederum lachten die Bauern, und sogar der Bürgermeister lachte mit.

Immer wieder verrutschte das Dielengespräch zu einer Tratscherei, und keiner wäre auf die Idee gekommen, den Austausch von Ansichten, Meinungen und Bewertungen als Gewäsch zu bezeichnen. Jedes Mal, wenn ein Satz mit den Worten begann, »hast du schon gehört«, spürten die Zuhörer die Heilkraft eines Geheimnisses, das ihnen gerade offenbart wurde und sie glücklich machte. In einem nächsten Schritt erfolgte die Verarbeitung des Geheimnisses:

»Wirklich?«

»Das kann doch gar nicht sein.«

»Das hätte ich niemals gedacht.«

Mittendrin saß häufig der Pfarrer, fehlplatziert wie ein Smoking in einer Kneipe. Er hielt sich zurück beziehungsweise tat so, als würde ihn das alles nicht interessieren. Er hatte eine Kunst entwickelt, innerliche Abwesenheit zu demonstrieren, aber hellwach bei der Sache zu sein. Menschen, die ihn kannten, glaubten fest daran, dass sich seine kleinen Ohren zu der Größe eines Rhabarberblattes ausweiteten, um selbst kleinste Flüstersignale aufzunehmen. Dem Pfarrer entging tatsächlich nichts. Aber der gute Mann erzählte keine Gerüchte weiter. Frostiger konnte der Tod für Tratsch und Klatsch gar nicht sein.

Als »unser Päpstlein« bezeichnete Chira ihren Pfarrer. Sie meinte das »sehr lieb«, weil er sich um die Menschen kümmerte und sie gerne anlächelte. Natürlich hatte er nichts von der Macht des wirklichen Papstes in Rom, aber er sah ihm ein wenig ähnlich, wenn man es eben so sehen wollte.

Ostersonntag saß die Familie immer vor dem Fernseher, um die Ostermesse des Papstes mit dem Segen »Urbi et Orbi« zu sehen. Anschließend gab es das festliche Osteressen, Rindfleischsuppe, danach Rollbraten mit warmem Kartoffelsalat, danach Schokoladenpudding mit Sahne oder Eis für die Kinder.

Sie wurde nach ihrer Ersten Kommunion Messdienerin, engagierte sich in der katholischen Jugend und war immer mit dabei, wenn Zeltlager oder Pfarrfeste organisiert werden mussten. Sie ging gerne in die Kirche, nicht immer, aber wenn sie in die Kirche ging, zündete sie eine Kerze vor der Jesus-Statue an und sprach dazu ein Gebet. Sie betete für Mama und Papa und ihren Bruder, für Oma und Opa, und auch für ihre beste Freundin, dass alle gesund bleiben und Spaß am Leben haben sollten. Manchmal dachte sie, sie müsste auch für Jesus beten, weil er immer so krank und leidend aussah.

Die Diele des Hauses roch nach Kamin und verbranntem Holz. Und die Katzen schlichen an dem langen Holztisch entlang. Der Hund der Familie, ein Bernhardiner, war ein Ausbund an Gutmütigkeit. Zumindest behielt er selbst dann die Ruhe, wenn die Kinder ihn am Schwanz zogen oder ihm eine Pudelmütze über die Ohren auf den Kopf stülpten. Er konnte nicht böse sein, oder es wirkte so, weil in seine Gutmütigkeit eine extreme Langsamkeit einfloss. Schließlich kam seine Rasse aus Bern, oder warum hieß die Rasse Bernhardiner? Man sagt, in Bern seien die Menschen etwas langsam. Ein Psychologe wollte sogar herausgefunden haben, dass die Berner nur 3,8 Kilometer pro Stunde laufen: also schleichen, und ein Sprachwissenschaftler behauptete, dass die Bewohner im Kanton Bern langsamer sprächen als der Rest der Schweiz.

Chira hatte von ihrer Mutter das Kuchenbacken gelernt. Kuchen mit Äpfeln, Quitten, Erdbeeren, Preiselbeeren, Pflaumen, alles, was der Bauernhof an Frische in einer Saison hergab. Noch lieber aber backte sie Brote. Es wurde ihr zur Gewohnheit, dass sie jeden Freitag neue Laibe backte. Als sie noch klein war und gerade erst in die Schule kam, war freitags immer Waschtag. Daraus wurde also ihr Brotbacktag. Der Duft des ofenwarmen Brotes zog durch die Räume. Ihr Vater aß das Brot am liebsten nur mit Butter, um den Geschmack nicht mit Wurst oder Käse zu verfälschen.

»Ich bin ein Dorfkind«, sagte sie später mal in einem Interview mit der Zeitschrift »Dorf und Dörfler«, als sie schon in die Beletage der begehrtesten Models aufgestiegen war. Sie erzählte, wie sie an den Wochenenden, wenn also keine Schule war, zu den Hühnern gegangen war, um die Eier einzusammeln, und wie sie der Sau Elma abends immer ein paar Streicheleinheiten gegeben hatte. Sie mochte die Luft, die Gerüche, die Felder und die Menschen, ein Schwätzchen vor der Kirche, Dorffeste, das Gefühl des Zusammenhalts. »Ich hatte eine wunderbare Kindheit mit lieben Eltern, das Leben im Dorf hat mich gefesselt, hier bin ich ein kompletterer Mensch als in der Stadt.«

Als sie 14 Jahre alt wurde, half sie fast jeden Samstag von sieben bis 13 Uhr im Hofladen ihrer Eltern mit. Sie verkaufte frische Eier, frisches Fleisch, frisches Gemüse und selbst gemachten Käse. »Bio ist ja ein blödes Wort, weil es jeder benutzt, aber was hier abging, war Super-Bio«, erläuterte Chira Walldorf ebenfalls in diesem Interview. »Darauf können meine Eltern so richtig stolz sein.«

Dieser Stolz traf auch das Empfinden der Kunden, die nicht nur ihren Appetit im Sinn hatten, sondern auch das Tierwohl. Sie wollten glückliche Rinder und Schweine, die freudestrahlend zur Schlachtung gingen, um den Menschen mit gutem Fleisch zu dienen. Dieses Glück sprach sich im Umkreis von 20 Kilometern herum. Eine solche Strecke waren die Bio-

Käufer bereit, auf sich zu nehmen und die Fleischtheken der Supermärkte links liegen zu lassen.

Sieben Uhr morgens war noch nicht viel los im Hofladen. Aber ab halb zehn gab es fast immer kleine Staus vor dem Bauernhof, weil nicht jeder Super-Bio-Käufer einen Parkplatz fand. Der Stau setzte sich an der Theke fort mit mindestens fünf Reihen hintereinander. Aber es herrschte eine höfliche Artigkeit, kein Schubsen, kein Drängeln. Die Gesundesser konnten unmöglich ihren Nimbus als Tierschützer und Naturliebhaber mit kleinkariertem Egoismus aufs Spiel setzen.

Wer dann die erste Reihe erreicht hatte, musste hoffen, dass er das bekam, was er wollte. Weil alles frisch war, gab es die Produkte nur in beschränkter Anzahl. Was weg war, kam erst in einer Woche wieder nach. Pech gehabt. In dieser heiklen Situation tiefwirkender Enttäuschung kam es darauf an, den Kunden mit psychologisch geschickter Aufbaukommunikation eine Alternative schmackhaft zu machen. Darin war Chira eine Meisterin. Sie verkaufte an superglückliche Menschen Schweinelendchen, obwohl sie lieber Rinderfilet gehabt hätten. Die superglücklichen Menschen wunderten sich dann, warum sie nicht selbst darauf gekommen waren.

Während des Verkaufens warf sie immer mal wieder einen Blick auf die Kunden und fragte sich, wie die wohl drauf sind? Den Typen in der zweiten Reihe zum Beispiel befand sie als »anstrengend«. Sie malte sich aus, dass sie es ihm nicht recht machen konnte. Er machte einen willensstarken Eindruck. Markantes Kinn. Stechende Augen, die die Welt gesehen haben mussten. Coole Jacke. Gel in den Haaren. Ganz bestimmt kein Dörfler. Sie zählte ihre Risiken hoch, ihn bedienen zu müssen. Die Chancen standen eins zu drei. Er landete bei ihrer Mutter.

Der Mann mochte so um die 35 gewesen sein. Er fuhr einen Sportwagen, die Marke kannte sie nicht, so ein komischer Doppelname, irgendetwas mit Arthur, A …, ach ja: »Aston«

und einem deutschen Vornamen. Sie überlegte, der Name würde ihr sicherlich später einfallen.

Während die Mutter die Bestellung abarbeite, schrie die Tochter laut auf. »Ich habe es. Aston Martin!«

Verdatterte Blicke.

»Oh, Entschuldigung.« Sie lief rot an, und der Bio-Mann, dessen Auto die erfolgreiche Namenssuche galt, lachte laut auf. »Ich dachte, das ist hier ein Bauernhof und keine Werkstatt.«

Regelmäßig im Frühjahr und im Herbst kam dieser Bio-Aston-Martin-Mann, um Rinderbraten und Gemüse zu kaufen. Für insgesamt sechs Männer. Freunde. Sie trafen sich zu einem Kochwochenende in einem gemieteten Haus. Es hatte eine Liebhaberküche mit einer Kochstelle, die wie ein Quadrat in der Mitte des Raumes stand. Darum versammelten sich die Hobbyköche wie Priester um den Altar, um sich dem Wertvollen zu widmen und sich dabei gegenseitig im Blick zu behalten. Abschmecken. Mit Champagner anstoßen. Weißt-du-noch-Geschichten erzählen. Auf die Uhr schauen. Wann können wir mit der Vorspeise beginnen …

Es vergingen Frühjahre und Herbste. Chira offenbarte mit Durchschreiten ihrer Pubertät eine anziehende Natürlichkeit, als müsste Attraktivität neu definiert werden. Das Verspielte in ihrem Gesicht entwich aller Kindlichkeit. Jetzt zeigte es Aufbruch und Sinnlichkeit. Ihr Leben stieg in eine neue Etappe ein.

Es war Anfang Mai, und der Mann mit dem Auto fuhr wieder einmal vor. Er trug zu seiner Jeans ein blaues T-Shirt, einen braunen Gürtel und braune Mokassins. Um seine Schulter hing ein cremefarbener Pullover. Noch etwas scheu drang die Sonne auf den Vorplatz des Hofladens, der im Herbst um diese Uhrzeit bereits viele Kunden einnahm. Aber sobald wärmere Luft über die Wiesen und Äcker strömte, verringerte sich die Kundenquote und damit der Fleischverbrauch. Offenbar bevorzugten die Menschen dann Fisch mit Salat oder Hähnchenbrust mit Salat oder Salat pur mit kaloriensparendem Buttermilchdressing.

Der Mann stand bereits in der ersten Reihe und wunderte sich über Chira. »Ich erkenne dich kaum wieder«, staunte er in Du-Form. »Was ist passiert?«

»Es ist nichts passiert, außer dass ich vor Kurzem 17 geworden bin. Sie können mir noch gratulieren!«

Sie lächelte dabei.

»Das mache ich doch gerne: herzlichen Glückwunsch.«

Kurze Stille. Intensive Blicke.

»Darf ich dir ein Foto schenken?«, fragte er.

»Ein Foto?«

»Ich fotografiere dich!«

»Wow, ja klar, finde ich spannend, aber bitte nicht von der Art ›Mädel vom Lande‹.«

Der Mann, der gerne kochte, einen Sportwagen fuhr und offenbar auch fotografieren konnte, hatte nur noch eine Frage:

»Wann hast du Zeit?«

»Morgen Nachmittag wäre es am besten. Dann spiegelt der Frühling seine schönsten Farben«, schwärmte sie.

»Wir können uns duzen, ich bin Karl.«

»Möchtest du wie immer Rinderbraten?«

Beide mussten lachen. Eine seltsame Albernheit lag in der Luft, und doch: Sein Blick war professionell.

Als Karl die Fotos in seinem Studio in Monaco entwickelte, konnte er sein Glück kaum fassen. Ein Glück, das des Zufalls bedurfte, aber auch seines geniereichen Instinkts. Keine Frage, er galt unter den Modefotografen als Koryphäe. Er selbst verfiel auch nicht einer Bescheidenheit, um dieses Lob nicht im Geringsten zu relativieren.

Er hing das Foto mit einem Magnetsteinchen an die Leiste, ging zwei Meter zurück, schlug sich in die Hände, *gut gemacht, Karl,* und zündete sich auf dem Balkon mit Blick auf den Jachthafen eine Churchill an.

15.

Sie zündete die Holzkohletablette an und legte den Weihrauchharz darauf. Ein dichter Qualm zog zur Decke und verbreitete einen süßlich schweren Duft.

Andächtig schaute sie dem aufsteigenden Weihrauch nach, der wie ein grauer Schleier im Wind zu tanzen schien. Sie schlug das Buch der Psalmen auf. Dort markierte sie mit dem rechten Zeigefinger den zweiten Vers von Psalm 141. Sie las ihn vor mit einer feierlichen Helligkeit in der Stimme, als müsste sie ihre Stimmbänder für die großen Worte einstimmen:

»Wie Weihrauch steige mein Gebet vor dir auf.
Das Erheben meiner Hände gelte vor dir als Abendopfer.«

Danach faltete sie die Hände und betrachtete sich in ihrem weißen Kleid im Spiegel. Sie sah aus wie eine Braut auf einer Beachparty, bereit für das feierliche Hochamt vergnüglicher Stunden, gesegnet mit Freude und Hoffnung, Aufbruch und Erwartung.

Und doch flüsterte sie, als trüge sie ein Trauerkleid:

»Mein Herr, mein Gott, hier stehe ich nun vor dir. Ich habe dir im Mai mein neues Antlitz geschenkt. Mehr kann ich nicht mehr tun, um dir zu gefallen. Warum bist du nur so fern? Ich höre dich nicht mehr. Es brennt in meinem Körper. Du hast mich verlassen. Du magst mich noch immer nicht.«

Sie beobachtete im Spiegel genau ihre Lippen beim Sprechen ihrer Worte. Sie schaute weiter zur Nase und von dort zu den Augen, dann zur Stirn und schließlich zu den Haaren. Sie ging einen Schritt zurück, um das Gesicht vollständig auf sich wirken zu lassen. Dann haute sie mit der rechten Faust auf den Spiegel.

Er zersprang.

Sie blutete. Das Blut tropfte auf ihr weißes Kleid. Es bildeten sich rote Punkte, als wären die Tränen aus Blut.

Schreiend ging sie in die Knie, klatschte mit ihren Händen auf den Boden. Dabei betrachtete sie die kleinen vierkantigen Fliesen, die sich abwechselnd in Weiß und Schwarz aufteilten. Sie stellte sich vor, wie der Teufel auf den schwarzen Fliesen wütete und der Engel auf den weißen Fliesen betete, und sie fürchtete, dass der Teufel auf die weißen Fliesen vordringen könnte, von Kachel zu Kachel, um den gesamten Boden zu beherrschen. Sie hatte keine Vorstellung, wie sie dann noch in diesen Raum zu ihren Schminksachen hätte gehen können, unmöglich, mit christlichen Füßen bösen Boden zu betreten.

Der Weihrauch, nun wie an dünnen Fäden gezogen, verlor sich von Minute zu Minute, aber sein Duft waberte noch in der Atmosphäre des Raumes, bis auch er sich auflöste.

Sie weinte. Sie wusste aber nicht, warum sie weinte und wohin das Weinen führen sollte. Langsam öffnete sich die Quelle einer unergründlichen Traurigkeit, und ihre Tränen verfärbten das Augen-Make-up zu einem grün-violetten Farbspiel, als würde ein Clown für seinen Auftritt zurechtgemacht.

Je intensiver sie in den zersprungenen Spiegel schaute, um die Konturen ihres Gesichtes zu begutachten, desto verschwommener wurde ihr Blick, die Augen konnten die Last nicht mehr tragen und fielen zu. Als würde sich der Sommer plötzlich in ein winterliches Abenteuer verwandeln, begann ihr Körper zu donnern und zu blitzen. Schnee fiel auf ihre Seele, und gletscherkalte Kristalle umarmten ihren Herzmuskel. Ihr Körper zitterte. Das Zittern rockte durch Sehnsucht und Fantasie. Sie sank langsam zu Boden, versuchte sich noch abzustützen, dem Schwindel folgte der Niedergang.

Das Licht, das sie noch milchig wahrnahm, war nur ein grauer Schleier, bis sich alles in Schwarz verwandelte, alles – das Bewusstsein, die Empfindung, der Geist. Sie schwebte durch einen Tunnel, und sie entschwebte der kalten Dunkelheit in ein Licht, das sie noch nie gesehen hatte, als würde das Licht aus Geigen mit schönsten Klängen bestehen. Ein Engel holte sie ab, er hatte das gleiche Gesicht wie sie. Er zeigte ihr den Himmel mit glücklichen Menschen, die alle das gleiche Gesicht hatten wie sie.

Langsam wachte ihr Körper auf, und sie stöhnte flüsternd: »Ich bin doch die Schönste«, aber keiner hörte zu, keiner sah sie.

Sie legte ihre Hände aufs Gesicht, sie spürte Stille, ein leiser, gleichmäßiger, warmer Atem zeigte Leben, und sie versuchte *etwas* zu fühlen.

Horch in dein Inneres.
Spüre dein Leben.
Sage: ja.

»Ja«, wiederholte sie, nahm ihre Hände vom Gesicht und vernahm einen friedfertigen Augenblick, nur ganz kurz, aber intensiv. Glück speiste sich in ihre Seele, als sähe sie nach Jahren zum ersten Mal wieder die Sonne, weil sie die Fensterläden geöffnet hatte; zunächst sah sie gar nichts, weil das gleißende Licht alles für sich einnahm: Farben, Konturen, Landschaften. Noch wirkte das Licht wie eine silbrige Wüste, Sand auf Sand mit einer unheimlichen Weite.

Ist mein Leben auf Sand gebaut?
Wie viel Zeit habe ich noch?
Wer bin ich?

Das Auge gewöhnte sich an die Sonne, und es erfasste langsam, aber doch wahrnehmbar eine neue Sicht auf das Leben.

Ich möchte alles erfassen und berühren, um zu erfahren, wie sehr ich lebe.

Sie wusste nicht, was sie denken sollte, weil ihre Gefühle das Denken übernahmen.

Liebes Gesicht, du bist wichtiger als mein Herz und meine Lunge, wichtiger als mein Bein und mein Fuß, weil du mich zaubern lässt. Mein liebes Gesicht, sei immer barmherzig zu mir, indem du dich von deiner schönsten Seite zeigst, die mich erlöst von aller Mattigkeit und Traurigkeit.

Sie übersetzte Leben mit Attraktivität. Die Kraft der Äußerlichkeit dominierte zunehmend ihr Verlangen, sich gründlich zu verändern.

Auf der Website der »Dr. Picard Klinik für Ästhetik« stand:

»Damit Ihr Traum Wirklichkeit wird. Sie möchten Ihr Aussehen verändern, um Ihrem Leben mit gesunder Ausstrahlung eine neue Natürlichkeit zu geben. Was Sie erhoffen, wird wahr. Für diese Wahrheit stehen wir mit der Exzellenz unseres Namens ein.«

Sie glaubte daran.

Was ihr Gesicht nach jedem Eingriff hervorbrachte, war ein Abschied von ihrer Vorherbestimmung, denn ihre Konturen, durch Gott und Gene erschaffen, gingen in ein anderes Gesicht über.

Was sie sah, begriff sie als eine neue Schöpfung. Ihre Identität, ihre Urkraft, ihr Sein, all das, was sie seit ihrer Geburt in ihrem Leben wirken ließ, konnte sie zwar nicht ungeschehen machen, denn was war, würde immer sein, aber sie konnte sich neu erfinden.

Sie betete.

»Lass mich heilig werden, gütiger Gott. Nimm mich als Engel auf Erden, lass mich strahlen für deine Herrlichkeit.«

16.

Die Suche nach dem Mädchen, das den Brief in den Polizeibriefkasten geworfen hatte, lief auf Hochtouren.

Kilian grenzte den Fall auf zwei Varianten ein.

Erstens: Das Kind hatte von Vater, Mutter oder von Verwandten, Onkel oder Tante, den Auftrag bekommen, den Brief einzuwerfen.

Oder zweitens: Eine unbekannte Person hatte das Kind, wie auch immer, dafür gewonnen, sich unkenntlich zu machen, um dann den Brief abzuwerfen.

Für die zweite Variante verschickte die Pressestelle eine Pressemitteilung an die umliegenden Lokalredaktionen. Darin bat sie Eltern von Grundschülerinnen, Auffälligkeiten mitzuteilen.

Wenn all das nichts einbringen sollte, würde die Pressestelle Fotos vom vermummten Kind mit den einzelnen Kleidungsstücken veröffentlichen.

Kilian hasste es, von einer Stecknadel im Heuhaufen zu sprechen, weil er nichts mit abgedroschenen Redewendungen anfangen konnte. Aber er stellte sich gleichwohl einen Heuhaufen vor, in dem sich eine 30 Millimeter lange Stecknadel befand. Er müsste jedes einzelne Heu in die Hand nehmen, um festzustellen, ob daran eine Stecknadel hing. Nicht nur das: Was würde er nur machen, wenn er Heuschnupfen bekäme?

Er kam an einem Spiegel vorbei. Er fragte sich, ohne zu verstehen, warum er es fragte, was er an sich entdeckte: »Ich sehe ein Gesicht. Ich bin mir sicher, dass das keine Einbildung ist. Denn nur ein Mensch kann sich selbst erkennen. Aber ich sehe nichts, was mich ausmacht, was tief in mir verwurzelt ist. Die Fassade des Gesichtes ist ein Schauspiel. Sie kann Freude und Trauer zeigen. Sie kann sich aber auch raffiniert verstellen. Gesichter sind nur Masken. Unser Leben ist ein Maskenball.«

Je intensiver er sich im Spiegel betrachtete, desto weniger sah er. Er schaute sich an, ohne sich wahrzunehmen.

Er ging auf und ab, blickte aus dem Fenster, um dem Regenschauer dabei zuzusehen, wie ungestüm er über den Gehweg und die Straße sauste. Je mehr seine Heftigkeit nachließ, desto besser sah er, was den Regen ausmachte: jeden einzelnen Tropfen. An ihn dachte kein Mensch, wenn er nass wurde.

»Ich kaufe mir einen Regelmantel«, brummte er geistesabwesend.

»Hast du keinen mehr?«, fragte Cosima eher beiläufig.

»Kauf dir lieber einen Sonnenschirm«, mischte sich Miko ein. »Dann gibt es ganz bestimmt einen Supersommer.«

»Was wollt ihr eigentlich alle von mir?«, schauspielerte Kilian den Genervten. »Bringt mir lieber einen Kaffee.«

Miko spannte seine Pausbäckchen. In seiner Anmutung aus gefühltem Hunger und realem Appetit rief er Cosima nach, die schon auf dem Weg zur Kaffeemaschine war: »Zum Kaffee einen Kuchen bitte, das wäre supernett.«

Cosima gähnte. Und Kilian nahm irgendeinen schwarzen Regenschirm mit einem braunen Holzgriff aus einem Schrank, in dem sich auch Schals und Handschuhe von Kollegen gesammelt hatten, die ihr Zeug offenbar nicht vermissten. Er ging ziellos durch die Straßen. Er wollte sich treiben lassen, um seine Gedanken nicht einzusperren. Denn das Büro war ein Gefängnis der Logik, wo Wahrscheinlichkeiten und Plausibilitäten nach einer internen Mathematik von Erfahrung und Routine berechnet wurden.

Seine Mathematik hieß jetzt aber Chaos. Alles geriet durcheinander, allerdings nach einem klaren System – wie der Stau auf einer Autobahn, der mit einer Baustelle, einem Unfall oder dem Überschreiten der empfohlenen Richtgeschwindigkeit entstand. Der sich dann mit Rückstau weiter ausdehnte, ein verknotetes Knäuel aus Autobahnen, Bundesstraßen und Landstraßen hinterließ und die Navigationssysteme hilflos machte. Der Polizeihubschrauber überflog die endlose Kette von Autos, um den entscheidenden Faden zu entdecken, um das Knäuel zu entwirren.

Kilian müsste also rückwärts denken, von der Wirkung zur Ursache, um den Stau zu verstehen und ihn aufzulösen. Er versuchte sich zu konzentrieren. Was würde passieren, wenn sich die Eltern und Lehrer des Mädchens nicht meldeten? Mussten sie das Kind überhaupt finden? War das wesentlich für die Aufklärung des Mords? Kannten sie wirklich den Täter, wenn sie das Kind hatten? Erhielten sie dann Hinweise auf Geschlecht, Alter, Haare, Gesicht, körperliche Merkmale wie Pickel, Tätowierung, Verletzungen oder Kleidung?

Ob er wollte oder nicht, Kilian musste zu diesem Zeitpunkt davon ausgehen, dass das Kind der Faden aus der Wolle dieses Falls war. Er fragte sich, warum der Mörder so ein Theater um die Tat gemacht hatte. Warum konnte die Person nicht ganz normal morden, aus und fertig? Ohne dieses Brimborium mit den Briefen?

»Tja, und das Motiv? Wenn ich nur eine Ahnung hätte, Hass, Eifersucht, berufliche Gründe«, ging ihm durch den Kopf. Selbstgespräche halfen ihm manchmal, einen Gedanken nachzuspüren. Dabei bemerkte er, dass er unter dem Regenschirm ging, obwohl es längst nicht mehr regnete. Er genoss die plötzlich aufkommende Sonne. Er öffnete seine Jacke, lehnte sich an eine Mauer und gab sich der Wärme hin, die sich wie eine heilsame Crème auf sein Gesicht legte. Dabei schloss er die Augen. Er stellte sich vor, wie ein Schauer in den Körper drang, wie das Wasser von den Füßen bis zum Kopf aufstieg und ihn dann leblos machte. Er dachte an Chira Walldorf, an den letzten Tropfen des Schauers, dem kein Frühling folgen sollte, sondern das Nichts.

17.

Miko befasste sich noch einmal mit dem Stalker. Er hatte eine Ausbildung zum Schaufensterdekorateur abgebrochen und hin und wieder gemodelt – für kleinere Geschäfte, die für ihre Stammkunden eine Modenschau veranstalteten. Meistens war er dort der einzige Mann neben den weiblichen Models, Studentinnen, die auch als Hostessen auf den Messen arbeiteten. Die Modeschauen waren artige Veranstaltungen mit preiswerter Durchschnittsmode, Billigsekt, O-Saft und Schnittchen, ein spießiger Charme umschloss die Szenerie. Miko hielt es für denkbar, dass es dem Stalker in diesen Momenten bewusst geworden war, wie mickrig sein Leben verlief und er sich nach dem großen Aufritt vor schillernden Menschen mit Geld und Status sehnte.

Nach Mikos Augenmaß hätte er durchaus eine großartige Karriere als männliches Model machen können. Er war schlank und hatte ein prägendes Gesicht, er war ein Hingucker, ein Typ. Miko schaute bei diesen Gedanken unwillkürlich in den Spiegel. Er sah ein fleischiges Gesicht mit gütigem Blick, blaue Augen und braune Haare, denen die Form fehlte. »Alles okay, Miko«, lobte Miko sein Äußeres. Gewiss legte er es in dieser spontanen Selbstbewertung nicht darauf an, sich als Ästhet zu profilieren. Durchaus bewies er diesbezüglich eine enorme Stringenz. Weil sein Bauch schon mal so heftig gegen das viel zu enge Hemd drückte, rissen Knöpfe ab und sprangen weg. Dann nähte er Knöpfe wieder an, die nach Form und Größe etwa passen könnten. Es gelang ihm freilich nicht, feine Nuancen von Weißtönen oder anderer Farben, ob matt oder poliert, aus Perlmutt, Horn, Kasein oder Holz vollständig zu beachten.

Als der Stalker seinen Termin im Präsidium wahrnahm, erkannte Miko ihn nicht sofort. Er hatte kaum noch Ähnlichkeit mit Bildern früherer Jahre. Seine Haare fielen ungepflegt auf den Hemdkragen und seine Augenringe zeigten eine Deutlichkeit, die nicht zu seinem Alter passte, wohl aber zu einem ungesunden Lebensstil. Er war heruntergekommen, fahrig, er roch leicht nach Alkohol, seine Augen wirkten müde oder wirkten sie hilfesuchend, Miko wusste es nicht.

Er wollte von ihm wissen, wann und wo er Frau Walldorf zum ersten Mal begegnet war.

»Vor ein paar Jahren in einer Bar, für die ich mal als Aushilfe gearbeitet hatte, da war sie öfters. Sie lächelte mich an, ich lächelte zurück. Auf einmal lächelte sie nicht mehr, aber ich lächelte sie weiter an, das fand sie dann nicht mehr so toll. Sie kam nicht mehr wieder.«

»Ah«, sagte Miko, er hätte auch »oh« sagen können oder »so, so«, das machte er öfters, um Luft für die nächste Frage zu lassen. Mit dieser kleinen Rhetorik, so glaubte er, würde er gelassener und souveräner wirken. Außerdem befand er sich noch in der Defensive. Hätte er handfeste Beweise, wäre natürlich die Situation völlig anders angegangen. Dann würde er mit seinen Fragen Schlag auf Schlag das Gespräch nach vorne peitschen.

»Frau Walldorf lächelte Sie nicht mehr an, darauf beschlossen Sie, sich an sie heran zu pirschen, ist das richtig?«

»Von pirschen, wie Sie es sagen, kann keine Rede sein. Wenn ein Junge endlich mal seinen Fußballstar sehen will und dann immer wieder, dann pirscht er sich auch nicht heran.«

Miko lachte kurz auf. »Ein Fußballstar hat keine Angst vor einem kleinen Jungen, der ihn um ein Autogramm bittet. Frau Walldorf aber hatte Angst vor Ihnen. Sie haben sie mit ihren ständigen Verfolgungen belästigt und sie in ihrer Lebensgestaltung eingegrenzt, sagte das Gericht.«

Der Stalker entgegnete mit ruhiger Stimme: »Ich habe noch gar nicht gefragt, entschuldigen Sie bitte Herr Kommissar, dass ich erst jetzt darauf komme, weshalb bin ich eigentlich hier?«

Miko sagte ihm, dass er als Zeuge zum »Tötungfall Walldorf« vernommen werde. »Reine Routine.« Er versuchte diese Worte lässig auszusprechen, als käme er damit nur einer unbedeutenden Pflicht nach. Doch auf die »reine Routine« reagierte der Stalker schreckhaft. Die Situation war tatsächlich nicht harmlos für ihn.

»Ich kann nichts bezeugen. Ich habe nichts gesehen. Nichts gehört. Ich kann Ihnen nicht weiterhelfen.« Mit welchem Schwung er plötzlich diese Worte ineinander verkeilte, um sich frei zu reden. Dabei riss er seine Augen weit auf.

Ungerührt fragte Miko weiter. »Wann haben Sie Frau Walldorf zum letzten Mal gesehen?«

»Um das zu wissen, deshalb bin ich hier?«, hakte der Stalker nach.

Miko nickte.

»Wochen vor der Gerichtsverhandlung habe ich sie nicht mehr gesehen.«

»Haben Sie Frau Walldorf gehasst?«

»Wenn ich jemanden hasse, dann mich selbst.«

»Weshalb?«

»Weil ich mein Leben nicht angenommen habe. Ich habe mein Leben weggeworfen.«

Miko wollte zuerst auf diese Worte eingehen, spürte aber schnell, dass Fragen der Existenz oder der Lebensbewältigung ihn aus der Spur der Vernehmung bringen würden. Er zeigte ihm die Bilder von Chira Walldorf, die er mit rüden Sprüchen verunstaltet hatte.

Der Stalker schwieg und schaute dabei in eine andere Richtung.

Miko stieg für ein paar Momente in dieses Schweigen ein und fragte ihn, ob seine »radikale Bildsprache Ausdruck eines neuen Kunstverständnisses« sei.

Der Stalker verstand die Ironie nicht. Er sagte, dass er mit Kunst nichts am Hute hätte.

»Die Bilder sahen vorher ja anders aus«, insistierte Miko.

Der Stalker nickte.

»Dann haben Sie die Bilder derb verändert.«

Der Stalker nickte.

»Warum?«

»Selbsthass.«

Miko stand auf und ging ein paar Schritte durch den Raum. Dann streckte er sich, als müsste er seinen Muskeln Spannkraft einverleiben. Im Stehen fragte er den Stalker, warum er seinen Selbsthass an den Bildern von Frau Walldorf auslassen musste.

»Schauen Sie mich an«, bat der Stalker den Kommissar. »Ich kann mich nicht mehr ertragen. Ich kann mich nicht mehr sehen. Ich bin nur noch Schatten. Ich hasse den Glanz der Anderen.«

Miko atmete verständnisvoll und legte seine Hände übereinander. Dann stellte er fest: »Sie haben die Bilder von Frau Walldorf entstellt, damit sie auf diesen Bildern auf der gleicher Stufe steht wie Sie.«

Darauf entgegnete er nun mit einem forschen Gesichtsausdruck: »Unsere Welt ist nicht makellos. Weil sie nicht makellos ist, gibt es auch keine makellosen Gesichter. Kein Mensch sollte mit seinem Äußeren triumphieren.«

»So richtig habe ich Sie jetzt nicht verstanden«, antwortete Miko ruhig. Genaugenommen empfand er seine Worte als unsinnig, verdreht, krank. Aber er ließ sich nichts anmerken und tat so, als würden sich zwei geistig gesunde Menschen unterhalten. Seine Absicht in diesem Verhör war allerdings, eben nicht in die Psychologie einzusteigen, eben nicht seelische Befindlichkeiten abzutasten, sondern Fakten orientiert voranzukommen. Er musste jetzt aber diesen Umweg gehen, weil er sonst vom Stalker nichts Wesentliches mehr erfahren würde.

»Ich verstehe nicht, dass Sie Frau Walldorf zunächst angehimmelt haben, um Sie dann auf ihren Fotos zu verunglimpfen.« Er hielt kurz inne, um dann den Gedanken fortzusetzen. »Sie sagten, sie würden sich selbst hassen. Dann wäre es doch naheliegend, dass Sie sich auf ihren eigenen Bildern demütigen. Ich finde, wenn sich ein Mensch selbst hasst, dann schaut er nur noch auf seine Fehler, Schwächen und Unzulänglichkeiten, aber Sie haben Ihre negativen Emotionen an Frau Walldorf ausgelassen.«

Miko musste nun entscheiden, ob der Stalker ein Beschuldigter war.

18.

Als Cosima vor der Wohnungstür von Hans Meiser und seiner Frau Klara stand, dachte sie über Dr. Moritz nach, über seinen Freund und dessen Beziehung zu Chira Walldorfs Fotograf. War die Foto-Geschichte wirklich so banal, wie sie sich anhörte? Vielleicht dachte sie um zu viele Ecken, statt geradeaus zu schauen. Aber ihr Job bestand nicht aus Vertrauen, sondern aus Misstrauen. Vertrauen war eine Methode, die das Leben erleichterte, sie befreite vom Zwang, alles zu hinterfragen und besser wissen zu müssen. Misstrauen produzierte dagegen immer neue Fragezeichen, die erst nach harter Arbeit durch Rufzeichen ersetzt werden konnten. Hinter Dr. Moritz klebte ein Fragezeichen.

Cosima schaute kurz auf ihren Zettel:

Hans Meiser, ehemaliger Topmanager, jetzt Pensionär, 73 Jahre, mit Frau Klara, 55 Jahre, die sich einen Namen als Charity-Lady gemacht hat.

»Sie sind aber pünktlich. Das ist sehr angenehm«, befand Klara Meiser mit einem feinen, geübten Lächeln. Denn als Charity-Lady musste sie viel lächeln.

»Ich wäre viel lieber zu Ihnen ins Präsidium gekommen«, rief Hans Meiser ihr in Sichtweite entgegen. Auch er lächelte.

»Warum wollen Sie denn zu uns kommen?«, wunderte sich Cosima. »So ist es doch viel bequemer für Sie und Ihre Frau.«

»Weil ich mal sehen will, wie das so bei Ihnen ist«, entgegnete Herr Meiser, dem Cosima die Aura des Konzernchefs anmerkte. Er füllte mit seiner Persönlichkeit den Raum, wie er sprach, sich bewegte, blickte, zuhörte. Sein Auftritt folgte nicht einem einstudierten Muster, sondern einem natürlichen Beweggrund.

»Ach, seien Sie froh, dass Sie nicht kommen müssen. Wenn ein Muss vorliegt, also eine Vorladung, dann ist die Sache ernster. Jetzt ist sie auch ernst, weil es um eine Tötung geht, aber wir befinden uns am Anfang der Ermittlungen.«

»Ja, ja«, betonte Herr Meiser nachdenklich, und Cosima schob die Frage nach, ob er und seine Frau Chira Walldorf gekannt hätten.

»Möchten Sie etwas trinken, einen Kaffee oder einen Tee?«, fragte Frau Meiser unvermittelt.

»Nein, vielen Dank.« Cosima trank grundsätzlich nichts, wenn sie dienstlich unterwegs war.

Herr Meiser wollte auch nichts trinken. Er nahm den Faden der Fragen auf. »Ob wir Frau Walldorf gekannt haben? Ach wissen Sie, sie lebte in einer ganz anderen Welt. Ich bin etwas älter. Ich komme aus dem Management, aus der Großindustrie, sie war jung, ihre Fächer hießen Glamour und Glitzer …«

»Aber ich bin ja auch noch einigermaßen jung«, preschte Frau Meiser dazwischen.

»Ich weiß, mein Schatz.«

»Und was heißt schon Glamour und Glitzer? Wie du das sagst, Hans, das hört sich so an, als wäre das unanständig und verwerflich.«

Cosima mischte sich in das eheliche Gespräch nicht ein, weil es sich als Quelle wichtiger Informationen entpuppen könnte. Ein Gedanke folgte dem nächsten und so weiter. Polizeiliche Fragen hatten dagegen hochoffiziellen Charakter, die Antworten fielen deshalb häufig übervorsichtig aus.

Frau Meiser schaute ihren Mann irritiert an, als wäre er soeben der »Vereinigung zum Schutze der deutschen Gartenzwerge« beigetreten. Doch mit Blick auf Cosima lächelte sie wieder. Cosima schaute bemüht sachlich. Mit einem Ausdruck, aus dem Frau und Herr Meiser nichts ablesen konnten. Keine Zustimmung. Keine Ablehnung. Keine Zufriedenheit oder Unzufriedenheit. Sie musste in diesem Augenblick an schönheitsoperierte Frauen mit ihren Maskengesichtern denken, die aufgrund der straff gezogenen Haut kaum noch zu einer Mimik in der Lage waren. Wie man sich mit so einer Haut wohlfühlte, versuchte sie sich vorzustellen. Denn so eine Haut konnte auf Beerdigungen nicht weinen und auf Geburtstagen nicht lachen, das war eine Haut, befand sie, die nicht mehr am Leben teilnehmen konnte.

Frau Meiser faltete ihre Hände, löste sie dann wieder, sagte: »Sie wissen vielleicht, Frau Kommissarin, dass ich mich für arme Kinder engagiere. Da können wir Glamour und Glitzer gut gebrauchen, um mehr Aufmerksamkeit für das Elend der Kinder, ich meine Kinderarmut in Deutschland, zu bekommen. Ich bin Frau Walldorf sehr dankbar, dass sie an unseren Wohltätigkeitsbällen teilgenommen hat.«

Cosima ging darauf nicht ein. Stattdessen fragte sie, welche Kontakte Frau Walldorf zu den Nachbarn hatte. Ihre Gedanken lauteten: Wer mit wem? Wer gegen wen? Konflikte? Harmonie? Stimmungen? Emotionen? Vorurteile. Sie wollte dieses

Gestrüpp menschlicher Gesten und Einstellungen zu einem übersichtlichen Garten machen.

Herr Meiser pustete seine Backen auf und ließ die Luft kräftig ausgleiten, als säße er vor einer Lungenmessmaschine beim Arzt. »Wir haben hier im Hause fast zu niemandem Kontakt, also nicht in dem Sinne, dass wir uns gegenseitig einladen. Was hier abgeht, ist Hallo und Tschüss, und das ist auch gut so.«

Auch diese Bemerkung fand nicht die Zustimmung seiner Frau. »Ja, ja, das sagst du immer so. Wir hatten Frau Walldorf mal mit guten Freunden eingeladen, aber sie hat kurzfristig abgesagt, dabei blieb es dann.«

»So etwas wie eine Hausgemeinschaft gibt es also nicht?«, wollte Cosima wissen, obwohl sie die Antwort kannte.

»Gemeinschaft?«, fragte Frau Meiser zurück.

»Ja, wie ist das Klima untereinander, unter Ihnen wohnt zum Beispiel der Zahnarzt Dr. Moritz.«

Frau Meiser übernahm zunehmend das Gespräch. Fast schnatternd purzelten die Buchstaben aus ihrem Mund: »Zu Herrn Dr. Moritz und seinem Lebensgefährten haben wir tatsächlich keinen Kontakt. Aber es sind sehr freundliche Herren. Sie halten mir die Tür auf, tragen mir Tüten oder Taschen zu meinem Auto. Außerdem gefällt mir, dass sie unnormal sind. Ich mag eigentlich keine normalen Menschen, weil Normalität grauer Beton ohne Blumen ist.«

»Beton ohne Blumen«, wiederholte Cosima, nicht bewusst, eher in dem Sinn, dass sie dem Gedanken nachspüren wollte, diesem Gegensatz aus Stein und Natur.

Frau Meiser rätselte, wie sie diese Wiederholung ihrer Worte deuten sollte. War es eine Geste der Hilflosigkeit, weil die Kommissarin sie nicht verstanden hatte, oder eher eine Geste des Mitleids, weil sie Quatsch erzählt hatte?

Cosima wollte immer Blume sein, nie Beton. Sie wollte als Jugendliche die Welt verrücken und als Wählerin die verrückten Politiker aus dem Amt wählen. Brav sein war das Statement ihrer Eltern und deren Generation. Sie wollte eine andere Zeit, eine Zeit, die frei war vom gesellschaftlichen Code des »Das-gehört-sich-nicht«. Wilde Klamotten und grün gefärbte Haare, nach denen sich Spießer umdrehten, wilde Debatten über Haschisch und Demos gegen gierige Immobilienmakler, die die CDU-Freunde ihrer Eltern erschreckten. Sie dachte wieder an Dr. Moritz, über den sie so ruppig geurteilt hatte. Er war doch *die* Blume, die sich dem Beton aus gewöhnlichen Meinungen, Ansichten und Normen entgegenstellte. Er hatte Marotten, klar, er spielte mit ihr das Spiel einer listigen Rhetorik, das nervte sie, aber sie fühlte sich ertappt, weil gerade das Anderssein den Charme des Lebens ausmachte.

Frau Meiser fragte, ob sie nicht doch eine Tasse Tee trinken mochte, und erzählte dann weiter, dass sie ein schönes Haus am Stadtrand gehabt hatten, aber in die Stadt gezogen waren, als die Kinder aus dem Haus waren, um das Leben neu zu erfahren. Sie konnten nun zu Fuß zur Oper und zum Schauspielhaus gehen. Sie wohnten mittendrin, und alles war ganz nah. Auch der Fitnessclub war ganz nah. Aber ihr Mann weigerte sich, dorthin zu gehen. Ihr Sprechtempo wurde langsamer, ihr Gesicht veränderte sich, als würde sie plötzlich aus dem Licht in den Schatten gehen, dann fasste sie ihren neuen Gedanken zusammen: »Jetzt wohnen wir in einem Geisterhaus.«

»Geisterhaus?«, fragte Herr Meiser ungläubig. »Spukt es hier?«

Frau Meiser wartete mit der Antwort, als müsste sie Gefühl und Wortwahl aufeinander abstimmen. Sie versetzte ihre Stirn in Kummer. Cosima war überrascht, wie sich eine glatte Stirn so plötzlich in eine Furchenlandschaft verwandeln konnte.

»Hans«, sagte sie eindringlich, »ein Mensch hat dieses Haus, indem wir wohnen, betreten, um einen Menschen zu töten, den wir kennen. Stell dir vor, dass wir den Mörder sogar kennen. Das ist ein unheimlicher Gedanke, der mich bedrückt. Vielleicht habe ich dem Mörder die Hand gegeben, ihn angelächelt oder mit ihm gesprochen?«

Herr Meiser streichelte über die Hand seiner Frau.

19.

Kilian und Cosima hörten aufmerksam zu, was Miko über die Mütze mit der Aufschrift »Be nice« und die Tasche mit der Aufschrift »Grizzly love« zu sagen hatte. Cosima hatte die Recherche an Miko weitergereicht, weil sie glaubte, »ein Modebanause« würde das Thema aus neuen Blickwinkeln betrachten. Miko verstand zwar nicht, was sie damit genau meinte. Er sagte jedenfalls: »Dahinter steckt ein Hersteller aus Bochum. Der vertreibt die Produkte bundesweit. Was ich auch herausgefunden habe, dass diese Produkte erst seit zwei Jahren auf dem Markt sind. Ein echter Hype. Die gehen weg wie warme Semmeln.«

»Hast du auch noch ein paar soziokulturelle Daten?«, wollte Cosima von Miko wissen.

Wie ein lernender Analphabet wiederholte Miko mit langsamer und lang gezogener Stimme: soooziiiiiooooo-kuuuultuuuuurellllleeee. Wischte sich dann den nicht vorhandenen Schweiß von der Stirn: »Mein Gott, Cosima, kennst du schlaue Worte.«

»Mach schon«, entgegnete sie genervt.

»Das Zeug wird in allen sozialen Schichten gekauft. Aber mit 13 oder 14 lässt die Begeisterung nach. Ab 15 Jahren wird es superpeinlich, dann läuft kein Mädchen mehr damit herum.«

»Na wunderbar«, giftete Kilian in die Runde, »da haben wir ja einen richtigen Volltreffer.«

»Klar«, resümierte Miko, »jetzt wissen wir immerhin, dass es keinen Sinn macht, von diesen Produkten auf irgendetwas zu schließen.«

Cosima wandte ein, dass jedes Detail wichtig werden könnte. Es könnten sich Zusammenhänge ergeben, von denen sie heute nichts ahnten.

s»Wie heißt noch einmal das schöne Wort dafür?«

Miko hob wie in der Schule die Finger und antwortete stolz: »Indiiiiziiiiienkettteeee.«

»Super«, lachte Cosima und versprach ihm eine Nussecke, wenn er weiterhin solche Fortschritte machte.

»Daaaankeeee.«

20.

»Sie wollen ganz bestimmt zu mir«, sagte der Mann am Hauseingang mit der Pilotenbrille, deren Gläser eine bläuliche Färbung hatten. Sie kannte solche Brillen nur aus dem Zuhältermilieu. Cosima schaute ihn irritiert an. »Wer sind Sie denn?«

»Ich bin Hans Langbein. Wir haben einen Termin.«

»Stimmt, aber wie kommen Sie darauf, dass ich Ihre Besucherin bin?«

»Ich habe Sie sofort als Polizistin enttarnt.«

»Enttarnt? Sie müssen mich nicht enttarnen. Ich hätte bei Ihnen geklingelt und mich vorgestellt. So einfach ist das. Aber wo wir hier unten stehen. Ist das immer so einsam? Oder sehen Sie auch Hausbewohner oder fremde Personen?«

»Na ja, jetzt ist es zehn Uhr morgens, den großen Auftrieb können Sie um diese Zeit nicht erwarten, aber klar, cool, hier siehst du immer Leute, ich jedenfalls.«

»Wen sehen Sie denn?«, hakte Cosima nach. Aber ihre Stimme klang doch gelangweilt, weil sie das Gefühl hatte, dass die Fragerei unter Chira Walldorfs Nachbarn nicht viel einbrachte. Sie beruhigte sich damit, dass sie neue Eindrücke wahrnahm. Ein Eindruck war wie ein Stempel im Gehirn. Unsterblich. Es gab für alles einen Stempel. »Vertraulich.« »Wichtig.« »Gesehen.« Wo ein Stempel draufstand, herrschte Ordnung. Und Ordnung schaffte Sicherheit.

Cosima war wieder guter Laune. Sie fuhr mit Herrn Langbein mit dem Aufzug zu seiner Wohnung. Noch schnell schaute sie auf ihren Zettel: Discobesitzer, 61 Jahre, Freundin Agnes Fiedler, 34 Jahre.

»So, da wären wir.«

Agnes Fiedler kam ihnen in einem beigen Bademantel entgegen, dessen Passform an Mäntel der 20er-Jahre erinnerte. Ihr Haar hatte sie auf die Schnelle zusammengebunden. Es hing ihr wie eine kaputte Strickleiter vom Kopf.

»Entschuldigung, bin noch müde, bin gerade erst aufgestanden.«

Cosima schwieg.

»Komm, Häschen, hopp in die Klamotten, dann zack, zack mit frischem Kaffee zurück.« Herr Langbein hatte offenbar alles im Griff. »Wenn ich Polizist wäre und müsste einen Mord aufklären, würde ich schnell klingeling bei der Dame über mir machen. Simone Capella heißt sie.«

Cosima schaute auf ihren Zettel: Filmregisseurin, 55 Jahre, alleinlebend.

»Die beiden …«, er ließ den Satz auslaufen.

»Welche beiden?«

»Capella und Walldorf waren dicke Freudinnen. Einmal kamen sie abends Händchen haltend von einer Champagner-Party zurück.«

Kurze Pause. Dann: »Bleib cool, Polizistin, nur Frauenschwof, die haben auch Kerle im Bett liegen.«

»Was für Kerle denn?«

»Ich habe mir vorm Schlafzimmer nicht deren Personalausweise zeigen lassen.«

»Woher wissen Sie von diesen Besuchen?«

»Schau mal, ich habe das Super-Disco-Auge. Es gibt Leute, die können gut riechen. Ich kann gut schauen, durchschauen, durchblicken. Ich bin der Durchblicker. Außerdem bin ich ein helles Kerlchen. Ich kriege viel mit, wenn so ›n Typ abends kommt und morgens wieder geht, capito, dann hat der Typ ganz bestimmt nicht in der Badewanne geschlafen.«

Seine Freundin brachte den Kaffee.

»Brav, Häschen!«

»Mach doch nicht immer auf macho-süß«, nörgelte sie leise.

»Frau Fiedler, so heißen Sie doch? Wann haben Sie Frau Walldorf das letzte Mal gesehen?«

»Ich glaube, am Tag ihres Todes.«

»Am Todestag?«

»Ich glaube, sie kam vom Joggen. Aber ich habe sie nur ganz kurz gesehen. Vielleicht habe ich mich auch verguckt. In Sportklamotten sehen die Girls ja anders aus, Schicki und Micki müssen dann zu Hause bleiben.«

»Hey, Häschen, du bist ja voll witzig drauf«, freute sich Herr Langbein.

Was für ein Troll, summte es in Cosimas Kopf.

Sie wandte sich seiner Freundin zu.

»Wie spät kam sie denn vom Joggen?«

Das Häschen gähnte, puhlte sich den Schlaf aus den Augen, nippte am Kaffee und sagte schläfrig: »Gute Frage.«

»Danke, und?«

»Mmmhhh, ich denke mal, es war so gegen zwölf Uhr, ja, es war so um zwölf Uhr, nicht wahr, Hans?«

»Woher soll ich das wissen«, entgegnete er unerwartet pampig und schüttelte dabei leicht den Kopf, bemühte sich aber sofort um einen helleren Gesichtsausdruck.

Sie schaute das Häschen an. »Weshalb sollte Ihr Freund die Uhrzeit wissen?«

»Ach, war nur so dahergesagt.« Sie lächelte verkrampft.

Cosima dachte über das »Geisterhaus« nach, das ihr Frau Meiser in den Sinn geschrieben hatte. Sie stellte sich Hans Langbein mit seiner Zuhälterbrille als Geist vor. Wie er durch die Schlafzimmer schlich und den Hausbewohnern beim Sex zuschaute. Wie er sich mit diesem Lustgewinn allabendlich seine Drogen hineinzog. Drogen einer obszönen und ordinären Schamlosigkeit, die keine Sitte kannte, keine Moral und keinen Anstand. Der beim Zugucken ein grollendes, echoähnliches Lachen ausstieß, das die Hausbewohner am frühen Morgen für einen Traum hielten.

21.

Miko fühlte sich wie im Film und rief seinen Chef an. »Kilian, du glaubst es ja nicht. Die Kamera im Eingangsbereich des Hauses war am Todestag ausgestellt. Glaubst du an Zufälle?«

»Wer ist dafür zuständig, eine externe Sicherheitsfirma?«, fragte Kilian irritiert.

»Nee, dafür ist der Portier zuständig.«

»Ach, dieser kribbelige Typ.«

»Ja, genau der. Ich habe ihn gefragt, warum die Kamera abgestellt war. Er schaute mich an, als hätte ich ihn beim Fremdgehen erwischt.«

»Weiter, weiter«, ereiferte sich Kilian.

»Er sagte mir: Keine Ahnung, ich mache hier meinen Job, und wenn die Technik spinnt, dann bin ich natürlich machtlos.«

»Ein machtloser Spinner«, ätzte Kilian. »Die Kamera wurde mit voller Absicht manipuliert. Das ist ja so was von logisch, schicke unsere Techniker dorthin.«

Von der Erfahrung, die auch Cosima mit Kilian machte, dass er Selbstverständlichkeiten als Anweisung herausgab, blieb auch Miko nicht verschont. Die Techniker vom Landeskriminalamt hatte er längst angerufen.

Ihr Einsatz dauerte nur ein paar Minuten, weil die Situation äußerst banal war. Irgendwer hatte die Kamera ganz simpel mit einem Knopfdruck abgestellt und sie dann blank poliert, um keine Fingerabdrücke zu hinterlassen. Sie enthielt nicht einmal die Spuren vom Portier. Genau das könnte ihn entlasten. Weshalb sollte er Spuren, die tagtäglich mit seiner Arbeit verbunden waren, entfernen?

Miko ging die wenigen Minuten zum Präsidium zurück, verharrte zuvor eine Weile vor dem Gebäude. Er gab sich dem Gedanken hin, dass es den Steinen egal war, wenn hinter ihnen ein Mord passiert war. Die Steine hatten keinen Geist, keine Seele, ihr Mörtel konnte nicht sprechen, schreien, mahnen. Die Steine änderten nicht einmal ihre Farbe, um Trauer zu zeigen. Noch viel schlimmer: Die Steine schützten sogar den Mörder vor Blicken, damit er sein Werk ungestört ausführen konnte. Er sinnierte darüber, dass sich der Mörder mit den Steinen verbündet hatte. Gewiss hatte er deshalb auch ein Herz aus Stein. Miko stellte sich vor, dass der Mörder nicht mehr gerade laufen konnte, weil das Gewicht des steinigen Herzens die Körperhaltung nach links verschob. Er musste also nur auf schräg gehende Menschen achten, um den Täter zu finden. Er fand das lustig.

Er summte vor sich hin, schaute auf den Rhein und beobachtete, wie ein Schiff mit großen Tanks für Öl oder andere Schmierstoffe gerade anlegte. Er nahm zum Büro einen leichten Umweg, um beim Bäcker eine Brezel als Zwischendurchsnack zu kaufen. Er schaute sich die Kunden genau an. Sie standen aufrecht. Auch die Verkäuferinnen zeigten ein orthopädisch gesundes Gesamtbild.

Cosima klingelte am späten Nachmittag bei Simone Capella, der Nachbarin von Chira Walldorf.

Sie trug ein schwarzes Kleid, eine schwarze Strumpfhose, schwarze Pumps, Ohrringe mit jeweils einer schwarzen Perle. Sie rauchte eine Zigarette mit einer Zigarettenspitze. Sie hatte verweinte Augen. Sie hörte aus der Box eine seltsame Musik. Dem Klang des Gongs folgten tonartige Schwingungen, das Rauschen eines Bachs und zwitschernde Vögel. Durch den Raum zog ein schmaler, fast durchsichtiger Nebel mit süßlich harzigem Duft. Er stieg von einem angezündeten Stäbchen auf. Cosima bekam Kopfschmerzen von diesem Geruch. Ihr fiel keine Atemtechnik ein, um aus dieser Atmosphäre neutrale Luft einzusaugen.

In der Wohnung hingen schwarz-weiße Bilder von deutschen Schauspielern und Schauspielerinnen, fototechnisch aufgemotzt, man musste zweimal hinschauen, um das eine oder andere Gesicht zu erkennen.

»Ach, ich dachte, Sie hätten auch ein Foto von Chira Walldorf hängen«, rutschte es Cosima heraus. Sie konnte den Satz nicht mehr zurückholen. Die Laute lagen wie ein zerbrochenes Glas am Boden.

Frau Capella befand sich genau in diesem Moment in einem Koordinierungschaos. Der Mund war leicht geöffnet, um ihrem Staunen eine Form zu geben. Die Augenbrauen zogen sich nach oben. Dadurch bildeten sich Falten auf der Stirn. Die Finger ihrer Hände waren lang gestreckt, als wollte sie an jedem Finger einen Ring anziehen.

»Weshalb sollte ich ein Foto von Frau Walldorf aufhängen?«, fragte sie mehr mürrisch als erschrocken.

Cosima hatte sich von ihrem ungeschickten Satz erholt und lenkte ihn in eine andere Richtung. »Weil sie ganz gewiss eine ausdrucksstarke Persönlichkeit war. Aber klar, sie passt nicht hin, weil sie keine Schauspielerin war.«

Die Situation beruhigte sich.

»Kannten Sie Frau Walldorf?«

»Was heißt kennen?«, antwortete sie.

Cosima hatte diese Art der Gesprächsführung bereits bei den anderen Hausbewohnern erlebt, nämlich auf eine Frage mit einer Gegenfrage zu reagieren. Tatsächlich ist es so, dachte sie sich, dass die einfachsten Fragen die schwierigsten Antworten herausfordern.

Frau Capella schaute auf ihre Finger, meinte: »Kennen ist ein zweideutiger Begriff. Ich kenne die Kassiererin in meinem Supermarkt, aber ich weiß nichts von ihr.«

»Wenn ich Germanistik studiert hätte, hätte ich gewiss anders gefragt.« Cosima freute sich über ihre kecke Bemerkung.

Kurze Stille.

Frau Capella gab der Wühlerei ihrer Seele schließlich nach, der nicht nach Verweigerung, sondern nach einem ehrlichen Ausdruck zumute war, *lache nicht, wenn dir zum Weinen zumute ist.*

»Ich habe Chira bewundert, weil sie diese Bewunderung verdient hatte. Sie war in ihrer Fröhlichkeit und Klarheit ein reiner Mensch. Sie trug, soweit der Schmutz des Lebens es zulässt, eine Makellosigkeit in ihrem Herzen, wie ich das selten oder noch gar nicht erlebt habe.«

Cosima stand auf und ging zum Fenster. Frau Capella folgte ihr.

»Frau Walldorf«, befand Cosima, »war gewiss eine außergewöhnliche Frau.«

Frau Capella nickte.

»Frau Walldorf trotzte den Klischees über die Modewelt und passte in keine Schablonen. Richtig?«, fragte Cosima.

»Persönlichkeiten passen nie in Schablonen«, entgegnete Frau Capella mit einer graziösen Stimme, um ihren Worten die verdiente Achtung zu geben.

»Ja, so meinte ich es auch«, antwortete Cosima sachlich

knapp. Sie wusste aber, dass sie stärker auf Frau Capella eingehen musste, um sie zu locken und herauszufordern.

»Sie und Frau Walldorf haben sicherlich eifrige, gewissenhafte, beeindruckende Gespräche geführt. Ich meine, wenn sich zwei Persönlichkeiten treffen, dann entsteht daraus ein wunderbares Feuer.«

Frau Capella applaudierte innerlich. Ihr Gesichtsausdruck hatte eine Großzügigkeit, die ihrem stolzen Wesen eine wohltuende Demut mitgab.

»Ja«, sagte sie traurig. »Wir hatten uns etwas zu sagen, tja, das war einmal, aus und vorbei. Aber wir haben trotzdem, obwohl wir volle Terminkalender hatten, unsere Chancen genutzt.«

»Chancen?«, fragte Cosima vorsichtig, um Frau Capella nicht aus ihrem Gleichgewicht zu bringen.

»Wir sahen uns selten, aber wenn wir uns sahen, haben wir zu unserer platonischen Zuneigung gestanden.«

Cosima nickte, aber sie ging darauf nicht ein, weil sie in diesem Moment nicht wusste, wie sie »platonische Liebe« hinterfragen sollte. »Liebevolle Gespräche ja, aber kein Sex?«

Sie entschied sich dafür, ihre Fragen zuzuspitzen.

»Sie sagten gerade, Frau Walldorf sei makellos gewesen. Wer könnte sich daran gestoßen haben? Es gibt keinen Mord ohne Feindschaft.«

»Oh, meinen Sie das wirklich? Nicht jeder Mord wird aus Feindschaft begangen.«

Das weiße Taschentuch, das sie wie einen Punchingball in ihrer rechten Hand hielt, hatte einen rosa gestickten Saum, deutlich waren ihre Initialen S.C. zu erkennen.

»Wissen Sie«, nahm Frau Capella das Gespräch wieder auf, »Chira hasste Sicherheit, Ordnung und Rhythmus. Sie wollte kein gestanztes Leben ohne Überraschungen. Sie wollte keinen Stempel mit der Aufschrift: Weiter so.«

»Sie meinen, sie führte ein wildes Leben?«

»Das ist eine perspektivische Frage«, meinte Frau Capella und zündete sich eine Zigarette an.

»Perspektivisch?«, wiederholte Cosima blitzschnell, ohne zu wissen, wohin das führen sollte. Ihr ging es darum, wieder Ordnung in das Frage-und-Antwort-Spiel zu bekommen. Dieses Spiel funktionierte nur mit einer klaren Regel: *Ich frage, du antwortest. Ich bin die beamtete Aufklärerin eines Mordes, du hast mir bei dieser Aufklärung zu helfen.*

Frau Capella hatte wache Augen. Sie strahlten. Sie war in ihrem Element. »Perspektivisch, ja, ja, wissen Sie, Chira war so richtig katholisch. Sie wäre überhaupt nicht auf die Idee gekommen, aus der Kirche auszutreten. Da haben einige gesagt, die spinnt ja, die ist krank. Aber diese ganze Clique, die dem Zeitgeist hinterherjagt, um ja nichts zu verpassen, verpasst sich ja selbst. Sie jagen dem Phantom der Modernität nach, aber sie spüren sich selbst nicht mehr. Sie halten sich für unabhängig. Genau in dieser Unabhängigkeit lag aber Chiras permanente Perspektive auf das Leben.«

Cosima konnte nicht mehr folgen. Wie passten Unabhängigkeit und Katholizismus zusammen?

Frau Capella zündete sich eine weitere Zigarette an, blies den Rauch in eine andere Richtung und fragte unvermittelt: »Verstehen Sie mich eigentlich?«

»Ja, es geht um Zeitgeist und katholische Kirche.« Schon wieder war sie die Antwortende, die in die Defensive geraten war.

»Nein, es ging Chira um die Freiheit, das zu machen, was sie wollte, und nicht das, was von ihr erwartet wurde und was alle machten. Ich habe das wirklich bewundert. Ich halte ja von der Kirche gar nichts, meine Eltern waren sittenstrenge Protestanten. Das hat mich brutal geprägt. Ich will mit der Kirche nichts mehr zu tun haben.«

Sie lachte dabei laut und hob ihr Taschentuch auf. Selbst daraus machte sie eine Inszenierung, eine Handlung, bei der das Lachen zum Aufheben des Taschentuches passen musste – als hätte sie gerade ihren lang vermissten Goldring auf dem gleichfarbenen Teppich wiedergefunden.

Frau Capella erzählte noch von einer Nonne, die früher Assistentin von Chira Walldorf war, aber ihr fiel der Name nicht mehr ein. »Kaum auszudenken, wenn auch die Chira ins Kloster gegangen wäre«, seufzte sie, hielt kurz inne und ergänzte: »Im Kloster würde sie allerdings noch leben. Noch lange leben. Ich glaube, fast alle Nonnen werden über 90 Jahre.«

Als Cosima das Haus verließ, kam ihr Kilian entgegen. Er wollte das Klima an diesem Ort erschnuppern, die Atmosphäre aufnehmen, auf das große Geheimnis stoßen, auf eine Idee oder einen Zufall. Er wollte die Fakten mit seiner Fantasie filtern, querdenken, Unmögliches denken, seinen Kopf freier machen für diesen Fall.

»Bist du heute ein bisschen Psycho?«, fragte sie ihren Chef mit heiterer Stimme, um ihn ein wenig hochzunehmen. Denn der Kilian, den sie kannte, stellte immer den informationsbasierten Kripo-Menschen heraus. Er fürchtete nichts mehr, als in die Psycho-Ecke gesteckt zu werden.

Beide lachten auf. »Ertappt«, schnurrte Kilian, »heute bin ich mal die geistige Schnüffelnase, die nichts weiß, aber alles wissen muss.«

»Komm, Schnüffel.«

Der Tag bereitete sich auf den Abend vor.

Die Sonne stand noch heiter am Himmel. Kleine Wolkengruppen, die fast durchsichtig schienen, mischten sich in das Bild.

Kilian und Cosima standen auf dem Bürgersteig vor Chira Walldorfs Haus, um all die roten und weißen Kerzen ihrer

Fans auf sich wirken zu lassen. Dazwischen lagen bemalte Herzen und Rosen und ein großer weißer Teddy.

Solche Bilder kannten sie aus dem Fernsehen, wenn ein beliebter Star gestorben war. Dann zogen die Menschen an diesen Ort, um mit Gesten und Worten ihrer Anteilnahme Ausdruck zu verleihen.

»Heute ist Allerheiligen«, flüsterte Cosima, Worte, die nur für sie selbst gedacht waren, aber Kilian nahm sie sofort auf.

»Wie meinst du das, Divchen?«

Sie wollte zunächst gar nicht auf die Frage eingehen, machte eine Ach-was-Handbewegung und entschloss sich im Weitergehen doch zu einer Antwort.

»Kilian, halte mich nicht für bescheuert, aber Chira Walldorf hatte so etwas weltlich Heiliges, ja, sie war eine weltliche Heilige. Sie war ganz oben, ohne abgehoben zu sein, und dann war sie auch noch in der katholischen Kirche. Die feiern doch im November Allerheiligen, um an die Heiligen zu denken.«

»Komm«, forderte Kilian, »wir feiern ein sommerliches Allerheiligen im Irsina.« Padrone Francesco hatte die Trattoria mit Blick auf den Rhein mit seiner herzlichen Art und einer ehrlichen Küche zu einem Lieblingsort für Menschen gemacht, denen Erlebnis wichtiger war als Etikette. Wer genau dazu gehörte, war kaum auszumachen. Großstadtmenschen, Akademiker, ein Bürgertum, das gerne mal frivol sein wollte. Je später aber die Abende wurden, übernahmen Maler und Bildhauer, Schriftsteller und Literaturkritiker die Szene.

Sie saßen an bunten Tischen mit verschlungenen Motiven, die tief ins Meer führten. Kleine und große Fische im türkisblauen Wasser, feuerrote Hummer, Algen, Korallen – und Seegras legte sich wie ein grüner Teppich auf die Riffe. An den Wänden und der Decke malten die Studenten der Kunsthochschule Fischer mit ihren Booten und Netzen. Unter schattigen Dächern boten Marktleute Obst und Gemüse in allen Farben an. Urlauber trugen Strohhüte und gestreifte T-Shirts, kurze Hosen und launige Röcke. Die Sonne strich über das Meer, und die Fischer winkten aus der Ferne.

Kilian war dort schon seit vielen Jahren Stammgast. Mit Francesco war er per Du; er erinnerte sich gut an seinen ersten Abend hier mit Charlotte und ein paar Freunden. Er fragte sich, was Irsina bedeutete. Er stellte sich ein frohlockendes Mädchen mit sanfter Anmutung vor, natürlich Francescos erste große Liebe. Francesco lächelte süffisant. Nein, Irsina war sein Heimatdorf, in dem er groß geworden war. Von fern betrachtet eine burgähnliche Festung auf einem Berg, und je schärfer die Augen die Konturen wahrnahmen, wirkten die anthrazitfarbenen Häuser nebeneinander und übereinander wie zusammengeklebte Schachteln. Keine 5.000 Menschen wohnten hier, aber sie hatten eine Kathedrale, die dem Dorf ihr Wahrzeichen gab.

An den Wochenenden fuhr Francesco, wann immer es ging, mit seinen Kumpels in seinem roten Fiat 500 nach Bari. Sie gingen durch die engen Gassen der Altstadt, alberten in Cafés und Restaurants herum, sahen den Touristen zu, wie sie von außen Kirchen fotografierten, und sprangen in die Adria.

Francesco kannte seine Gäste und ihre Vorlieben, ihre Themen und Launen, und er war Fan von Juventus Turin. In einer Ecke, deren Wände nicht bemalt wurden, hingen Schwarz-Weiß-Bilder mit den Helden seines Vereins: Gianpiero Combi, Renato Cesarini, Gianpiero Boniperti und viele Gesichter mehr. Sie spielten vor 60, 70, 80 Jahren. Nur Francesco kannte sie. Doch die Gäste mochten gleichwohl die Fotos, weil sie die italienische Nostalgie mochten. Diese unergründliche Sehnsucht …

22.

Miko zeigte Dr. Kirsch sein Protokoll über das Gespräch mit dem Stalker, um ihn um eine Einschätzung zu bitten. Er reagierte grummelnd. Er gefiel sich gerade mal wieder in seiner Experten-Rolle und machte dabei ein bekümmertes Gesicht. *Jeder zerrt an mir, will was von mir, ich kann nicht auf jeden eingehen.* Er nahm seine Brille ab, rieb sich die Augen und schaute Miko verständnislos an. Miko schaute fragend zurück und ließ sich nicht anmerken, wie er über die Attitüden des Psychologen dachte. Prompt setzte er zu einer Belehrung an. »Herr Reichenhall, es gibt ein Grundsatz in der Psychologie. Rede zuerst mit dem Menschen und beurteile dann weitere Quellen. Davon weiche auch ich nicht ab.« Miko empfand diese Antwort als »bescheuert«. Er war der Meinung, dass es doch völlig egal sei, ob der Psychologe zuerst mit dem Patienten spricht, um dann weitere Informationen zu sammeln, oder umgekehrt vorgeht.

Später erfuhr Miko allerdings, dass Dr. Kirsch mit Kilian über den Stalker gesprochen hatte, ohne Kontakt zu ihm gehabt zu haben. Er meinte, dass dieser Mann nach seiner ersten Wahrnehmung über eine narzisstische Persönlichkeitsstörung verfüge. Kilian wollte von ihm wissen, ob er damit ins Täterprofil passt. Mit gestelzter Anmutung bat er um Zeit. Er könne darauf jetzt keine schlüssige Antwort geben. »Ach Robert«, seufzte Kilian, »wenn wir unter uns sind, können wir auch offen sprechen. Mir helfen auch spontane Einschätzungen von Dir, ich klebe ja nicht an jedes Wort. Es geht mir darum, meinen Kopf mit neuen Gedanken zu füttern.«

23.

Der Druck stieg. Würde sich nicht bald ein vielversprechender Ansatzpunkt für die Ermittlungen finden, drohte daraus ein schwieriger Fall zu werden. Im Kommissariat liefen 156 Hinweise ein, die von zwei Beamten geprüft wurden. Von einem erfahrenen Kollegen, der seine Routine einsetzte, und einem unerfahrenen Kollegen, der mit größter Vorsicht an die Sache heranging, um ja nichts zu übersehen. Diese Konstellation hatte sich Kilian einfallen lassen, weil die Routine einen gefährlichen Bruder hatte: Bruder Leichtsinn. Erfahrung war für Kilian deshalb nur eine Komponente für erfolgreiche Führung.

156 Hinweise, aber kein Treffer dabei. »Beschäftigungstherapie«, nannte Kilian später die erfolglose Auswertung. Er wunderte sich darüber, wie wenig die vermeintlichen Zeugen oder Hinweisgeber nachdachten. Sie müssten doch wissen, dass Wahrheit keine Fantasie vertrug. Sie brachten aber vage Vorstellungen als Tatsachen vor.

Cosima setzte ihre Befragungen bei den Nachbarn fort. Auf ihrem Zettel standen: Prof. Dr. Heinrich Zirschke, Theaterwissenschaftler, 60 Jahre, und seine Frau Annette Hahn-Zirschke, 48 Jahre, Inhaberin eines Yoga-Studios.

Frau Hahn-Zirschke öffnete, eine zierliche Frau mit einer Stimme, die nicht zu ihrer offenen Ausstrahlung passte, scheppernd, als würden die Töne in ihrem Rachen aufeinanderprallen. Schade, dass man keine Stimme implantieren konnte wie ein Herz, eine Lunge, eine Niere oder eine Leber, dachte Cosima. Vielleicht litt sie unter einer chronisch üblen Heiserkeit oder einem erschlafften Sprechmuskel. Sie wird sicherlich alle möglichen Ärzte aufgesucht haben. Aber war sie auch bei einem Logopäden, um ihrer Aussprache mehr Harmonie zu geben? Wahrscheinlich fand sie ihre Stimme völlig normal, sinnierte Cosima.

Da kam Herr Dr. Zirschke auf sie zu. »Na, dann wollen wir mal Platz nehmen und über das traurige Erlebnis sprechen«, übernahm er die Initiative mit einer Selbstverständlichkeit, als hätte er Übung darin, über einen Mord in der Nachbarschaft zu reden.

»Erlebnis ist wohl das falsche Wort«, klirrte und schrillte es aus dem Mund seiner Frau. Ihr Mann schaute die Kommissarin an, und Frau Hahn-Zirschke fasste sich mit ihrer linken und rechten Hand an die linke und rechte Backe. Sie stöhne leicht. »Wir sind geschockt, nein, jetzt kommt nicht die Nummer: Ich hätte niemals gedacht, dass so etwas bei uns passiert. Was möglich ist, kann auch passieren. Das ist Logik. Aber ich muss diese konkrete Logik in diesem konkreten Fall erst einmal verstehen, ach, ich muss das gar nicht verstehen, ich muss das verarbeiten.«

»Das verstehe ich«, sagte Cosima einen beliebigen Satz, um Teilnahme auszudrücken.

Sie glaubte, sie könne Frau Hahn-Zirschke ansehen, dass sie Yogalehrerin war. Ihre Bewegungen waren weich und doch kontrolliert. Sie beherrschte ihren Körper.

Ihr Mann meinte ungefragt: »Frau Walldorf haben wir vielleicht ein- oder zweimal gesehen, und trotzdem war sie präsent.«

»Präsent?«, fragte Cosima.

»Woran erkennt man, ob Queen Elizabeth sich in ihrem Palast aufhält?«, fragte Dr. Zirschke mit neugierigem Blick. Zufrieden stellte er fest, dass nur er die Antwort kannte. »Wenn die Queen zu Hause ist, weht vom Dach ihres Schlosses ihre rot-gold-blaue Flagge.«

»Okay«, sagte Cosima nur.

»Moment, Moment, ich bin noch nicht fertig. Woran erkannten wir, ob Frau Walldorf im Hause ist? Wir mussten nur auf die Angeberautos vor dem Haus oder auf Kamerateams achten. Aha, sie ist da.«

Cosima fand das albern. Aber sie wusste, dass Menschen zur Albernheit neigten, um den emotionalen Stress einer Trauer oder einer unfassbaren Situation zu verarbeiten. Nur fragte sie sich, welche tieferen Ursachen dieser Stress bei Herrn Dr. Zirschke gehabt haben könnte, zumal er offenbar keine näheren Berührungspunkte zum Opfer hatte.

Es konnte natürlich auch sein, dass Dr. Zirschke als Theaterwissenschaftler mit dem Ablauf eines polizeilichen Gespräches Probleme hatte, dass die strikte Anordnung von *wann, wo, wie* seine berufsbedingte Vorstellung von Sprache, Handlung, Dramaturgie, Bühnenbild einer Theateraufführung sprengte.

»Walldorf«, sprach er nicht in einem Atemzug aus, sondern mit Anlauf, als müsse er alle Kraft bündeln, um über den Berg zu kommen. Erst Wall, dann Dorf. »Ich glaube, dass Frau Walldorf eine gütige Frau war. Gütig ist vielleicht doch das falsche Wort, ich meine, sie stand zu ihren Wurzeln.«

»Wie meinen Sie das?«

»Ich will Ihnen nur ein Beispiel nennen. Ich bin Mitglied im Pfarrgemeinderat von Sankt Franziskus. Wir hatten die Idee, dass wir mit allen Gemeinden in unserer Stadt einen Jugendtag am 3. Oktober veranstalten, dem Todestag des heiligen Franz von Assisi. Mit Lesungen, Meditation, Tanz und gemeinsamem Gottesdienst. Frau Walldorf hatte davon gehört. Sie sagte, es sei doch schön, wenn viele Jugendliche auch mal nach Assisi fahren könnten. Dafür hat sie spontan 20.000 Euro gespendet.«

Katholische Kirche! Da fiel Cosima das Gespräch mit Frau Capella ein.

»Herr Dr. Zirschke, Sie sind Theaterwissenschaftler, Ihre Nachbarin Regisseurin, da kommt man doch leicht ins Gespräch?«

»Oh, nein, bis auf ein paar Höflichkeitsfloskeln.«

»Kirche wäre doch ein nettes Thema«, versuchte Cosima den Satz so beiläufig wie möglich zu platzieren. Indirekte Fragen hatten den Charme, dass die Antworten sich öffneten wie der Vorhang eines Theaterstücks. Die Rollen entfalteten sich. Sie zeigten keinen Ausschnitt, sondern ein Werden.

»Kirche? Frau Capella geht lieber an die Bar als in den Beichtstuhl.« Er lachte fies, seine falsche Heiterkeit war ein Auslachen und Verspotten, und zwischen seinen Augen bildete sich eine tiefe Falte, die sein Gesicht zornig dominierte.

Beim Verlassen des Hauses bekam Cosima ein Gespräch mit, wie sich eine Frau über die Grableuchten und Blumen auf dem Bürgersteig beschwerte. »Wann kommt endlich die Stadtreinigung, um den Müll zu entsorgen?«

Auch ein Reporter von »Glitzglotz« hörte mit. Über seiner Story stand später die Überschrift: »Lieblos-Frau fordert Sauberkeit!«

Kilian traf sich mit einem Kinderarzt, einem Orthopäden und einem Sportlehrer, um neue Hinweise auf das Mädchen zu bekommen, das den Brief mit dem Tötungshinweis in den Briefkasten der Polizei geworfen hatte. Er wollte die Gruppe »einfach mal spinnen lassen«.

Der Kommissar teilte seinen Besuchern mit, dass das Kind 151 Zentimeter groß sei und nach der mathematischen Normalverteilung ungefähr zwölf Jahre alt sein müsste.

»Müsste«, wiederholte er wie ein strenger Lehrer, der Konzentration und Aufmerksamkeit von seinen Schülern forderte. »Es gibt Kinder, die schneller oder langsamer wachsen, immerhin haben wir einen Annäherungswert.«

Als der Kinderarzt, der Orthopäde und der Sportlehrer sich das Video anschauten, sahen sie ein Kind, eingehüllt in eine Kleidung, die nicht passte, beziehungsweise: Sie sahen eine Gestalt, ein dunkles Etwas, die geduckte Körperhaltung, den Briefeinwurf.

Kilian bat seine drei Besucher in drei verschiedene Einzelräume, damit sie sich ohne Ablenkung das Video ansehen konnten. Sie spulten von vorne nach hinten, wieder rückwärts, vergrößerten Details und das Umfeld, schauten sich den Laufweg und die Geschwindigkeit des Gehens an.

Kilian schaute auf die Uhr. »Ich glaube, da kommt nichts.«

Robert, der mittlerweile eingetroffen war, ermahnte ihn: »Bleib mal locker.«

»Ich glaube, ich mach mich gerade zur Lachnummer, als könnten die nur ein Fitzelchen zum Fall beitragen.«

»Was ist mit dir passiert?«, fragte Robert ihn, und seine Stimme enthielt nun die Weichheit eines verständnisvollen Therapeuten, als wollte er sagen: *Vertrau mir, öffne dich, du darfst dich jetzt nicht verweigern, du weißt, ich bin immer für dich da. Alles wird gut, warte nur ab.*

»Lieber Robert, lass deine Psycho-Matratze zu Hause, ich stehe lieber!« Er schnaufte wütend und scharrte mit seinen Worten: »Wenn das hier schiefgeht, und einer macht dumme Kommentare, den versetze ich ins Archiv, in die Kantine, ins Pförtnerbüro oder in die Asservatenkammer.«

Die Stimme von Robert war wieder auf normalem Level: »Bist du das Problem, weil du neue Wege gehst, oder sind deine Kollegen das Problem, weil sie keine neuen Wege gehen wollen, oder gibt es gar keine Probleme?«

Kilian hörte nicht mehr zu.

Robert zupfte an seinem Ärmel. »Hey, keine Lust mehr, kreativ an die Dinge heranzugehen?«

»Du spinnst wohl«, antwortete Kilian mit gespielter Empörung.

»Na also!«

24.

Morgendliche Besprechung im Präsidium. Kilian verzog das Gesicht zu einer Offenbarung, als würde er im Moment einer knisternden Spannung ein Geheimnis mitteilen. Ein angedeutetes Lächeln lag auf seinen Lippen, und er sprach: »Ist Euch schon mal aufgefallen, dass in der Modebranche fast nur Männer arbeiten. Friseure, Visagisten, Fotografen, Agenten und natürlich die Modedesigner. Fast nur Männer. Das ist ja wie in der Spitzengastronomie, oder kennt Ihr Sterneköchinnen. Ja, die Modebranche ist hinter den Kulissen eine Männerwelt, hinter den Laufstegen, hinter den Vorhängen, ohne diese Männer sähe es in der Modewelt ziemlich trist aus.«

»Gähn, gähn«, protestierte Cosima pflichtschuldig und nannte als Kronzeugen ihrer Antithese Jil Sander, Donna Karan … Kilian unterbrach sie. »Es ist, wie es ist, und wir müssen aufpassen, dass dieses ganze Schönheitsgerede uns nicht auf eine falsche Spur setzt. Wir dürfen diesen albernen Spruch, den der Mörder auf den leblosen Körper zurückgelassen hat, nicht auf irgendetwas verengen. Solche Wirrkopf-Sprüche könnt ihr jeden Tag auf irgendeinem Kalenderspruch nachlesen.«

»Tja«, bemerkte Miko ratlos.

Cosima meinte, dass der Wirrkopf ja auch ein Schlaukopf sein könnte, der um den Mord ein mystisches Theater inszeniert hat, um damit auf einen durchgeknallten Mörder aus der Modewelt hinzuweisen. Es erscheine ihr bisher alles zu perfekt, vom Auffinden der Leiche bis zum Hinweis auf den Tod gegenüber der Polizei, zu mathematisch, als sei ein Mord das

Ergebnis von eins plus eins gleich zwei. Sie hielt kurz inne, schaute Kilian und Miko an, und sie warteten darauf, dass sie weitersprach. »Es ist auch nicht so, dass es einen netten Mörder gibt, der einen anderen Menschen aus lieben Gründen dahinrafft. Ein Mörder ist ein brutaler Mensch. Und weil es sich in diesem Fall um einen raffiniert geplanten Mord handelt, kann der Mörder auch nicht sagen, 'oh sorry, da sind mir leider die Sicherungen durchgebrannt, Hilfe, was habe ich nur angerichtet, ich habe das nicht gewollt'. Versteht Ihr, was ich meine? Wir suchen keinen verwirrten oder schöngeistigen Mörder, sondern einen intelligenten Mörder mit reifer Lebenserfahrung.«

Kurze Stille erfasste den Raum. Dann sagte Kilian, dass auch er ein entschiedener Gegner davon sei, sich auf eine These einzuschwören. Frühere Fälle gingen ihm durch den Kopf. Ein sorgsam geplanter Mord war nicht darunter. Einige Morde waren zwar hinterlistig vorbereitet, aber die Ausführung war dann so miserabel, dass die Spurensicherung schnell die entscheidenden Beweise lieferte.

»Wo liegt der Fehler in unserer Logik?«, fragte Miko.

Kilian riet zur Besonnenheit. »Mord ist kein Beruf, den man sorgsam erlernt, von der Planung über die Durchführung bis zum Dünnemache.«

Er wandte sich Miko zu. »Nimm Dir mal den Friseur vor, der hatte von den Modeleuten den meisten Kontakt zur Toten.« Prompt reagierte er darauf mit einem Warum-ich-Gesicht. In dieser Sekunde verfiel er dem klassischen Rollenklischee. Übersetzt: Warum macht Cosima das nicht, Friseur ist doch ihr Revier. Dabei lag sein Wert auf der Machoskala im Präsidium von eins bis zehn ganz unten. Er war der Genügsame, leben und leben lassen. Er verstand sich mit Cosima und den anderen Kolleginnen auch deshalb so glänzend, weil er dieses ganze Manns-Gedöns von lautem Lachen bei Sex-Witzen bis all den unterschwelligen Kommentaren nicht mitmachte. Er war diesbezüglich ein Braver, der auch keine Probleme damit hatte, das Cosima in der Hierarchie über ihn stand. Das freilich war auch seinem reduzierten Ehrgeiz, Verantwortung zu übernehmen, geschuldet. Er musste keine Personalgespräche führen, und er musste sich auch nicht dem Staatsanwalt herumplagen.

Gewiss, er war kein Mitläufer, seine Stärke lag darin, seine Meinung auch dann zu sagen, wenn sie zur Aufklärung eines Falles abstrus klang. Dieser Freimut, keine Angst vor hochnäsiger Kritik zu haben und als Spinner bezeichnet zu werden, flößte den Kollegen Respekt ein. Er ließ sich auch nicht leicht abschütteln. Er bestand darauf, dass sich Kilian mit seinen Argumenten auseinandersetzte. Das empfand Kilian wiederum manchmal als sehr anstrengend, weil er über das einzelne Argument hinaus auch das Gesamtkonstrukt an Meinungen und Ideen aller Kollegen im Auge behalten musste. Er hatte aber ein waches Auge. Natürlich war ihm klar, dass der Weg zum Mörder letztlich immer über die entscheidende Spur führte. Als Kind hasste er es, Puzzle zu spielen, zunächst die vielen Einzelteile nach Farben zu sortieren, um sie dann von den Rändern ins Innere zu legen. Es war nur eine Frage der Zeit, bis er damit fertig war. Heute nannte sich *sein* Puzzlespiel Detektivarbeit. Es ging nicht nur um Zeit und Geduld, sondern auch um Logik und Beweis.

25.

Cosima hoffte bei jeder Befragung, dass sich ein Detail aus dem Allerlei vager Erinnerungen, Vermutungen und Interpretationen entpuppte wie ein Schmetterling aus der Raupe.

Jürgen Wolters, Rechtsanwalt, 48 Jahre, und seine Frau Emma Seewald-Wolters, Rechtsanwältin, 51 Jahre, standen auf ihrem Zettel. Waren sie Raupen oder Schmetterlinge, fragte sich Cosima und starrte auf den Doppelnamen »Seewald-Wolters«. Sie überlegte, ob sie sich bei einer Heirat einen Doppelnamen zulegen würde. Cosima Winkler-Hackler, würden sie dann heißen. Sie musste lachen. Hackler ginge ja gar nicht. Das hörte sich nach hacken an, tothacken, für so einen Namen bekäme sie Berufsverbot, mindestens aber eine Abmahnung.

Frau Wolters-Seewald öffnete die Tür, eher hastig, als müsste sie schnell das Haus verlassen. Sie wirkte auf Cosima auf den ersten Blick wie die Verkäuferin einer Seitenstraßen-Boutique, die Äußerlichkeiten überaus wichtig nahm. Blitzschnell wanderten ihre Augen von Cosimas Schuhen bis hinauf zu ihrer Frisur. Am liebsten hätte sie gefragt: »Gefällt Ihnen alles an mir? Darf ich eintreten?«

Frau Seewald-Wolters und Herr Wolters setzten sich auf ihr schwarzes Sofa. Ein bekanntes Bauhausmöbel mit verchromtem Stahlrohrgestell. Das puristische Ambiente des Wohnzimmers, dachte Cosima, hätte durchaus wärmere Töne vertragen, um die Kontraste stärker wirken zu lassen. Warm und kalt. Leder und Stoff. Holz und Metall.

»Wer wohl der Mörder ist?«, fragte Frau Seewald-Wolters plötzlich.

»Gute Frage«, entgegnete Cosima.

Frau Seewald-Wolters vermutete, dass das ein Mensch sein müsse, der den Glanz von Frau Walldorf nicht mehr ertragen konnte.

Herr Wolters meinte: »Aber dann müssten wir ja ständig jemanden totschlagen!«

»Ach, du bist immer so eng. Ein Tellerrand ist dafür da, dass man über ihn hinausschaut.« Frau Seewald-Wolters blickte sorgenvoll, als wäre ihrem Mann mal wieder eine große Dummheit unterlaufen.

Herr Wolters klatschte dünn in seine Hände, um damit einen Höflichkeitsapplaus für eine schlechte Aufführung kundzutun, und sagte dann in ruhigem Ton: »Ich stelle mir vor, dass der Mörder aus dem gleichen Milieu kommt wie Frau Walldorf. Wenn ich damit richtigliege, brennt die Seele des kleinen Volkes lichterloh vor Freude.«

Cosima hörte dem Geplänkel zu.

Herr Wolters hatte seine Rolle gefunden – als Deuter pikanter soziologischer Zusammenhänge. »Die Gesellschaft braucht gefallene Helden, um sich an ihnen abzuarbeiten und eigene Defizite besser ertragen zu können. Das Strafrecht elektrisiert die Menschen, weil es soziale Distanz schafft. Es unterteilt die Menschen in Gut und Böse.«

Frau Seewald-Wolters schüttelte den Kopf. Ihre runden Ohrringe schwangen dabei mit. Cosima erinnerten die Creolen an eine Papageienschaukel. »Du immer mit deiner Gesellschaft, Schuld ist kein gesellschaftliches Problem, sondern ein Ich-Problem«, ätzte sie.

»Du hast mich leider nicht verstanden«, erwiderte Herr Wolters so, als würde er sich weiterhin alle Mühe geben, dass ihm seine Frau folgen könne.

Cosima ließ das Ehepaar quasseln.

Herr Wolters erklärte ihr seine Sicht: »Die Frau Walldorf

war immer nett, aber auch immer husch-husch, kurz angebunden mit leichten roten Flecken im Gesicht.«

»Aber nicht abweisend«, fügte Seewald-Wolters beschützend hinzu. Ihre ruhig vorgetragenen Worte lösten keine Schwingungen ihrer Creolen aus. Das wiederum brachte Cosima auf die fantastische Idee, dass Beschuldigte in Verhören ab sofort Creolen-Ohrringe tragen müssten. Denn eine nervöse Spannkraft führte zu verräterischen Schwingungen der Creolen wie der Lügendetektor in der amerikanischen Justiz.

Cosima schaute ihre Gesprächspartner konzentriert an.

»Haben Sie mal Besucher für Frau Walldorf bemerkt?« Mittlerweile ging ihr diese Standardfrage auf die Nerven. Sie kam sich wie eine Sekretärin vor, die neue Kugelschreiber für den Chef bestellte und immer wieder nach einer bestimmten Feder fragte.

»Nein«, antworteten beide fast synchron, und Frau Seewald-Wolters durfte den Satz vollenden: »Wenn wir welche gesehen hätten, hätten wir das sofort gesagt. Grundsätzlich muss ich Ihnen sagen, dass wir wenig mitbekommen. Aber warum ist das eigentlich so? Leben hier nur Geister? Sind wir alle auf der Flucht, um ja nicht gesehen zu werden? Also, komisch ist das schon.«

Herr Wolters beruhigte seine Frau. »Einfach Zufälle.«

Es gab Wörter, die standen in Cosimas Wahrnehmungsskala ganz oben. »Zufall« gehörte unbedingt dazu. Der geplante Mord konnte vielleicht nur durch einen Zufall gelingen, oder der Zufall half mit, dass der Mörder unentdeckt blieb. Sie hatte mal ein Buch über die Zufälle des Lebens gelesen. Darin wurde behauptet, der Zufall lasse etwas geschehen, was unbedingt so kommen musste.

»Warum hätte der Mord unbedingt geschehen müssen?«, fragte sie in sich hinein.

Später Nachmittag in der Mordkommission. Der Kinderarzt, der Orthopäde und der Sportlehrer saßen wieder zusammen, um ihre Bewertungen auszutauschen.

Kilian wartete in seinem Büro und hoffte auf einen Wow-Effekt, auf ein Gewitter, das sich durch die dunklen Wolken biss, um der Sonne ihren Weg zu bahnen.

Der Orthopäde und der Kinderarzt teilten fachspezifische Argumente in einer fachspezifischen Sprache aus, denen der Sportlehrer kaum folgen konnte. Gleichwohl hatte er ein Gespür dafür, was sie da redeten und warum sie so redeten.

Als eine kurze Gesprächspause entstand, bemerkte er mit einer leisen Stimme, dass das Mädchen auf dem Foto gar kein Mädchen sei. Die Mediziner stutzten. Sie sahen sich an, um sich gegenseitig zu bestätigen, dass da einer Unfug redete.

Der Sportlehrer ließ sich davon nicht beirren. Er führte weiter aus. »Nur Jungs gehen so breitbeinig. Ja, und in diesem Gang sehe ich eine gewisse Wildheit, darin sehe ich nichts Weibliches.«

»Ein Junge?«, fragte der Kinderarzt verwundert zurück.

»Wieso ein Junge?«, fragte der Orthopäde.

Der Kinderarzt schüttelte spöttisch den Kopf. Der Sportler hatte ja keine Ahnung.

Der Kreis, der sich das Video gemeinsam mit den Experten anschaute, vergrößerte sich mit Kilian, Cosima und Miko. Immer wieder schauten sie sich den Gang des Kindes und die Beinstellung am Briefkasten an. Die Anweisungen gingen hin und her. »Stopp«, »weiter«, »zurück«, »noch mal langsam«, »bitte vergrößern« …

»Ja, ich würde tatsächlich sagen, dass das kein Mädchen ist«, murmelte Cosima, als befinde sie sich im Übergang vom Zweifel zum Wissen.

»Würde?«, fragte Kilian streng zurück.

»Ein Mädchen geht anders als ein Junge«, sagte sie entschiedener.

Der Sportlehrer hörte ruhig zu, wie die Argumente sich langsam, aber stetig in seine Richtig bewegten.

Noch blitzten aus den tief stehenden Augen des Orthopäden misstrauische Signale, als wollte er sein Expertenpodest noch nicht mit dem Sportlehrer teilen. Er sprach umständlicher von »empirischer Evidenz«. Der Kinderarzt nickte bedeutungsvoll, noch nicht ahnend, dass er mit seiner Meinung gleich alleine dastehen würde.

Der Orthopäde verzog sein Gesicht zu einem nachdenklichen, konzentrierten und versierten Ausdruck, nahm seine Brille ab, spielte mit ihr, setzte sie wieder auf, atmete bedeutungsvoll und schob seinen Blick leicht über das Blatt mit den Notizen, als hätte er sich dort notiert, dass die Annahme, es könnte sich um einen Jungen handeln, »eine gewisse Plausibilität« enthielt.

Der Kinderarzt brauchte eine kurze intellektuelle Verschnaufpause, um sein Feld neu zu bestellen. Schließlich sagte er mit einem säuerlichen Gesichtsausdruck, dass er sich strikt an das Briefing des Hauptkommissars gehalten und daran seine spezifische Agenda abgearbeitet habe. »Aber ja, das räume ich gerne ein, wenn man sich vom vorgegebenen Profil eines Mädchens löst, könnte das Kind durchaus ein Junge sein. Wir sollten das noch einmal diskutieren.«

Kilian fasste in einer internen Besprechung mit Cosima und Miko zusammen: »Da ist ein Mörder, der einen Jungen vermutlich wie ein Mädchen aussehen lässt, um uns damit an der Nase herumzuführen. Wer denkt sich so etwas aus?«

Zur gleichen Zeit maßen Entwicklungsbiologen die Schritte des Kindes aus, analysierten seine Bewegungsabläufe, verglichen sie mit Durchschnittswerten von Jungen. Danach ermittelte das Programm eines Computersystems die ungefähre Körperstatur.

Die Polizei suchte nun einen Jungen, der ungefähr 1,50 Meter groß und schlank war.

»Oder suchen wir doch ein schlankes Mädchen, das ungefähr 1,50 Meter groß ist«, grübelte Kilian, um alle Eventualitäten durchzuspielen.

Durch seinen Kopf zischten aber die Worte: *Ja, es war ein Junge.*

Dann ballte er die Faust und schrie dabei: »Weiter so.«

Die Kollegen schauten sich um.

»Warum schaut ihr mich so an«, fragte Kilian, »habe ich was Unanständiges gesagt?«

Er hatte das Gefühl, in diesem sonderbaren Fall ein paar Zentimeter weitergekommen zu sein. Er fühlte sich wie ein zäher Kämpfer, der mit einer kleinen Propellermaschine im tropischen Regenwald abgestürzt war und sich durch eine nie gesehene Wildnis retten musste.

»Heute gebe ich eine Runde Nussecken aus«, rief er glücklich ins Büro, und Miko rief zurück: »Soll ich beim Tragen helfen?«

Später am Abend traf Kilian sich mit Robert im »Irsina«.

Francesco hatte für seine Gäste einen runden Tisch unterhalb seiner Lieblingsfotos mit den Spielern von Juventus Turin reserviert. Von dort hatten sie einen guten Blick auf die Juve-Wimpel hinter der Bar mit dem Logo aus früheren Zeiten, ehe es 2017 durch ein neues Design ersetzt wurde. »Was zur Hölle soll so eine Hässlichkeit«, regte sich Francesco auf. Fußball war immer ein großes Thema, auch zwischen Kilian und Robert. Kilian war für Fortuna Düsseldorf, Robert für Bayern München. Kilian verstand nicht, wie man Fan des FC Bayern sein konnte, und Robert verstand nicht, dass Kilian keinen Respekt vor der erfolgreichsten Bundesligamannschaft hatte.

Kilian schüttelte leicht den Kopf. »Warum können die Bayern ihren Erfolg nicht ohne Arroganz genießen!« Er meinte diese Frage als Statement, das keiner Antwort bedurfte.

Robert verzog sein Gesicht. »Du verwechselst Arroganz mit Selbstbewusstsein.«

Francesco brachte drei Prosecco.

»Chin-Chin.«

Der Abendhimmel mit seinen roten Farbtönen verzog sich in die Dämmerung. Robert fragte plötzlich: »Oh, wer ist das denn, Francesco?«

»Das ist meine wunderbare Ehefrau!«

»Hat sie auch einen Namen?«

»Si, ich bin Jasmine.«

»Sie haben aber einen charmanten Akzent.«

»Ich bin Französin, komme aus dem Burgund.«

»Herrliche Rotweine, aber teuer«, befand Robert.

»Die wahren Weinkenner trinken nicht Bordeaux, sondern Burgunder«, schwor Jasmine und meinte es ernst.

»Vorsicht, ich muss immer aufpassen, dass sie unsere herrliche italienische Küche nicht mit französischen Einflüssen verdirbt«, entgegnete Francesco. Auch er meinte das völlig ernst.

Ihre Augen sprühten Feuer.

»Oh là là, tu racontes n'importe quoi!«

»Was hat sie gesagt?«, fragte Kilian.

»Sie hat mir in sehr zärtlichen Worten gesagt, dass ich Unsinn erzähle«, antwortete Francesco vergnügt.

»Oh là là«, lachte Jasmine, »diese Italiener.«

Sie selbst war in Tripolis geboren. Dort hatte ihr Vater Antoine für eine Winzergenossenschaft eine Vertriebsgesellschaft aufgebaut, die sich in der Nähe der Französischen Botschaft in Libyen befand. Ihre gesamte Schulzeit verbrachte sie aber im Burgund, fast alle Väter ihrer Mitschüler lebten direkt oder indirekt vom Wein. Wein war zu Hause immer ein Thema, geschmacklich wie geschäftlich. Sie kam nach Deutschland, um Germanistik zu studieren. Dafür suchte sie eine Universität mit dem Namen eines berühmten Literaten. Zur Auswahl standen die Wolfgang-Goethe-Universität in Frankfurt, die Friedrich-Schiller-Universität in Jena und die Heinrich-Heine-Universität in Düsseldorf. Sie entschied sich für Düsseldorf, weil Heine nicht nur Dichter war, sondern auch ein frecher Gesellschaftskritiker.

»Klar, dass Jasmine auf Heine steht«, sagte Francesco neckisch. »Die Franzosen haben Krawall im Blut. Außerdem war Heine ja fast ein halber Pariser. Das passt alles wunderbar zusammen.«

26.

Cosima schrieb auf einen Zettel in großen Buchstaben

GARDNER AM TELEFON

und hielt ihn hoch, damit Kilian ihn von seinem Büro aus sehen konnte. Kilian zeigte mit seinem Daumen nach unten, übersetzt: abwimmeln.

Der Chefredakteur von »Glitzglotz« war für ihn eine Schlange, die sich an ihr Opfer lautlos heranschlich und mit zielgenauer

Schnelligkeit ihren Giftzahn in den Muskel haute. Sie liebte den langsamen Tod ihres Opfers, beobachtete den Niedergang des Nervensystems. Schwindel, Durst, Kopfschmerzen und Sehstörungen belagerten den Körper. Der wartende Tod zog aus dem schutzlosen Körper den letzten Atem.

Gardner konnte mit seinen Schlagzeilen Menschen töten. Nicht buchstäblich, aber indem er sie öffentlich bloßstellte, machte er sie schutzlos vor Vorurteilen und Gerüchten.

Kilian stellte sich vor, dass Gardner tatsächlich wie eine Schlange aussah – und das Telefon klingelte. Cosima hatte versehentlich auf den falschen Knopf gedrückt und Gardner an ihn weitergeleitet.

»Gardner!«

Allein seine Stimme klang wie ein Befehl.

Kilian hielt das Telefon theatralisch von seinem Ohr entfernt. Gardner wäre zuzutrauen, sich durch das Telefon zu winden und dann zuzubeißen.

»Schön, Herr Stockberger, dass ich Sie erreiche«, säuselte die Schlange nun. »Das ist ja ein Fall, den Sie da an den Hacken haben. Unsere Leser sind gespannt darauf, wie weit Sie mit der Mördersuche sind.«

»Herr Gardner, dass Sie zu mir verbunden wurden, ist ein Versehen. Rufen Sie den Pressesprecher des Polizeipräsidiums an. Danke und entschuldigen Sie bitte. Aber ich muss dringend in eine Besprechung.«

Nun züngelte die Schlange wirr und hektisch.

»Hören Sie doch mit solchen Sprüchen auf! Hier läuft ein Mörder herum. Unser Blatt ist Anwalt unschuldiger Menschen. Die haben Angst. Die machen sich Sorgen. Sie, Herr Stockberger, haben eine gesellschaftliche Verantwortung gegenüber diesen Menschen, verstehen Sie das?«

Während er das Zischen der Schlange hörte, überlegte Kilian, wie er das Reptil verscheuchen konnte. Er wusste, dass er keine verbrannte Erde hinterlassen durfte. Auch eine Schlange brauchte Liebe.

»Bitte, lassen Sie mich kurz zu Wort kommen. Ich habe es wirklich sehr eilig. Herr Gardner, ich persönlich schätze Ihr Blatt, und ich verstehe die Sorgen Ihrer Leser sehr gut. Aber Sie wissen doch, dass die Ermittlungen unmittelbar nach einer Tat sehr breit angelegt sind. Da kann man noch gar nichts sagen.«

Noch am Abend stand in der Online-Ausgabe von »Glitzglotz« über einer nichtssagenden Story die Überschrift:

Model-Mord: Welche Informationen verheimlicht die Polizei?

Die Frage wurde in der Story zwar nicht beantwortet, aber allein die Überschrift sollte deutlich machen, dass den Lesern Informationen verheimlicht wurden. Die Frageform setzte Gardner immer dann ein, wenn er keine neuen Informationen hatte und selbst Halbwahrheiten nichts mehr hergaben.

27.

Heute schloss Cosima die Befragung der Hausbewohner ab. Auf ihrem Zettel standen Ulli Holdt, Fußballmanager, 44 Jahre, und seine Frau Dr. Agnes Pauli, 44 Jahre, Urologin.

Im Flur des Ehepaares stand eine Vitrine mit Pokalen und anderen Würdigungen aus der aktiven Fußballerzeit von Ulli

Holdt. Er spielte zu einer Zeit, als es noch den Libero gab. Heute fragten die Jungs in der F-Jugend: »Libero? Ist das ein Eis?« Und wenn sie älter wurden, verwechselten sie Libero mit Libido.

Holdt war genervt. »Was glauben Sie, was die Leute mich angehen wegen der Sache hier?«, fragte er die Kommissarin und rückte sein Lederarmband zurecht, das ihm immer wieder verrutschte. Cosima würde ihm gerne den Vorschlag machen, es mit einem zusätzlichen Loch enger zu schnallen, aber sie fragte nur:

»Wer geht Sie denn an?«

»Schauen Sie sich nur einmal die Schlagzeile im Glitzglotz an. ›Holdt leidet mit dem toten Model‹. Ich habe mit denen überhaupt nicht gesprochen. Das haben die sich ausgedacht.«

Frau Dr. Pauli, die schon auf ihre Uhr schaute, weil sie gleich in die Praxis musste, wechselte das Thema. »Mein Mann und ich haben die Chira häufiger auf Galas und Partys getroffen. Wir hatten uns immer etwas zu erzählen. Es war ein Hopsen von Thema zu Thema, mit viel Prost dazwischen.«

»Oh, aber einmal ging das Hopsen in die Hose, als du sie auf ihr Kreuz angesprochen hattest. Du hast gefragt, ob es wieder in Mode sei, ein Kreuz zu tragen«, lästerte Herr Holdt.

»Sie glauben ja gar nicht, wie sie mich angeschaut hat«, ereiferte sich Frau Dr. Pauli, noch immer pikiert.

»Wie denn?«, hakte Cosima neugierig nach, als interessierte sie sich für christliche Symbole in der Mode.

»Na ja, sie konnte meine Frage nicht verstehen, oder besser gesagt, sie wollte meine Frage nicht verstehen. Ich meine, sie kommt doch, sorry, sie kam aus der Modebranche, und da konnte ich doch nicht ahnen, dass das Kreuz für sie ein Bekenntnis war.«

»Was war sie denn für ein Mensch?«, fragte Cosima ohne große Hoffnung auf eine aufschlussreiche Antwort.

Frau Dr. Pauli malte Kringel auf einen Zettel, als müsste sie sich abreagieren, und zeigte mit dem Finger auf ihren Mann. Er sollte antworten.

»Tja, gute Frage. Ich bin kein Psychologe, aber man macht ja keine Karriere mit Augenaufschlag und süßem Gehabe. Sie wusste, auf wen es ankam, und darauf hat sie sich konzentriert. Ich finde das völlig in Ordnung. Was mir auffiel, war, dass sie gut zuhören konnte und den Small Talk beherrschte. Small Talk ist für mich die schwierigste Gesprächsform. Sie müssen einen gewissen Tiefgang an der Oberfläche beweisen und immer so tun, als sei alles ganz wichtig. Die hätte auch in der Politik Karriere gemacht. Da bin ich mir sicher.«

»In der Politik?«, fragte Frau Dr. Pauli verwundert.

»Wer reden kann und Leute bezirzen kann, ist doch ein guter Politiker. Du könntest auch in die Politik gehen. Dich würden alle Männer wählen. Du bist ja Spezialistin für Männer.«

Sie verdrehte die Augen.

»Meine Frau ist Urologin, was glauben Sie, was da abgeht.«

»Entschuldigen Sie bitte, mein Mann kommt aus der Fußballer-Welt. In dieser Welt gibt es, na ja, wie sage ich das jetzt, dort herrschen manchmal einfache Denkleistungen vor.«

Cosima schaute auf ihr Smartphone. Eine Mitteilung ihres Chefs. »Ich brauche für den Sohn eines Freundes ein Autogramm von Ulli Holdt. Danke, Divchen.«

Unausgesprochener Gedanke: Peinlich.

Sie nahm den Gesprächsfaden auf und schaute Frau Dr. Pauli und Herrn Holdt streng in die Augen, um die Bedeutung ihrer Fragen für die Aufklärung eines Mordes zu verstärken. Sie schauten erwartungsvoll zurück, als müsste etwas Besonderes, etwas Großes, etwas Außergewöhnliches passieren.

»Sie wissen, dass es auf Details ankommt. Vielleicht denken Sie sich, dies oder das würde mich nicht interessieren. Aber sehr häufig erweist sich ein Detail, das scheinbar unwichtig ist, als Lösungsweg.«

»Was meinst du, was könnte wichtig sein?«, fragte der Fußballmanager die Urologin.

Frau Dr. Pauli versuchte ihr Schmunzeln zu unterdrücken. Unausgesprochener Gedanke: Katheter legen.

Dann sagte sie: »Wenn ich unten im Eingangsbereich fremde Menschen gesehen habe, dann waren das entweder hübsche junge Frauen oder ältere Herren mit längeren Haaren und Pilotenbrillen. Rein gefühlsmäßig würde ich sagen, die kamen irgendwie aus der Modebranche und wollten zur Chira. Aber damit können Sie sicherlich nichts anfangen?«

»Doch, doch, alles ist wichtig!« Cosima durfte nicht zur Desillusionierung beitragen. Sie musste ihre Gesprächspartner motivieren und aufbauen für einen längeren Erzählstrang, und das war die Chance für Herrn Holdt.

»Chira hatte einen leichten Kirchenfimmel. Ich habe mal gehört, eine Assistentin von ihr sei ins Kloster gegangen. Kloster ist irgendwie unheimlich, ach, kennen Sie den Film ›Im Namen der Rose‹, diesen Kloster-Krimi mit Sean Connery?«

Unausgesprochener Gedanke: »Nonne tötet Model.«

Frau Dr. Pauli malte wieder Kringel in ihr Notizbuch.

Ulli Holdt versuchte, an seine Frage mit Sean Connery anzuknüpfen. Es gelang ihm nicht. Er sagte stattdessen: »Ich finde absurd, dass Chira Walldorf Mitglied einer Kirche war, die alles verbietet, was Spaß macht, und die der Lebenswirklichkeit um ein paar Hundert Jahre hinterherhinkt.«

Er schaute Cosima an. Sie schwieg. Er sprach weiter.

»Vielleicht sollten Sie mal einen Psychiater fragen, was er davon hält.«

28.

Der Portier beschrieb seinen Job gegenüber Miko als aufreibend, weil er im Hause viel Kleinklein erledigen müsse. Jeder Bewohner meinte, dass sein Anliegen das Wichtigste sei. So war es auch am Todestag der Chira Walldorf. Er fragte sich, was er wohl im Moment ihres Todes getan habe, aber er wisse ja nicht, wann sie gestorben sei.

Miko wusste vom Gerichtsmediziner, dass sie zwischen 19 und 22 Uhr gestorben sein musste. Der Mörder kam aber schon um 15.22 Uhr ins Haus. Das war die Uhrzeit, als die Kamera ausgestellt worden war.

Er fragte den Portier, welche Anrufe oder Aufgaben es an diesem Tag gegeben hätte. Er vermied strikt den Hinweis auf die Uhrzeiten. Der Portier berichtete, dass es nachmittags ruhiger geworden sei. Vormittags waren Handwerker im Haus, um das zentrale Lüftungssystem zu überprüfen. »Ach ja, ein Hausbewohner, ich glaube, der Theatermensch, fuhr mit seinem Auto in der Tiefgarage gegen einen Pfeiler. Dann kam die Post, und ich verteilte die Post in die einzelnen Fächer. Die Müllabfuhr fluchte, weil sie den Container nicht aus dem Keller ziehen konnte. Er hatte sich verhakt. Herr Langbein hatte Probleme mit der Heizung. Sie rauschte, obwohl sie gar nicht in Betrieb war. Das kommt schon mal vor. Als ich dann kam, war er im Fahrradkeller. Seine Freundin hatte mir die Tür geöffnet, aber ich habe kein Rauschen gehört.«

»Haben Sie eigentlich einen Lieblingsnachbarn?«, fragte Miko unvermittelt. Plötzliche Themenwechsel bei Befragungen nahm er häufiger vor, um einem Gespräch die Strenge zu nehmen oder einem schwierigen Sachverhalt eine emotionale Pause zu gönnen. Außerdem verband Miko mit dieser Zufallsstrategie das Kalkül, dass sich der Befragte gehen ließ.

»Lieblingsnachbar?«, fragte er verdutzt zurück. »Ich glaube, dass alle Bewohner dieses Hauses meine Dienste zu schätzen wissen. Ich bin höflich zu ihnen. Sie sind höflich zu mir. Natürlich gibt es feine Unterschiede.«

»Welche denn?«, fragte Miko.

Der Portier lächelte verlegen.

Miko holte tief Luft. »Wenn Sie mein Kollege wären, ein erfahrener Polizist der Mordkommission. Was würden Sie machen, wie würden Sie vorgehen, haben Sie vielleicht einen Verdacht?«

Der Portier legte die Lippen auf die Innenseite und presste sie zusammen. Er genoss den Respekt des Kommissars. Die Aura seines Selbstwertgefühls strömte durch die Atmosphäre des Foyers. Er fragte Miko, ob er einen Kaffee wünschte.

Nun standen sie jeweils mit einer Tasse Kaffee im Nebenraum, wo sich auch der Schaltkasten für die Kamera befand.

»Herr Kommissar, als ich im Hause unterwegs war, hat wohl jemand die Kamera ausgestellt.«

Mit dem Wörtchen »wohl« fiel er in seine Demutsrolle zurück. Denn dass es ein Mensch war und es sich nicht um einen technischen Fehler handelte, war bewiesen. Gleichwohl war dieser Satz für Miko aufschlussreich. Offenbar glaubte der Portier, dass ein Nachbar seine kurzweilige Abwesenheit ausgenutzt hatte, um das System lahmzulegen.

Miko hielt kurz inne. Nachbar? Oder könnte es auch ein Fremder gewesen sein? Er schüttelte andeutungsweise den Kopf und spulte innerlich seine Gedanken ab: »Das geht ja gar nicht. Der Fremde hätte sich dann selbst mit der Kamera beim Eintritt in das Foyer aufgenommen. Es kann nur ein Hausbewohner gewesen sein.«

Im Konferenzraum des Kommissariats hing ein großes weißes Blatt Papier mit einem rot ausgemalten Kreis.

»Ist das eine Abendsonne?«, lästerte Miko.

Cosima ergänzte: »Hast du etwa romantische Gefühle?«

Kilian hob seine Stimme: »Das ist Symbolik. Versteht ihr? Der rote Punkt ist für mich der Ort, wo ich den Mörder treffen werde. In einer Wohnung, auf einer Straße oder am Rheinufer. Wenn ich auf diesen roten Punkt schaue, habe ich die Gewissheit, dass ich dort den Mörder treffen werde. Natürlich mit euch.«

Cosima war im Team für Verständnis und Offenheit zuständig, für die große Psychologie der Menschenkenntnis, während die männlichen Kollegen die hartgesottenen Bullen spielten. Aber an den roten Punkt musste auch sie sich gewöhnen. »Das ist sicherlich eine interessante Idee«, log sie.

Er stöhnte irgendeinen Laut der Unzufriedenheit, krempelte seine Ärmel hoch und forderte Cosima und Miko auf: »Schreibt euren Täter in diesen Kreis. Wenn ihr einen Verdacht habt, schreibt es in diesen Kreis.«

Miko hielt sich die Hand vor den Mund, um sein Grinsen zu verbergen. Cosima lächelte zaghaft. Als Kilian in seinem Büro war, recherchierte er zu den Stichworten »Esoterik« und »Roter Ball«. Plötzlich schleuderte er ein lautes Lachen heraus, und noch leicht bebend wandte er sich Cosima mit Lachtränen zu. »Hör mal, hör mal, was eine Leserin schreibt: ›Unser Reikimeister hat uns gesagt, wir dürfen nicht hexen, wenn der Mond rot ist.‹«

»Tja, Miko, Mord ist keine Hexerei«, meinte Cosima.

29.

Die Staatsanwaltschaft hatte die Leiche freigegeben. Sie wurde im Familiengrab in ihrer Heimatgemeinde beerdigt, einem Dorf im Münsterland am Rande des Teutoburger Waldes.

In der Traueranzeige der Eltern, ihres Bruders und dessen Frau hieß es:

Wir verstehen das Leben nicht.
Doch unsere Liebe zu dir hat die Kraft,
das Rätsel zu lösen.

Kilian gab die Anweisung, alle Trauergäste unauffällig zu fotografieren. Auch die parkenden Autos vor der Kirche, in den Seitenstraßen und vor dem Friedhof wurden fotografiert. Außerdem wurden in der Umgebung von 15 Kilometern alle Blitzanlagen scharf gestellt. Es wurden also auch die Autos automatisch aufgenommen, die nicht zu schnell fuhren.

»Wir müssen viele große Fallen aufstellen«, schwur Kilian sein Team ein. »Wir fangen keine Maus, sondern eine Ratte.«

Er hoffte, dass die Auswertung der Fotos und der Blitzanlagen neue Anhaltspunkte ergeben würde. Kommissar Zufall hatte nur dann eine Chance, wenn die Bedingungen dafür geklärt waren. Es konnte sein, dass der Mörder zur Beerdigung seines Opfers kommen würde, um sich daran zu berauschen oder die Tat emotional zu verarbeiten, oder es war ganz anders: Der Mörder war mit der Toten bekannt oder verwandt, dann wäre gerade die Abwesenheit aufgefallen.

»Ich will den Mörder finden, und ich kriege ihn auch.« Dreimal flüsterte er sich den Satz in den Körper hinein und spürte, wie der Pulsschlag schneller und schneller wurde und sich seine Gesichtshaut erwärmte. Der Gedanke, dass der Mörder in der Beerdigungsmesse saß, elektrisierte ihn zusätzlich. Er war sich sicher, dass er heute dem Mörder ins Gesicht schauen würde.

Von Weitem schon hörten die Menschen, von sanften Winden getragen, die dunkel und tief läutenden Glocken ihrer Dorfkirche, die nur bei einer Beerdigung diesen traurigen Klang entfaltete.

Die Menschen im Dorf waren aufgewühlt, ach, die Chira, ach die Eltern, ach, wie konnte das nur passieren. Die Ach-Sätze waren wie ein Stottern der Seele, um dem Schreck irgendwie zu entkommen. Ein Daherreden. Wer redete, öffnete seine Gedanken und entkam für Momente seiner Melancholie. Aber sie kam zurück. Nach der Trauerfeier. Nach dem Leichenschmaus. Nach dem Abzug all der Journalisten.

Auf der schmalen Straße entlang der Kirche lag noch der Dreck von den Feldern, der von den schweren und großen Rädern der Traktoren abgefallen war. Zwei Restaurants lagen in Sichtweite, »Kiepenkerl« und »Dorfkrug«, außerdem ein Bäcker und eine Praxis für Allgemeinmedizin.

Der Leichenwagen stand um die Ecke wie ein ungebetener Gast, *hau endlich ab, wir wollen dich hier nicht haben*, aber das schwarz lackierte Auto mit Gardinen an den Fenstern stand da, und nach der Messe holte es den Sarg ab und fuhr damit zum Friedhof.

Manchmal überfiel Kilian eine Verstimmung, die sich an einem Detail entzündete und ihn mit komischen Gedanken konfrontierte. »Ich möchte nur für einen Augenblick tot sein, um die Welt dahinter zu erleben. Ich möchte diese Welt riechen, hören und sehen, ihre heilige oder wilde Anmutung spüren. Ich möchte wissen, wem ich im Tod als Erstes begegne. Vielleicht dem Teufel, der alle meine Sünden zu schätzen weiß, oder dem Engel, der es gut mit mir meint und fünf gerade sein lässt. Vielleicht begegne ich niemandem. Dann erfahre ich von diesem Niemand aber nichts, weil alles ein ewiges Nichts ist und mein Leben für immer ausgelebt ist.«

Das zarte und blumig gedeihende Wetter machte die Menschen an diesem Tag noch trauriger. Eine Beerdigung im fahlen November mit Allerseelen und Totensonntag würde eher passen. Aber doch nicht in einem Monat, der die Blüten zaubern ließ und der die Biergärten mit Leben erfüllte.

Die Kirche mit dem gewöhnungsbedürftigen Namen »Sankt Kalixtus« – Kilian dachte an die Römer, an Asterix und Obelix – war frei von jeder ästhetischen Ambition. Sie fügte sich der Lebensprosa des Dorfes. Einer gelebten Einfachheit, die sich jedem Überschwang mahnend entgegenstellte. Die Welt der Models und Marken, war unendlich weit entfernt.

In der ersten Reihe der Kirche mit Blick auf das Taufbecken, wo Chira mit sechs Monaten in die Kirche aufgenommen worden war, saßen ihre Eltern, ihre zwei noch lebenden Omas und der Bruder mit seiner Ehefrau. Auf der anderen Seite der ersten Reihe die weitere Verwandtschaft aus Neffen, Enkelkindern, Tanten und Onkeln. Den Älteren von ihnen sah man die Landluft und die Arbeit im Freien bei jedem Wetter an. Robuste Gesichter mit ordentlicher Durchblutung, rotwangig. Viele Hände hatten noch nie die wohltuende Wirkung einer beruhigenden Creme gespürt. Die Finger, die sich wie Schmirgelpapier anfühlten, lagen verzahnt in Gebetsposition.

Die danach folgenden Reihen bildeten einen optischen Kontrast zu den ersten Reihen. Die Trauergäste außerhalb der Familie trugen figurbetonte Anzüge und Etuikleider, die auch für Cocktailpartys und andere feierliche Einladungen geeignet gewesen wären. Ohnehin war schwarz eine Farbe, die ins großstädtische Ambiente passte: Schwarz schenkte dem Leben einen unkomplizierten Stil und den Damen hervorragende Möglichkeiten, ihren Schmuck zu inszenieren. Sie achteten auch jetzt, in der Trauermesse, auf die farbliche Harmonie des Gesamteindrucks. Lippen, Wangen und Nagellack präsentierten ein ausbalanciertes Rot.

In den weiteren Reihen saßen Jugendfreunde, Bekannte, ehemalige Nachbarn. Ein Spektrum aus nah und fern, herb und fein. Eine Nonne war auch dabei. Darüber hinaus viele Menschen, die sich nicht ohne Weiteres zuordnen ließen.

In der letzten Reihe wiederum saß ein Mann mit blauen Jeans und einer schwarzen Jacke, die ihm seine Frau noch schnell aus dem Schrank herausgeholt hatte: Kilian.

Auf der Empore, wo der Organist spielte, saßen weitere Polizisten in Zivil.

Der Sarg vor dem Altar war geschmückt mit weißen Lilien. Dahinter auf einem Ständer erhob sich ein großes gerahmtes Foto von Chira, wohl ein Urlaubsfoto, das sie so natürlich wie damals aussehen ließ, als sie noch im Hofladen ihrer Eltern gearbeitet hatte. Sie trug eine weiße Bluse mit roten, blauen und gelben Blumen und lächelte verträumt.

Die Orgel begann mit sanften Tönen ihr Spiel, und als sie langsam ausklang, ertönte eine Violine, die der Traurigkeit alle Ehre erwies. Eine Sopranistin sang:

Ach, mein Heiland, ich geh in den Tod
Beraubt meines Lebens daheim
Die Seele lebt fort in Gottes Hand
Schickt Erbarmen in das Herzeland
Im Himmel neigt sich mein Wille
Es blitzt das große Heil
Leuchtet hell in die Finsternis.

Nun brauste wieder die Orgel durch alle ihre Pfeifen. Der Priester betrat mit einer Messdienerin und einem Messdiener den Altarbereich. Die Trauergäste in den hinteren Reihen bewegten hektisch ihre Köpfe. Sie suchten nach einem freien Blick, weil die Hüte der vorderen Damen, die an den Besuch eines Pferderennens im englischen Ascot erinnerten, die Sicht versperrten.

Kilian fand das lustig.

Vor der Kirche auf dem kleinen Parkplatz und in den Seitenstraßen hatten noch nie so viele Porsche, Maserati und Aston Martin geparkt. Auch ein Ferrari war dabei. Natürlich auch die dicken Schlitten von Mercedes, BWM und Audi.

Die Kirchenbesucher sangen: »Wir sind nur Gast auf Erden.«

Der Pfarrer sprach sehr leise und sehr langsam, als wollte er jedes Wort für die Verstorbene und für die Hinterbliebenen deutungsstark auskosten. Sein mildes Lächeln machte ihn frei von Routine und Hektik.

Viele Strophen von bekannten und unbekannten Liedern wurden gesungen, besser gesagt, viele Lippen bewegten sich. Man merkte den meisten Kirchenbesuchern an, dass sie seit Jahren nicht mehr eine Messe besucht hatten.

Karl, der Fotograf, der Chira unweit von hier im Hofladen des Bauernhofes der Eltern kennengelernt hatte, ging von der dritten Reihe nach vorne und stellte sich neben den Priester, um eine Fürbitte vorzulesen. Er trug einen schwarzen Anzug ohne Krawatte, aber mit einem schwarzen Einstecktuch. In die Stimme mischte sich ein schwerer Atem. Er sprach die für ihn merkwürdigen Worte: »Ich bin mir sicher, dass Chira uns aus dem Himmel zuwinkt.«

Der Weihrauch der Vorabendmesse stand noch in der Luft. Als sich die schweren Kirchtüren öffneten, strömte ein warmer Wind in das Innere.

Nach der Messe spürten viele Besucher, die nicht zum Dorf oder zur Familie gehörten, eine Erleichterung. Sie fühlten sich in der Kirche nicht wohl. Die fremde Welt der Religion mit ihren Ritualen raubte ihnen eine Souveränität, über die sie in Saint Tropez oder Sankt Moritz wie selbstverständlich verfügten.

Unausgesprochene Fragen standen in den Gesichtern: Wer glaubt schon den Pfaffen? Und was soll das Geschwafel in den Messen?

Viele Damen trugen eine Kette mit Kreuz. Seitdem der Modeschöpfer Alfredo Moralli bei einer Modenschau in Mailand sich vier, fünf verschiedene Ketten mit Kreuzen aus Gold und mit farbigen Perlen um seinen Hals gewickelt hatte, war das der letzte Schrei.

Eine Dame, die schon im Auto saß, drückte auf den Knopf, um das Fenster ihres Sportwagens herunterzulassen. Ihr Hut lag auf dem Beifahrersitz. »Schätzchen, ich komme nicht mehr mit zur Beerdigung. Ich halte das nicht aus. Ich bekomme die Krise. Ich brauche Normalität. Aber schenke Chira 1.000 Küsse von mir … Mist …!«

»Was ist passiert?«, fragte Schätzchen.

»Jetzt sind mir meine linken Wimpern abgefallen.«

Hinter ihr fuhr der Leichenwagen zum Friedhof ab, und die Glocken läuteten schon wieder ihre dunkle Traurigkeit.

30.

Kilian übernachtete im Dorf, um Wirkungen, wie er sagte, zu spüren oder nachzuspüren. Er hatte das Wort »Eingebung« auf der Zunge. Er sah sich aber in der Rolle des Tüftlers, um Details eine Ordnung zu geben und daraus einen logischen Zusammenhang abzuleiten.

Nach dem Frühstück – es gab Brötchen mit einer Wurstplatte und einen »Kaffeepott«, wie sie hier große Tassen nannten – ging er vor die Tür, um zu rauchen. Er sah vor allem ältere Frauen, die vornehmlich Blusen mit Blümchenmustern trugen, und ältere Männer mit robusten Cordhosen in Brauntönen. Sie fuhren und schoben das Fahrrad.

Der Schwamm des Alltags hatte den gestrigen Tag bereits aufgesogen. Zurück blieben Zigarettenstummel neben dem Abfallkorb auf dem Parkplatz der Kirche und das Reden über die verrückten Stadtmenschen in ihren feinen Klamotten. »Ich wette, die nehmen alle Drogen, so kaputt wie die aussahen«, meinte der Wirt seines Hotels.

Zehn Uhr. Kilian hatte sich mit Hermann Plünder verabredet, dem Vorsitzenden des Pfarrgemeinderats. Er war mit dem Dorf verwachsen, wie seine Eltern und deren Eltern mit dem Dorf verwachsen waren. Er war Bauer mit Leib und Seele. Vor Jahren hatte er allerdings den Ackerbau aufgegeben, weil sich der Aufwand für die Ernte nicht mehr lohnte. Seitdem betrieb er nur noch Schweinemast. Vor seinem Bauernhof hing ein großes Schild: »Meine Schweine haben Schwein gehabt.«

Plünder war das inoffizielle Zentralorgan des Dorfes. Ein Alleswisser, der alles mitbekam, wer mit wem, warum, ach so, wieso das, ach nein, ach ja, mal schauen, das schaffen wir schon. Er war in dieser Position auch inoffizieller Pfarrer, inoffizieller Bürgermeister und inoffizieller Seelentröster. An Plünder kam nicht mal der Teufel vorbei, meinen die Dörfler. Aktueller Aufreger im Dorf: Es gab mehr Tierärzte als Menschenärzte. Dagegen wollte Plünder »mit aller Entschiedenheit« vorgehen.

Kilian blätterte durch den aktuellen »Glitzglotz«, der über die Beerdigung mit kleinen Texten und großen Bildern berichtete. Die Schlagzeile lautete:

DIE SCHÖNE CHIRA.
ENTZÜCKEN IM HIMMEL.

»Ich bin der Hermann Plünder«, sagte Hermann Plünder zum Kommissar, und der Kommissar sah eine fleischige Hand mit dicken Fingern auf sich zukommen. Instinktiv wich die Städterhand zurück, um dann doch von diesem Gegner umschlossen zu werden. Die grobe, unebene Fläche der Bauernhand fühlte sich wie eine Wolldecke an, die im Winter versehentlich draußen gelassen worden war.

Plünder genoss seinen kraftvollen Händedruck. Kilian versuchte, dagegen anzukommen.

Hand gegen Hand.

Mann gegen Mann.

Dorf gegen Stadt.

Bauer gegen Kommissar.

Es ging um alles. Um Autorität. Um das großartige Gefühl, jedem Druck gewachsen zu sein. Kraft war nicht nur ein Zeichen für Stärke und Überlegenheit, sondern auch für eine stabile Gesundheit. Was nutzte ein starker Geist in einem schwachen Körper. Das Urteil war eindeutig: Wer den Hand-Prestige-Kampf verlor, ging geschlagen in das Gespräch.

»Starker Händedruck, gefällt mir«, log der Kommissar und hob den Kaffeepott, als wollte er damit anstoßen. Plünder lachte breit und tief in den Raum hinein.

»Ihr Städter!«

Dann zuckte er zusammen. »Heute gibt es nichts zu lachen. Chira ist tot, was ist das nur für eine Welt, tot, tot, tot, aus und fertig, und noch so jung.«

Kilian schwieg. Plünder schwätzte weiter.

»Ach, die Chira. Die kenne ich noch von der katholischen Landjugend. Ich gehörte zu den Älteren. Wir haben damals für die Jugenddisco im Gemeindesaal die Girlanden aufgehängt, Tische und Stühle für die Tanzfläche freigeräumt. Sie war ja auch Messdienerin. Also, sie war voll dabei, und zum Festtag der heiligen drei Könige ist sie mit Sternsingern von Haus zu Haus gezogen, um für einen guten Zweck zu sammeln. Ich weiß gar nicht mehr, wofür. Wahrscheinlich für ein Projekt in Afrika.«

»Wie ist sie eigentlich zum Namen Chira gekommen? Sie heißt ja mit richtigem Namen Christiane«, fragte Kilian.

»Stimmt«, brummte Plünder unzufrieden, »der Name Chira passte nicht zum Dorf, und er passte auch nicht zur ihr. Er passte zu den Potox-Frauen.«

»Sie meinen Botox, mit B«, korrigierte Kilian ihn so beiläufig er nur konnte, damit Plünder nicht das Gefühl bekam, er würde von diesem Stadtmenschen belehrt.

»Ist doch egal, wie das heißt. Ich meine das Zeug, dass sich die Frauen spritzen, damit sie Schlauchbootlippen bekommen. So eine wulstige Lippe. Chira hatte Stil oder besser gesagt, sie hatte Natur im Gesicht, echt, klar, fein. Ein Gesicht wie Porzellan. Verstehen Sie, wie ich das meine?«

Kilian nickte. Er hatte seinen Kaffeepott fast ausgetrunken.

Er suchte nach einem Allerweltsatz, um daran anzuknüpfen: »Frau Walldorf war ja fest verankert im Dorf.«

»Ach ja, all diese Geschichten vom braven Landmädel mit der Apfelfrische sind doch zum Totkichern. Richtig ist, dass sie gerne hier war, bei ihrer Familie, bei ihren Freunden, und meistens kam sie auch zum Schützenfest, weil sie dort eine Anerkennung spürte, die ihr die Lackaffen aus euren Städten nicht geben konnten.«

In der äußeren Ecke unter einem Hirschgeweih saß ein Pärchen, das sich leise über die Beerdigung unterhielt. Kilian hörte Wortfetzen wie »Schicksal«, »schöne Fürbitte« und »trostloses Dorf«. Er schaute auf ein Bild, das zwei Wanderer an einem Bach zeigte, umgeben von einer Wiese, die an den Himmel stieß.

Er ging wieder nach draußen, um zu rauchen. Er nahm seinen Kaffeepott mit, die Sonne strich über die Dächer, und der Wind hauchte nur ganz vorsichtig, als wollte er den Tag mit einem Lächeln begrüßen.

Plünder folgte ihm ebenfalls mit einer Zigarette. Er verzog das Gesicht: »Das Wetter ist irgendwie unpassend.«

»Unpassend?«

»Ich meine, ach, ich weiß nicht, was ich meine, ich dachte nur, Tod und Sonne passen nicht zueinander. Vergessen Sie mein wirres Reden.«

Er schüttelte sich, als wollte er seine Worte abschütteln, fing sich aber wieder schnell. »Ich weiß gar nicht, was Sie hier wollen. In unserem Dorf werden Sie den Mörder nicht finden.«

»Na ja«, erwiderte Kilian knapp. »Mörder kommen aus Dörfern, kleinen und großen Städten. Es gibt keine spezielle Geografie des Bösen.«

»Denken Sie doch nach! Warum sollte einer von uns den Mord begangen haben?«

»Das behaupte ich ja gar nicht. Ich bin hier, um mehr Hintergründe über Chira Walldorf zu erfahren. Eins kommt zum anderen. Ich will alles wissen.«

Kilian bedankte sich für das Gespräch. Plünder lächelte vorsichtig. Er wusste in diesem Moment nicht genau, wie er reagieren sollte.

Kilian beschloss, noch eine Weile durch die Straßen zu gehen, entlang der Wiesen und Felder. Neubaugebiete mit immer den gleichen Häusern umschlossen das Dorf. Je weiter er in das Innere vordrang, sah er Bauernhöfe, die dem Ort seine Identität gaben – mit Heimatgefühl, Stolz und Tradition. Ohne die Bauern wäre das Dorf eine seelenlose Siedlung mit zugezogenen Neubürgern.

Er träumte vor sich hin und erinnerte sich an seine Kindheit in einer Kleinstadt. Sie wohnten in einer Seitenstraße mit Spitzdachhäusern aus den 60er-Jahren. Die Vorgärten waren penibel gepflegt und aufwendig gestaltet. Vor einigen Häusern standen Gartenzwerge und Bänke mit alten Männern in Unterhemden, die Bier aus der Flasche tranken.

Von seiner Familie lebte keiner mehr dort.

Sein Heimatbegriff war leer. Die Wurzeln waren gekappt. Als er zur Polizei ging, begann bereits eine spinnennetzartige Müdigkeit über die Kleinstadt zu ziehen, und die *Spinne* ließ sich nicht mehr aufhalten. Zunehmend träge erschien der Ort. Gefangen in seiner Beklemmung darüber, dass nichts mehr so war wie früher. Zuerst machte der Bäcker dicht, dann folgte ein Geschäft für Bekleidung. So ging ein Laden nach dem anderen in die Knie. Die Gaststätte mit einem großen Saal für Nikolausfeiern, Feste des Schützenvereins und der Freiwilligen Feuerwehr wurde abgerissen. Eine hindümpelnde Atmosphäre aus Ein-Euro-Shops und Handyläden, Fressbuden und Schaufensterfronten mit der Aufschrift »Zu vermieten« prägten die neue Wirklichkeit. Kurz hinter dem Ortsschild standen die kantigen Gebäude der Supermärkte und einer Drogeriekette mit übermächtig großen Parkplätzen. Kilian wunderte sich darüber, dass es hier noch so viele Bewohner mit so vielen Autos gab.

Nach den ersten Berufsjahren – mittlerer Dienst, Streife, drei Schichten, mäßiges Gehalt – holte er das Abitur nach. Er nahm an Lehrgängen teil, bestand Prüfungen, stieg in den gehobenen Dienst auf: Dezernat für Sexualdelikte. Durch alle Schichten zog sich das Ungeheuer aus Nötigung, Vergewaltigung und Missbrauch. Hier versagte auch jede Einordnung nach Alter, Kultur, Nation, Bildung und Religion. Nur das Geschlecht stand fest: männlich; fast immer. Er hatte es aber auch schon mit Sexualtäterinnen zu tun gehabt, die fielen nur kaum auf, weil zunächst keiner damit gerechnet hatte, dass sich Frauen an kleinen Jungs vergingen.

Nach vier Jahren meldete er sich freiwillig für den Kriminaldauerdienst. Was er sich dabei gedacht hatte, fragte er sich noch heute. »Im Prinzip ein Scheißjob«, gestand er sich ein. Wenn der Arzt bei der Leichenschau keinen natürlichen Tod feststellen konnte oder zumindest Zweifel hatte, musste er raus. Er konnte sich noch gut an einem Tag im Oktober erinnern, als er zu vier Leichen gerufen wurde, bei denen sich später herausgestellt hatte, dass diese Menschen natürlich gestorben waren.

Nicht immer fand ein Familienmitglied, ein Nachbar oder Freund die Leiche kurz nach dem Tod, dann wehte ein schmierig bissiger Geruch durch den Raum. Kilian atmete deshalb mit dem Mund und nicht durch die Nase, und er konnte sich diese Atemtechnik auch zu Hause nicht mehr abgewöhnen. Charlotte spottete, er sehe so aus wie ein Hund, der auf ein Leckerli warte.

Er hatte sich an »leblose« und »entstellte« Menschen einigermaßen gewöhnt, zumindest behauptete er das, aber später als »Mordkommissar« kamen weitere Komponenten hinzu:

die Gespräche mit den Angehörigen, das Weinen der Kinder, das schreckhafte Schweigen der Ehepartner oder das hilflose Starren der Freunde. Das waren Momente, die das Leben mit einem Grusel konfrontierten, die jedes Wort auf das wirklich Notwendige reduzierte. »Hier geht es nicht um das Sagenwollen, sondern um das Spürenlassen. »Wir klären das auf!« Er sagte das mit der Zutraulichkeit eines Helfers von der Bahnhofsmission, aber doch packend klar im Tonfall. Sein Lieblingssatz lautete: »Wer helfen will, muss auch helfen können.«

Beschwörend ermahnte er sich aber, jede Gefühlsduselei abzuwehren, weil sie zu falschen Annahmen und übertriebener Hast führen könnte. Außerdem gebe es auch noch den »privaten Kilian«, der »manchmal die Schnauze voll hat vom Hauptkommissar Stockberger«, meistens dann, wenn die Gedanken im Kopf herumeierten statt sich klar ordnen zu lassen. Dann lenkte er sich mit Fußballgucken ab oder trank mit Freunden ein paar Bier.

31.

Miko schaute sich die 350 Fotos mit den geblitzten Autos an. Aber er hatte keinen Plan, mit welcher Idee er sie sich ansehen sollte.

Die Gesichter der Fahrer sahen ausdruckslos aus, wie Gesichter eben aussahen, die sich auf den Straßenverkehr konzentrieren mussten und/oder eine Beerdigung vor sich hatten. Miko war mal in Düsseldorf auf einer Kunstausstellung, die gerahmte Bilder von US-Amerikanern zeigte. Weiße Menschen, farbige Menschen, Asiaten, Frauen, Männer, jüngere und ältere Menschen, strenge, lachende, gütige, nachdenkliche, stolze Blicke, erstaunlich viele Brillenträger. Viele Bilder, verwirrend viele Bilder, er konnte sich kaum auf die Gesichter konzentrieren, zumal er nicht wusste, was diese Ausstellung eigentlich sollte. Vielleicht wollte sie den bürgerlichen Querschnitt einer typisch amerikanischen Kleinstadt abbilden, aber was hatte das mit Kunst zu tun? Dann las er beim Hinausgehen über diese Ausstellung, dass es sich bei den gezeigten Menschen um Mordopfer und Mörder handelte. Der Grusel lag genau darin, nicht zu wissen, wer welche Rolle eingenommen hatte. So hingen Gesichter dicht an dicht, das Leben neben dem Tod. Als er das wusste, ging er erneut in den Raum, um fündig zu werden, um seinem Blick eine Lösung zu offenbaren. *Du bist der Mörder. Du bist das Opfer.* Er war chancenlos.

Wieder beschlich ihm dieses bedrückende Gefühl, dass eines der geblitzten Gesichter der Mörder sein konnte. Überrascht war er, wie wenige Autofahrer während der Blitzer-Zeit aus dieser dörflichen Gegend kamen, die meisten Autos hatten ein D für Düsseldorf. Aber dafür fand er eine plausible Erklärung: Wer hier wohnte, fuhr nicht über die Landstraße, sondern über die Schleichwege des Dorfes zur Kirche – freilich eine Erkenntnis, die ihn nicht weiterbrachte.

So viele Luxusautos hatte diese Landstraße noch nie gesehen. Da legte er sich fest. Während die wenigen heimischen Fahrer vor allem die gängigen deutschen Marken fuhren, eher kleine

Wagen als größere, wobei größer die C-Klasse von Mercedes war, stand das Kennzeichen D für teuer und schnell.

Um eine Struktur für seine Foto-Betrachtungen aufzubauen, unterteilte er die Bilder in drei Gruppen: nach den Fahrern aus dieser Gegend, aus Düsseldorf und weder noch. Was er damit konkret bezweckte, konnte er jetzt noch nicht sagen, aber sein Gefühl sagte ihm, dass dies noch von Nutzen sein werde.

32.

Dr. Kirsch schaute sich den Bericht der Gerichtsmedizin an. Das verwendete Gift konnte im Körper leicht nachgewiesen werden.

Im Zuständigkeitsbereich der Mordkommission gab es in den vergangenen 25 Jahren neun Giftmorde, in acht Fällen handelte es sich um Täterinnen. In einem Fall war der Mörder ein Mann, ein Apotheker, der seine vierte Frau mit einem schwer nachzuweisenden Gift getötet hatte. Letztlich hatte ihn auch nicht das Gift verraten, sondern die Widersprüche in seinen Vernehmungen.

Kilian schaute seinen Freund herausfordernd an. Welches Täterprofil hatte er im Kopf? Er sagte: »Ich gehe nach Würdigung aller Umstände mit großer Wahrscheinlichkeit davon aus, dass es sich um eine Täterin handelt, um eine ganz normale Frau, vielleicht eine Nachbarin, Bekannte oder jemand aus dem Dorf von Chira Walldorf.«

Kilian vernahm seine Worte, ohne ihnen offen zu widersprechen. Innerlich aber türmten sich Fragen auf. »Robert konnte auch irren. Nur, weil fast nur Frauen Giftmord begehen, könnte es gleichwohl auch ein Mann getan haben.«

Robert dozierte weiter: »Mit hoher Wahrscheinlichkeit ist meine Analyse für die Aufklärung des Falles richtungsweisend. Ich empfehle Dir, meiner Einschätzung zu folgen.«

Kilian wunderte sich, dass Robert wieder so geschwollen daherredete. Das wunderte ihn deshalb, weil sie doch unter sich waren. Vielleicht musste sein Freund seine Hypothese dramaturgisch veredeln, um damit sein Fachurteil aufzuwerten.

Aber dann reicherte er seine Fallanalyse doch mit interessanten Details an, die allerdings wiederum Hypothesen waren.

»Ich vermute«, trumpfte Robert auf, »dass die Mörderin an einer Psychose leidet.«

»Suchen wir eine Irre?«, platzte es aus Kilian heraus.

»Kilian, wir sind doch alle ein bisschen irre. Wir leben in einem Kosmos aus Liebe, Stolz, Niederlage, Aufbegehren, Neid, Eifersucht, Missgunst, Pech und Glück. Da ist Irrationalität ein Stück Normalität.«

Kilian schaute ihn entgeistert an. »Aber du weißt schon, wie ich das meine?«

Robert ließ zwei Sekunden vergehen, um dann zu sagen: »Ich möchte, dass du mit dem Wort Irre behutsam umgehst, sonst steht morgen in der Zeitung: Polizei jagt Psycho-Mörderin. Und bitte: Nicht jede Psychose ist gerichtsrelevant. Sie hat also keinen Einfluss auf das Urteil.«

Er erklärte Kilian das gesamte Spektrum möglicher Psychosen von Panikstörungen über Zwangsstörungen bis zu posttraumatischen Belastungsstörungen, fügte einige Fachbegriffe wie »Somatoforme Störung«, »Sexuelle Funktionsstörung« und »spezielle Phobien« hinzu.

»Robert, sprich einfach Deutsch, dann verstehe sogar ich es!«

33.

Auf dem Schreibtisch von Miko lagen die in braunes Leder gebundenen Tagebücher von Chira Walldorf. Sie notierte zu ihren Texten Datum und Uhrzeit. Je später sie schrieb, desto weiter hüpften die Buchstaben auseinander. Die Ordnung einer formschönen Schrift wich der Müdigkeit oder dem Champagner. Auch die Inhalte und die Ausdruckskraft variierten mit der Uhrzeit.

Schrieb sie morgens oder nachmittags, verwendete sie eine unbekümmerte und auch bildhafte Sprache. Darin lebte ihr Leben wie in einem Film auf, mit all den Streichen in ihrer Kindheit, schönen Urlaubserinnerungen wie zum Beispiel dem Ausflug nach Borkum, wo sie am Strand raffinierte Sandburgen mit hohen Mauern baute, oder wie sie durch Paris schlenderte, die Stadt mit den funkelnden Stimmungen genießend.

In den späteren Stunden des Tages, wenn sich in das Himmelblau violette Streifen mischten, der Rhein glatt wie eine

Straße aussah, die sattgrüne Wiese auf dem anderen Ufer nicht mehr zu erkennen war und Melancholie in ihre Gedanken kroch: Dann schrieb sie über Hoffnungen und Sehnsüchte, über das, was sie eigentlich wollte in diesem Leben, und wie sie dem Leben mehr greifbaren Sinn entnehmen konnte.

Häufiger verirrte sie sich dabei in einen Wirrwarr aus Erinnerungen und Erleuchtungen, Begegnungen und Begriffen, die ihr Leben prägten wie Respekt, Höflichkeit, Fleiß, Glaube, Zusammenhalt, Tradition, Stolz. Wenn sie dann nicht mehr wusste, was sie eigentlich hatte schreiben wollen, dann machte sie einfach drei Fragezeichen.

Eintrag am 1. Januar, 138 Tage vor ihrem Tod.

»Ich kann mir das Sterben nicht aussuchen, aber ich kann doch hoffen, dass meine Seele daran nicht stirbt.«

Eintrag am 5. Januar, 134 Tage vor ihrem Tod.

»Was soll ich entdecken, wenn ich in den Spiegel schaue?«

Eintrag am 14. Januar, 125 Tage vor ihrem Tod.

»Ich habe Sehnsucht nach meiner Kindheit, nach dem Kind auf weiten Wiesen mit kräftigen Bäumen. Ich rieche die alten Balken im Kaminzimmer, an denen der Schinken hing. Ich liebe die zerfurchten Hände der Bauern und die bunten Kittel der Bäuerinnen. Ich vermisse den Sinn für Menschen und Gemeinschaft, das aufgeregte Schnattern nach einem Gottesdienst – ich gehe hier unter.«

Eintrag am 1. April, 48 Tage vor ihrem Tod.

»Schreien, träumen, weinen, aber doch schön aussehen. Verarschen kann ich mich selbst.«

Eintrag am 2. April, 47 Tage vor ihrem Tod.

»Ich kann keinen Champagner mehr sehen.«

Eintrag am 1. Mai, 18 Tage vor ihrem Tod.

»Ich glaube, Engel wohnen im Dorf und nicht in der Stadt. Die Stadt macht müde und krank …«

Eintrag am 5. Mai, 14 Tage vor ihrem Tod.

»Morgen Mailand, neuer Werbevertrag mit Smithwest-Line. Ich habe mir die Klamotten im Internet angeschaut. Nicht schlecht. Kein Fummel. Etwas für stolze Frauen. Dass die auf mich gekommen sind, hey, scharfe Nummer.«

Eintrag am 12. Mai, sieben Tage vor ihrem Tod.

»Das Leben hat mich wieder. Gleich gehe ich auf eine Party mit wunderbar schrägen Typen, die jeden geraden Strich hassen, weil sie Beulen, Kratzer, Umwege lieben. Bei mir ging bisher immer alles geradeaus. Muss ich mich davor fürchten?«

Eintrag am 17. Mai, einen Tag vor ihrem Tod.

»Die Leute verstehen nicht, dass ich doch nur ›Ich‹ bin. Sie glauben, dass ich ›Wir‹ bin, für alle da, immer nett und offen. Aber ich gehöre nur Gott, auch wenn es mir keiner glaubt.«

Ein zusammengefaltetes Blatt mit einem Text darauf fiel aus dem Tagebuch auf Mikos Schoß. Es war Chira Walldorfs Schrift.

Miko empfand ihre Worte als dunkel.

»Weine nicht im Sommer«, lautete die Überschrift.

Darunter schrieb sie:

Alle Sonne mit reinem Sinn
Prächtig offenbart im feinen Beginn
Zieht das Leben so bunt dahin

Zitrusdüfte wehen im Wind
Albern Schmetterlinge verliebt umher
Atmet Leben zartes Glück

Gefühle duschen Glitzer satt
Umarmen Sinne mit Seele und nur zu
Lieblich, schönes Du

Öffnet sich eine Hand und streicht übers Land
Holt sich der November alle Farben
Übrig bleiben dunkle Narben

Sprießt Kummer aus kalten Böden
Erwachen alte Blumen
Um zu ruhen für eine Ewigkeit

Welt mein so fern
Rückwärts alle Tage
Aber weine nicht im Sommer.

Miko strich sich mit den Händen durchs Haar. Er wurde aus den vielen, oft wirren Worten, dem Himmelhochjauchzend, zu Tode betrübt, nicht recht schlau. Klar, jeder Hobbypsychologe hätte gesagt, dass sie mit sich selbst nicht im Reinen war. Aber hier ging es um eine vernünftige Analyse.

»Vielleicht hat sie doch Selbstmord begangen?«

Er zögerte zunächst, seine Selbstmordthese an Kilian weiterzureichen, um sich nicht lächerlich zu machen. Denn der Gerichtsmediziner hatte sich bereits auf Mord festgelegt, aber auch Robert, der Psychologe, der Menschenkenner, der Seelenversteher, wie Miko launisch befand.

Er traute sich dann doch. Kilian hörte ihm offen zu.

Später reichte der Kommissar die Selbstmordfrage an Robert weiter, weil er einen Impuls verspürte, der ihn an den Käseabend mit Charlotte, Robert und Tilda erinnerte.

Tilda hatte sinngemäß gesagt, dass viele Models total einsam seien.

»Freitod aus Einsamkeit«, malte sich Kilian das Motiv aus.

Robert wollte nicht ausschließen, dass Chira Walldorf unter einer bipolaren Störung litt. Jedenfalls ließen sich manisch-depressive Elemente nicht ausschließen. Zu sehr pendelte sie zwischen Euphorie und Frustration hin und her. Es fehlte bei ihr das stabilisierende Gefühl von Ausgeglichenheit und seelischer Wertschätzung.

»Frau Walldorf hing durch«, schrieb er später in seinem Büro mit einem Bleistift auf einen kleinen gelben Zettel, dann in Großbuchstaben:

KONSEQUENZ?

Er versuchte seine Gedanken zu ordnen, um die Ursachen des »Durchhängens« besser zu verstehen.

Vom glücklichen Landleben in die Weltmetropolen.

Ein Model, das an Gott glaubt.

Bescheiden aufgewachsen, jetzt superreich.

Sportwagen statt Traktor.

Glitzerpartys statt Feten der Landjugend.

Er diktierte in sein Aufnahmegerät: »Frau Walldorf hatte starke Rückkoppelungseffekte an ihr früheres Leben. Aufgrund dieser Affinität zur gelebten Tradition erlebte sie den rasanten Wandel einer unbegreiflichen Modernität mitunter als Schockwellen.«

Es war zu vermuten, dass sie eine Vertrauensperson gehabt haben musste, um dem Wirrwarr ihres Lebens, dem Rausch von Stimmungen und Sehnsüchten, ihrer geliebten Identität und dem märchenhaften Aufstieg eine bestärkende Richtung zu geben.

Und wieder schrieb er in Großbuchstaben:

WER IST DIESE PERSON?

Robert legte den Bleistift beiseite. Im Tonfall, als hätte er gerade einen Schatz entdeckt, sagte er dann: »Diese Person hat den Mord begangen.«

Diese Erkenntnis war ihm nicht neu. Aber sie beherrschte nun seine Gedanken. Er spürte Erleuchtung, aber auch Aufregung. Die Vorstellung, dass Chira Walldorf ihren Mörder nicht nur kannte, sondern dass es sich um eine Vertraute gehandelt hatte, setzte einen neuen Aspekt frei, um den Fall zu lösen.

Er ging in sich.

»Irgendein Hausbewohner hat doch gesagt, dass Frau Walldorf mit einer Nonne befreundet gewesen sei.«

Dass die Nonne die Mörderin war, passte nicht in seinen Kopf. Er konnte sich das Verbrechen einer Nonne auch unter krankhaften Bedingungen nicht ausmalen. Seine professionelle Kreativität, unterschiedlichen Denkpositionen eine verbindliche Form zu geben, scheiterte bei diesem Gedanken.

Da war noch die zweite Möglichkeit: Ohne die Nonne hätte der Mord nicht passieren können.

34.

Chiras Friseur war ein Franzose, der schon lange in Düsseldorf wohnte, aber Miko konnte ihn zunächst nicht ausfindig machen. In seiner Wohnung war er nicht. Keiner wusste, wo er war. In Paris, wo er eine weitere Wohnung besaß, hat man ihn auch schon lange nicht mehr gesehen. Die französische Polizei konnte auch nichts Erhellendes beitragen.

Es vergingen Wochen, als der Friseur sich telefonisch bei Miko meldete. Damit reagiere er auf eine Ladung zur Zeugenbefragung, die in seinem Briefkasten lag. »Was soll das bedeuten«, fragte er barsch, aber mit niedlichem Akzent, und er hatte alle Mühe, seine vibrierende Stimme unter Kontrolle zu halten.

Miko bat ihn, am nächsten Tag ins Präsidium zu kommen.

Der Friseur hatte ein weiches Gesicht, aber sein schwarzes Dauermakeup für die Augenbrauen dominierte den Blick auf ihn. Es sah wie etwas aus, was dort nicht hingehörte, wie ein Tattoo auf der Backe.

»Ich habe leider wenig Zeit«, sagte er hastig und zupfte an seinem gelben Schal, der fast durchsichtig wirkte, so dünn war der Stoff.

»Oh, ich habe leider auch wenig Zeit«, antworte Miko mit einem erfrorenen Gesichtsausdruck, »aber ich nehme mir jetzt natürlich alle Zeit, die erforderlich ist.«

Nach einer kurzen Stille der atmosphärischen Gewöhnung zueinander, fragte Miko ihn, ob Frau Walldorf Feinde gehabt hätte.

»Feinde, mein Gott, das hört sich ja nach Krieger an« und lächele dabei mit feinem Spott, um die Frage ins Lächerliche zu ziehen.

Miko schaute ihn ernst an.

»Nach unseren Unterlagen waren Sie, wenn Frau Walldorf sich in Düsseldorf aufhielt, zwei-, dreimal pro Woche bei ihr. Ich frage mich, was es denn so häufig zu schneiden gibt. Ich gehe alle paar Wochen zum Frisur und gut ist.«

Der Frisur schaute ihn mitleidig an und strich sich dabei durch sein gefärbtes Haar. Dann sagte er belehrend: »Herr Kommissar Reichenhall, um zu verstehen, worum es geht, müssen wir erst einmal klären, was ich genau mache.«

Miko zog vor Neugierde die Augenbrauen hoch.

»Ich bin kein Friseur, waschen, schneiden, föhnen, ich bin Hairstylist, ich gebe der Frisur Struktur und Ausdruck, immer so, wie es der Anlass gebührt. Es ist doch klar, dass alle auf die Chira schauen …«

… »schauten« …

»… wenn sie zu einem beruflichen Termin erschien, sie hatte viele Werbeverpflichtungen, da musste sie natürlich perfekt aussehen, und denken Sie nur an die vielen Fotografen auf den Promi-Partys. Die verhökern ihre Fotos an »Bunte« oder »Gala« und, und, und. Was ich aber auch sagen will: Eine Frisur gibt dem Haar nicht nur eine bestimmte Form, sie verleiht dem Menschen auch Identität.«

Miko hätte zu gerne drauflos gelacht, bekam dann aber noch die Kurve. »Wenn ich zu meinem Mario gehe für 15 Euro pro Schnitt, bleibt meine Identität die gleiche. Ich bin, wer ich bin.«

Der Friseur lächelte dünn, es war ein Lächeln der Hoffnungslosigkeit. Niemals würde er dem Kommissar erklären können, was ihn ausmachte, sein Sinn für Kreativität und Perfektion. Er würde niemals verstehen, dass Hairstyling ein kreatives Handwerk ist, dass er nur mit überragender Leistung und psychologischer Hingabe immer wieder zur Meisterschaft bringt.

Dann schaute er bewusst auf Mikos Haare und sagte ihm, dass er sich entscheiden müsse zwischen Kurzhaarfrisur oder längeren Haaren. »Ich kann in ihrer Frisur keine Ordnung erkennen.«

Miko ging darauf nicht an. Er sagte: »Sie waren sehr häufig bei Frau Walldorf. Ich hatte Sie gefragt, ob sie Feinde hatte. Bestimmt bekamen Sie doch einiges mit, dies und das, was man so nebenbei aufschnappt.«

»Dies und das?«

»Abneigungen, Angst, Aufregung, Träume, Pläne?«

»Mmmhhh, dazu kann ich wirklich nichts sagen.«

Miko ahnte, dass er log. Wenn er sich betrachtete, was er jeden Tag auch zufällig mitbekam: Es war gar nicht möglich, nichts mitzubekommen. Das ginge nur mit einer bewussten Strategie, Menschen gezielt aus dem Weg zu gehen. Er sagte dem Frisur. »Wenn Sie gar nichts gehört haben, dann war es wohl so, dass Frau Walldorf in tiefes Schweigen verfallen war, als Sie ihre Wohnung betraten.«

»Ich kann ihre Frage nicht beantworten, ob sie Feinde hatte oder was sie dachte. Ich bin in meinen vielen Berufsjahren in der Top-Mode-Welt abgestumpft, höre ich gar nicht mehr hin, was so alles gesagt wird.«

»Das kann ich mir nicht vorstellen.«

»Glauben Sie wirklich, dass es für mich so furchtbar interessant ist, was die Models, das sind ja meistens noch junge Dinger, so den ganzen Tag quasseln?«

Miko knetete seine Finger, um sich für einen Moment abzureagieren. Worte wie Modeaffe, Juppi und Popper gingen ihm durch den Kopf. Er mochte diesen Menschen nicht, gewiss, er mochte all die Modeleute nicht, die Mode mit einer Philosophie übersetzten, um aus einer Oberfläche ein Tiefsinn zu machen. *Ach, wie schick Du bist, das steht Dir aber gut, wer auf sich achtet, lebt zufriedener.*

Der Frisur war arrogant. Arrogante Menschen hielt Miko für Dünnbrettbohrer, die Komplexe hatten. Deshalb erschufen sie für sich ein neues Image mit herausragenden Fähigkeiten (das kann nur ich) oder mit Besitz (wahlweise Villa, Yacht oder Sportwagen) oder sie gaben mit anderen Leuten an (ich bin in dieser Welt zu Hause). Sie taten das aber so ungeschickt, dass sie mit ihren Übertreibungen lächerlich wirkten.

Mikos Stimme wurde nun härter. »Ich habe Sie nicht gefragt, welche Gesprächsthemen für Sie interessant waren, sondern was Sie mitbekommen haben.«

Der Friseur schwieg. Sein Blick wanderte durch den fensterlosen Raum, als suchte er nach einem Punkt, den er dann fixieren konnte, um den Blicken des Kommissars auszuweichen. Auf einmal wirkte dieser arrogante Kotzbrocken so hilflos. Wahrscheinlich war er noch nie in einem Raum mit behördlichen Tristesse. In diesem Raum ging es nicht um das Betrachten einer Dekoration. Dieser Raum wollte die Anwesenden auch nicht bezirzen, um bei ihnen ein Wohlgefühl auszulösen. Dieser Raum war eine Erfindung der Demut, um alles wegzulassen, was dem Ziel im Wege stand. Hier trafen sich Menschen, um die Wahrheit herauszufinden, sie zu leugnen oder zu relativieren. Der Friseur war für Miko der Leugner. Auch diesen Typ Mensch mochte Miko absolut nicht. Er gestand jeder Person ein, sich einer Wahrheit, die sie nicht wahrhaben will, langsam zu nähern. Wer aber bockig und selbstgerecht gegen den gesunden Menschenversand oder gegen eine plausible Wahrscheinlichkeit anredete, war für Miko Leugner und Lügner in einem. Wer leugnete, der log, so einfach brachte er seine Sichtweise auf den Punkt.

»Was waren Sie denn für Frau Walldorf? Ein Freund waren Sie also nicht, sonst hätten Sie ja wohl einiges mitbekommen. Vielleicht mochten Sie Frau Walldorf überhaupt nicht? Vielleicht waren Sie Feind oder Krieger, denken Sie sich von mir aus ein anderes Wort aus, um ihre Beziehung auszudrücken.«

»Professionell«, sagte er nur. Miko war überrascht über die kompakte Ein-Wort-Antwort. Die unausgesprochene Botschaft: ein Profi verhält sich wie ein Profi, und er macht nur das, was der Leistung dient und schaltet das aus, was die Leistung vermindern könnte.

Professionell hörte sich zunächst einmal gut an. Professionelle Menschen waren für Miko fachkundig, fachgerecht, fachmännisch und stets auf die Aufgabe fokussiert. Aber was sollte er tatsächlich mit einer Allerweltsvokabel anfangen, zumal es auch Mörder gab, die einen Menschen fachkundig, fachgerecht und fachmännisch umbrachten, echte Profis also.

Miko stand auf, der Friseur schaute demonstrativ auf seine Uhr.

»Eine schöne Uhr haben Sie«, befand Miko. »Sicherlich sehr teuer.«

Der Friseur zuckte kurz mit seinen Achseln. Dieser Ausdruck verlieh ihm etwas Unreifes, als hätte sich die Pubertät in den Körper eines Erwachsenen geschlichen.

Miko fand das lustig, ließ sich aber nichts anmerken. Er sagte: »Frau Walldorf beendete die Zusammenarbeit mit Ihnen vier Wochen vor ihrem Tod. Von heute auf morgen. Da Sie ein professioneller Friseur sind, sorry, ich meinte Hairstylist, denke ich mal, dass Sie sich nicht verschnitten haben und deshalb gehen mussten. Was waren also die Gründe?«

Seine Antwort entstammte dem Baukasten für nichtssagende Worte. Sie hätten sich auseinandergelebt. Er hätte keine Inspiration mehr gehabt. Er wollte wieder häufiger in Paris sein. Das hörte sich so an, als habe er Schluss gemacht, dann fügte er aber noch den Satz hinzu: »Wir waren dann beide der Meinung, dass wir getrennte Wege gehen.«

»Irgendwie gefällt mir unser Gespräch nicht«, bemerkte Miko mit gespielter Gereiztheit, um den Friseur einzuschüchtern. Er musste sich nun entscheiden, ob er zum finalen Schlag mit all seinen Informationen ausholen sollte, oder ob es ratsamer wäre, damit noch zurückzuhalten.

Der Friseur verschränkte die Arme und spitzte seinen Mund, um sich als gelangweilter Mensch darzustellen, dem das Gespräch in diesem kargen Raum ohne jeden gestalterischen Ehrgeiz anödete.

Miko entschied sich für einen dritten Weg. Er bedankte sich für das Gespräch, um den Friseur in Sicherheit zu wiegen.

35.

Kilian biss in die Innenseiten seiner Backen, um sich abzureagieren. Einerseits wollte er Roberts Spur. *Such die Mörderin.* Andererseits störte ihn Roberts Einschränkung. Er sprach von »hoher Wahrscheinlichkeit«, dass eine Frau die Täterin war.

»Kann sein, muss aber nicht.« Er dachte darüber nach, dass es doch eine geniale Idee wäre, wenn ein Mann typischerweise so mordet wie eine Frau. Er fand diese Idee, je stärker er sich mit ihr befasste, sogar famos.

Gewiss musste es sich um einen intelligenten oder kreativen Mörder handeln, der in eine weibliche Schablone steigt, damit sein männliches Handlungsmuster abstreift, um dann sein mörderisches Handwerk auszuführen.

»Rollentausch«, nannte das Kilian. Er freute sich über dieses Wort und klatschte dabei aufmunternd in die Hände, als wollte er sich selbst applaudieren.

Er beschloss, Mörder statt Mörderin zu sagen. Für ihn war der Ausdruck Mörder weder maskulin noch feminin. Er entsprach der Redewendung in seinem Kommissariat, und er fühlte sich nicht mehr so eingeengt.

36.

Eine Mutter wartete mit ihrem Sohn Gustav im Polizeipräsidium auf Cosima. Sie hatten einen Termin vereinbart.

»Sie müssen Frau Fuchs sein, stimmt's?«

Sie nickte hektisch, kurz hintereinander wie ein Kolibri, dabei zuckten ihre Augen. Sie sah ständig ihren Sohn an.

»Dann kommen Sie mal mit, hier entlang und dann durch die Tür, möchten Sie etwas trinken?«

Frau Fuchs lehnte hastig ab, als hätte ihr Cosima Milch mit Wodka angeboten, aber ihr Sohn bat um ein Wasser. Er sah vergnügter aus.

»Frau Kommissarin, die Polizei sucht doch nach einem Mädchen, das eine Post in den Briefkasten der Polizei geworfen hat.«

»Ja«, betonte Cosima so freundlich es ging, um den Behördencharakter dieses Gespräches zu verwischen und der Frau ihre Nervosität zu nehmen. Aber sie krallte die Finger in den Stoff ihres Kleids.

»Frau Kommissarin, Sie werden es nicht glauben, dieses Mädchen ist mein Sohn!«

»Wie meinen Sie das?«, fragte Cosima spielerisch überrascht. Denn dass es sich um einen Jungen handeln musste, entsprach der Analyse der Mordkommission.

»Jetzt hätte ich doch gerne einen Kaffee, wenn es keine Mühe macht«, bat die Zeugin vorsichtig.

»Frau Kommissarin, da war eine Frau, die sagte zu meinem Sohn: ›Möchtest du 20 Euro in wenigen Minuten verdienen? Das ist ganz einfach. Du ziehst einfach deine Jeans hoch und ziehst einen knielangen Mantel an. Dann ziehst du weiße Söckchen und diese schwarzen Schuhe an, und dann tun wir mal so, als hätten wir Winter, das ist doch lustig.‹ Dann zog die Frau meinem Sohn den dicken Schal um den Hals und die Handschuhe an, na ja, und so weiter.«

»Reden Sie weiter, Frau Fuchs.«

»Dann sollte mein Sohn langsam ohne Hampelei zum Briefkasten gehen und dabei nach unten schauen.«

»Und dann?«

»Dann bekam mein Sohn 20 Euro, und das war's.«

Cosima schaute Gustav an.

»Das war doch sicherlich merkwürdig für dich?«

Gustav schaute verlegen weg. »Es war total peinlich. Ich wäre am liebsten weggelaufen.«

»Gustav, jetzt ist nichts mehr peinlich, es ist wunderbar, dass wir heute mit deiner Mutter zusammensitzen. Wie sah denn die Frau aus, vielleicht erinnerst du dich?«

Er zappelte mit seinen Beinen und machte ein knautschiges Gesicht, als müsste er einen Kraftakt aus Erinnerungsvermögen und Verlegenheit bewältigen.

»Die Frau war eher jung, ziemlich dünn, würde ich sagen, und sie hatte komische Haare.«

»Komische Haare?«, fragte Cosima nach.

»Ja, die glitzerten so, also, die waren schon komisch.«

Cosima ahnte, dass die Frau eine billige Perücke getragen hatte, wahrscheinlich eine Karnevalsperücke.

»Was ist dir noch aufgefallen?«

»Die Sonnenbrille, ja, die große Brille mit den riesigen Gläsern.«

»Hast du so eine Brille schon mal gesehen?«

»Nee, die sah oll aus.«

»Kannst du dich an das Auto erinnern?«

»Ein kleines Auto, nur zwei Türen, Stoffsitze, es roch ein wenig muffig, ach ja, grüner Lack.«

Cosima machte ihm Mut. »Mensch, Gustav, das ist ja toll, was du alles behalten hast.«

Gustav lächelte seine Mutter an. Sie lächelte zurück.

»Kannst du dich auch an die Automarke erinnern?«

Er schaute seine Mutter an. Es wusste es nicht genau, murmelte dann aber, »ich glaube, kein deutsches Auto.«

»Jetzt habe ich eine schwierige Frage.«

Cosima schaute den Jungen dabei wie eine mitfühlende Lehrerin an.

»Hast du das Nummernschild gesehen?«

Gustav spielte mit seinen Fingern. »Äh«, säuselte er, »ich glaube OB.«

Cosima strahlte, Frau Fuchs wagte ein angedeutetes Lächeln, und Gustav war stolz.

»Dann käme unser Mörder also aus Oberhausen«, dachte Cosima. Sie spürte die Erleichterung, dass sich der Fall plötzlich sehr deutlich eingrenzen ließ. Ihre Stirn sah glatt und ausgeruht aus, als genösse sie gerade eine kosmetische Behandlung. Noch vor einer halben Stunde hatte ihre Welt und die ihrer Kollegen anders ausgesehen. Eine Stimmung wie Dauerregen im Hochsommer.

37.

Cosima saß im Besucherzimmer im Kloster der Benediktinerinnen. Der Raum mit den hohen Decken wirkte dunkel. Das lag an den kleinen Fenstern, die in keinem Verhältnis zum Volumen dieses Ortes passten. Auf dem schweren runden Tisch und der fingerdicken Tischdecke stand eine weiß-blaue Porzellanschale mit Äpfeln aus dem Klostergarten, daneben lag ein Schälmesser. Außerdem sah Cosima eine Bibel und einen getöpferten, bemalten Kerzenständer mit einer roten Kerze.

Mit jeder Bewegung knisterte ihr Stuhl. Daraus ergab sich für Cosima eine interessante Übung. Lerne, still zu sitzen, nein, nicht normal still, sondern mit der Ruhe einer inneren Versenkung, schließlich bist du im Kloster. Dabei verschloss sie die Augen, aber nur kurz, sie hatte keine Geduld. Der Stuhl knarrte weiter.

Schwester Benedicta betrat den Raum. Es war viel mehr als nur ein Hineingehen. Sie füllte diesen Raum mit ihrer deutlichen Präsenz. Dabei lächelte sie sanft. Sie hatte einen festen Händedruck.

Sie trug ein schwarzes Habit, Schwarz stand für Einfachheit, Demut und Buße. Für Cosima war Schwarz eine Modefarbe, die für Klarheit, Eleganz und Tiefe stand. Diesen Eindruck hatte Coco Chanel jedenfalls der Frauenwelt vermittelt.

Cosima trug schwarze Jeans, die viel zu warm waren, und einen leichten schwarzen Pullover, um sich den klösterlichen Sehgewohnheiten anzupassen. Sie fühlte sich wie eine Spießerin. Dabei hatte sie in ihrem Kleiderschrank die schönsten Hosen, Jacken, Röcke, Kleider – auch in Schwarz.

Die Nonne zündete eine Kerze an. Sie sprach leise, denn das Kloster vertrug keinen Lärm. Sie war eine schlanke und hochgewachsene Frau. Schwarz machte schlank, aber sie war tatsächlich schlank. Cosima schätzte ihre Kleidergröße auf S. Sie stellte sich vor, wie ihr wohl ein modisches Kleid mit Sommerfarben stehen würde. Ihre Haare hatte die Nonne mit einer Haube verdeckt. Wahrscheinlich waren sie kurz geschnitten, damit sie besser darunter passten. Von Frisur konnte also keine Rede mehr sein. Cosima hätte schon gerne gewusst, welche Haarfarbe sie hatte und wie sie früher ihr Haar getragen hatte, als sie noch in der Welt unter den Weltlichen lebte. Schwester Benedicta musste sich jedenfalls keine Gedanken darüber machen, mit welcher Tönung sie die ersten grauen Haare, die wie feindliche Speerspitzen plötzlich zum Vorschein kamen, bekämpfen wollte. Cosima musste alle vier Wochen ihre Haarfarbe erneuern. Ihr Freund regte sich darüber auf, dass das Waschbecken oder die Badewanne mit dem Färbemittel besudelt war. Außerdem roch es hart, wie er meinte, aber sie fragte ihn dann nur, ob er lieber eine Grauhaarfreundin hätte: Dann war das Thema erledigt.

Schwester Benedicta erzählte, dass sie im gleichen Dorf wie Chira aufgewachsen sei, dass sie sich beide in der Gemeinde engagiert, aber erst viel später angefreundet hätten, obwohl sie in komplett andere Richtungen gingen. »Ich studierte Theologie, sie begann mit dem Modeln.«

»Ach, dann sind Sie erst später ins Kloster eingetreten«, warf Cosima einen Satz in den Raum. Sie hörte schon wieder die Glocke, die alle 15 Minuten kurz läutete, also 96-mal am Tag, plus dem Läuten für die Gebetszeiten und die Messe. Kerzen und Glocken gehörten fest zum Klosterleben. Cosima liebte auch Kerzen, besonders im Winter, weil sie im Kontrast zur dunklen und kalten Jahreszeit eine romantische oder einfach nur gemütliche Atmosphäre erzeugten, aber dieses ständige Läuten würde ihr wahrscheinlich auf die Nerven gehen.

Sie überlegte, wonach es in diesem Raum roch, nach alten Möbeln? Sie schaute die Möbel an und dachte, dass Antiquitätenhändler diese wohl gerne kaufen würden. Den passenden Werbespruch hatte sie auch schon im Kopf. »Das Heilige schätzen – Tradition aus dem Kloster.«

Die Nonne legte ihre Hände auf den Schoß und sagte mit einem Gesicht, das in sich gekehrter wirkte, als müsste sie einen wertvollen Gedanken noch genauer ergründen. »Als ich Chira erzählte, dass ich ins Kloster gehe, um Benediktinerin zu werden, hat sie mich völlig verblüfft angeschaut und dann gesagt: ›Wer ist denn dann noch für mich da?‹«

»Hmm«, intonierte Cosima. »Hört sich ja irgendwie traurig an.« Sie wollte »merkwürdig« sagen, aber das Wort verkniff sie sich. Tatsächlich fand sie es merkwürdig, dass Chira Walldorf nicht auf ihre Freundin eingeredet hatte: weg vom Leben / nur beten / keine eigenen Kinder – was man so sagt, wenn ein naher Mensch ins Kloster geht. Aber Chira dachte in diesem Moment nur an sich.

Die Nonne ergriff wieder das Wort. »Jesus hat gesagt: ›Das für Menschen Unmögliche ist bei Gott möglich.‹ Danach richtet sich mein Glauben aus. Danach versuche ich zu leben. Benediktinerin zu sein bedeutet, jeden Tag Gott zu suchen, das hört nie auf, aber ich weiß, dass er bei mir ist.«

Schwester Benedicta schaute Cosima nachsichtig an, als wollte sie sagen, dass ihr persönliches Glaubensgeheimnis vermutlich nicht in den Kopf einer Polizistin passte.

Sie sprach – gleichwohl – weiter. »Jesus hat zum Jüngling gesagt: ›Geh hin, verkauf alles was du hast und gib das Geld den Armen. Dann komm und folge mir nach.‹«

Die Augen von Schwester Benedicta glänzten. Cosima holte alle Kraft aus ihrem Gesicht heraus, um interessiert zu wirken, aber innerlich war sie längst mit der Frage beschäftigt, wie sie das Thema wechseln konnte. Sie wollte kein Glaubensgespräch führen, sondern den Mörder finden.

Neuer Anlauf. »Schwester Benedicta, Sie haben sich also schon im Dorf kennengelernt!«

»Oh ja, und es war eine heftige Zeit.«

»Heftig?« Cosima übersetzte das Wort in ihren Gedanken mit Grenzüberschreitung. Ins Kloster einzutreten, empfand sie sogar als extrem heftig.

»Ja, heftig, würde ich sagen. Wir hatten mit 15 den ersten Freund. Heimlich rauchen und trinken, den ersten Schwips, ständig Streit mit den Eltern, Pubertät, Trotz, Freiheitswille, Weltuntergangsschmerz. Wir haben nichts ausgelassen.«

Die Nonne zog ihre Lippen in die Breite, als würde sie sich noch immer darüber wundern.

»Schwester Benedicta, Sie sagten gerade, dass Ihre Freundin Sie gefragt habe, wer noch für sie da sein würde, wenn Sie im Kloster wären. Könnten Sie das erläutern?«

Sie schwieg lange. Cosima wollte diese unendlich wirkende Stille erst unterbrechen. Dann schaute sie nur zur Decke und bewunderte die Holzvertäfelung. Vierecke gingen ineinander über, und die Farben wechselten von Dunkelbraun zu einem Schwarzbraun.

»Wissen Sie, Frau Kommissarin, das ist ein sensibles Thema.«

Sie schaute dabei sehr ernst, als müsste sie ein Beichtgeheimnis ausplaudern, fing sich dann aber wieder. »Wir waren albern, haben gelacht, über Gott und die Welt geredet, und Chira war völlig normal. In ihrer Welt durfte sie nicht normal sein. Sie wollte aber das, was sie ausmachte, auch leben dürfen. Ich habe mitgeholfen, dass sie das konnte.«

Cosima rekapitulierte den Gedanken für sich, ohne ihn auszusprechen: »Die Freundin half Chira Walldorf, normal bleiben zu können, und ohne die Freundin hatte Chira Walldorf Angst, nicht mehr normal leben zu können.«

Am liebsten hätte Cosima alle weiteren Hintergründe aus der Nonne herausgeschüttelt. Das Gespräch zog sich breit in die Länge. Es erreichte keine Spitze.

»Was passierte mit Ihrer Freundin, als Sie ins Kloster gegangen sind?«, fragte Cosima. Sie dachte in diesem Moment an Robert, der den Mord um eine psychische Störung kreisen ließ.

»Als ich ins Kloster ging, habe ich Chira natürlich nicht allein gelassen. Ich habe sie schon vorher mit einer Freundin von mir bekannt gemacht. Wir hatten uns anfänglich zu dritt getroffen. Ich habe mich nach und nach zurückgezogen, als ich merkte, dass zwischen Chira und meiner Freundin Vertrauen entstanden war. Später hat meine Freundin für Chira kleinere Dinge erledigt, Arzttermine, Sachen mit der Stadtverwaltung, also, sie war sehr aufgeweckt. Schade, dass es nicht weiterging. Meine Freundin, sie hieß Sara, hat sich beruflich umorientiert und konnte deshalb nicht mehr so häufig bei Chira sein. Das ist zwei Jahre her.«

Sie ging kurz in sich, um dann zu sagen: »Sara ist ein sehr gläubiger Mensch. Ich dachte, sie wäre auch ins Kloster gegangen. Sie hatte eine Hingabe und Demut, von der ich lernen konnte. Sie kommt aus Bochum, dort gibt es ein Frauenkloster, das sie häufiger besuchte.«

Ein Schrillen ging durch die Kreuzgänge des Klosters.

»Ich muss mich leider entschuldigen. Wir haben Sext.«

»Sex«, verstand Cosima. Ihre Gedanken rotierten.

»Die Sext ist unsere Gebetszeit vor dem Mittagsessen«, erklärte Schwester Benedicta im Stehen und wünschte Cosima einen gesegneten Tag. »Gott ist bei Ihnen.«

»Sehr schön«, antwortete Cosima eine Spur zu heiter.

38.

Sara Saale stand auf Cosimas Zettel. Sie war 24 Jahre und kam aus Bochum. »Wieso gibt eine 24-jährige Frau den Kontakt zu einem berühmten Model auf?« Cosima wusste keine Antwort, aber das war auch nicht entscheidend, denn allein die Frage wies ihr den Weg, dachte sie, hoffte sie. Chira Walldorf hätte dieser Sara Saale Türen und damit Welten öffnen können, bestimmt, selbst von ihrer schieren Gegenwart hätte sie profitiert, von einer Aura, die nach Chanel roch und nicht nach 4711. Sie musste diese Sara Saale unbedingt kennenlernen. Aber Miko übernahm das Gespräch, weil sie spontan für Kilian einspringen musste.

Auf dem Flur saß eine zierliche Frau. Sie trug eine rote Hose mit fließendem Stoff, dazu ein übergroßes weißes Hemd, um den Hals einen pastellfarbenen Schal; in ihr Gesicht zog sie ein Käppi aus Jeansstoff.

Miko ahnte, dass das Sara Saale sein musste. Als er vor ihr stand, sah er das große Pflaster an ihrem Kinn, ihre rechte Gesichtshälfte war bläulich-rot. Er tat zunächst so, als sei es das Normalste von der Welt, dass moderne Frauen mit einem Pflaster am Kinn und einer blaurot gefärbten Gesichtshälfte herumliefen.

»Ehe Sie mich fragen, Herr Kommissar, ich bin mit meinem Fahrrad ganz schrecklich gestürzt …«

»Da kann ich nur gute Besserung wünschen«, bemerkte Miko artig, »das wird schon wieder.« Sara Saale nickte, senkte ein wenig den Kopf, als sei sie verlegen, und erwiderte mit lieblichem Unterton: »Danke.«

»Frau Saale, Sie waren, wenn wir das richtig sehen, nicht

auf der Beerdigung Ihrer Freundin Chira Walldorf. Wegen Ihres Unfalls?«

»Mir ging es tatsächlich nicht gut, und ich habe mir das dreifach und fünffach überlegt, ob ich komme oder nicht, aber Chira Walldorf war keine Freundin von mir, Freundin heißt ja Vertraute, als hätten wir über Liebeskummer und so ein Zeug geredet. Ja, wir haben viele schöne gemeinsame Sachen gemacht, zum Beispiel ein Kochbuch, aber Chira engte den Kontakt immer weiter ein, wahrscheinlich war ich ihr zu einfach, ich passte nicht mehr in ihre Welt. Das tat weh.«

Miko schaute konzentriert in seine Akten. »Dann haben Sie Frau Walldorf vor zwei Jahren das letzte Mal gesehen?«

Frau Saale schob ihre Lippen nach vorne, als würde sie verschärft über eine korrekte Antwort nachdenken. »Also, zwei Jahre, das könnte passen.«

»Könnte?« Mikos Augen blitzten auf, aber er gab sich den Befehl, die Zügel locker zu halten. »Okay, so genau müssen wir das gar nicht wissen.«

Er wusste, dass es keinen Sinn machte, eine Person, die nichts Wesentliches zum Tathergang beitragen konnte, in die Enge zu treiben.

39.

Der Portier im Wohnhaus der Chira Walldorf blinzelte nervös mit seinen Augen, als er Miko sah – schon wieder. Der Kommissar hatte sich vorgenommen, ihn noch nervöser zu machen. Er glaubte, er müsse nur dessen Anspannung, Unruhe und Ängstlichkeit weiter anstacheln, damit er schließlich mit der Wahrheit herausrückte. Das war seine spezielle »progressive Verhörmethode«, wie er halbironisch meinte, aber Kilian musste ihn genau damit schon einmal beiseite nehmen, als er einen Beschuldigten mit Andeutungen und Unterstellungen derart in die Enge trieb, dass dieser vor Aufregung nur noch stotterte.

»Jaaa«, zog Miko den Vokal bedeutungsvoll in die Länge, »da bin ich also wieder.«

»Aber ich habe doch schon alles gesagt«, erwiderte der Portier mit dem Ausdruck eines unschuldigen Kindes, das dem Lehrer zum wiederholten Mal versicherte, dass es nicht mit der Kreide geworfen hatte.

»Sie sind im Eingangsbereich der absolute Chef«, baute Miko den Portier zunächst auf. Der lächelte nervös, genoss aber das Kompliment, denn die Faltenregionen in seinem Gesicht zeigten ein glatteres Muster.

Nun folgte der zweite Teil von Mikos »progressiver Verhörmethode«. Er sah den Portier streng an und fragte ihn, ob er seinen Job wirklich im Griff habe.

Der Portier verstand die Welt nicht mehr, seine kleine Welt, die ihn jeden Tag so glücklich machte, weil er gebraucht wurde; seine Aufgabe war keine Beschäftigungstherapie, um seiner Frau tagsüber aus dem Wege zu gehen. Sie vermittelte ihm und vor allem den Hausbewohnern Sinn.

Er liebte seine Rituale. Um Punkt neun Uhr öffnete er seine Stullendose. Die Kaffeemaschine lief bereits. Aber er achtete immer darauf, dass kein Hausbewohner oder Besucher ihn beim Frühstück sah. Wenn er doch einmal beim Biss in das Butterbrot überrascht wurde, bunkerte er die Essensreste in der Backe und schluckte sie im günstigen Moment unbemerkt herunter.

»Warum sollte ich meine Aufgabe nicht im Griff haben?«, fragte er ungewohnt keck zurück.

»Glauben Sie an Zufälle?«, wollte Miko plötzlich wissen – unvermittelt, als hätte er den inneren Strang seiner Fragen verloren. Fragen, die einkesseln, herausfordern, die aufeinander aufbauen, um einen Eindruck zu festigen.

Der Portier zog leicht seine Achseln hoch und schob seine beiden Hände synchron nach vorne. Miko fragte sich, ob er mit dieser Geste in Deckung ging oder sie verließ.

Er blieb in Deckung. »Herr Kommissar, ich weiß nicht, was ich noch sagen soll.«

Miko tat so, als verstehe er diese Ratlosigkeit nicht. Er schaute mit dem Kopf zu Boden, bewegte ihn hin und her, ging langsam durch den Raum, und der Portier nahm stumm leidend dieses Verhalten und Gebaren hin, aus dem er nicht schlau wurde.

»Ich verstehe nicht, dass ein so pflichtbewusster und korrekter Mensch wie Sie die Kamera nicht im Griff hat. Ich frage mich, welche Geisterhand diese Kamera am Todestag von Frau Walldorf ausgestellt hat. Ich frage mich, ob es Ihre Geisterhand war. Oder ob Sie einer anderen Geisterhand gezeigt haben, wie man die Kamera ausstellt.«

Der Portier sprach undeutlich, stotternd, presste Atem zwischen die Buchstaben seiner Worte, nur Fetzen nahm Miko auf. »Ehre … Pflicht …«

Ehe der Portier seine Worte zu einem Satz wahrnehmbar formen konnte, schob Miko eine weitere Frage nach. Er wollte wissen, ob ein Hausbewohner schon einmal nach der Kamera gefragt hatte, vielleicht nur belanglos und nebenbei. Miko wusste, dass gerade harmlos klingende Fragen eine unheimliche Wucht entfalten konnten.

Der Portier überlegte und tippte mit einem Finger an seine Schläfe, als müsste er sein Gehirn aufwecken. Miko hatte durchaus das Gefühl, dass gerade eine intensive Nachdenkleistung stattfand, keine Schauspielerei.

Er drückte seine Lippen aufeinander, sodass sie nicht mehr erkennbar waren, und verkündete dann urplötzlich fanfarenartig: »Ach, mein Gott«, um dann leiser zu sprechen, »einmal war ein Nachbar im Nebenraum, wo die Kamera steht, rein zufällig, denn mir waren zwei Kaffeetassen auf den Boden gefallen, denn dort steht ja auch meine Kaffeemaschine …«

»Ja, und?«, hakte Miko ungeduldig nach.

Der Portier redete weiter.

»Der Nachbar hat mir geholfen, die Scherben aufzusammeln, und ich habe meiner Frau gesagt, wie nett das war.«

Miko schrieb sich den Namen des betreffenden Nachbarn, Wolters, auf und bedankte sich bei dem Portier für das nette Gespräch. Er sagte tatsächlich »nett«, als hätten sich die beiden zu einer Plauderei getroffen, alte Geschichten ausgegraben und gemeinsam die Butterbrote aus der Stullendose des Portiers gegessen.

40.

Schwester Benedicta sprach:

»Von Herzen will ich mich freuen über den Herrn.
Meine Seele soll jubeln über meinen Gott.
Denn er kleidet mich in Gewänder des Heils …
Wie der Bräutigam sich freut über die Braut,
so freut sich dein Gott über dich« (Jes. 61,10 und 62,5).

Vor fünf Jahren hatte sie in der Klosterkirche in einem feierlichen Gottesdienst mit lateinischen Liedern ihre ewigen Gelübde abgelegt.

Sie lebte fortan in Armut, Ehelosigkeit und Gehorsamkeit.
Sie war angekommen. Ein Leben für Gott.

Strebe unermüdlich nach Gerechtigkeit, Glauben, Liebe und Frieden, hieß es in der Einladung der Äbtissin zur Profess-Feier.

Sara Saale hörte sich in der Klosterkirche flüstern: *Ich strebe ja danach, aber doch nicht hier, hier, hier, nur weg von hier, hier, hier. Ich fühle mich gefesselt, aber renne ja nicht weg, bleibe, bleibe, bleibe, spüre den gläubigen Frohsinn meiner Freundin Benedicta. Sie trägt auch keine Handschellen, mit denen sie zwangsweise in das Kloster zur lebenslangen Glaubens-Haft abgeführt wurde. Der Priester und die Nonnen beten, singen, beten, singen, beten, singen. Hört das denn nie auf? Sitzen bleiben, zuhören, das ist hier ein heiliger Ort. Bin ich auch eine Heilige? Quatsch, ich bin ja keine Nonne, und nicht jede Nonne ist eine Heilige, was denn nun? Was rede ich da.*

Sie schaute in die Gesichter von Benedicta und der anderen Nonnen, die bereits die ewigen Gelübde abgelegt hatten. Konzentrierte, ungeschminkte Gesichter, fast hart, obwohl glücklich. *Durften Nonnen nicht schön wirken, obwohl sie schön waren? Und wieso trugen sie fast alle die gleiche Hornbrille?*

Der Weihbischof hielt die Predigt. Er bezeichnete Benedicta als einen glücklichen Freigeist, weil sie sich radikal für die Freiheit Gottes entschieden habe. »Es gibt keine größere und edlere Form der Freiheit als die Hingabe an Gott«, sagte er euphorisch.

Wieder das innere Flüstern: *Verstehe ich nicht. Was soll der Quark? Freigeister? Das Kloster verträgt doch keine Freigeister. Oder wie nennt man Leute, die gehorchen müssen?*

»Es geht genau darum«, hob der Weihbischof seine Stimme synchron mit dem Heben der rechten Hand, »die Freiheit auf den Punkt zu bringen.«

Oh, jetzt wird es spannend, lästerte sie.

»Wer das innere Spüren für Gott entdeckt, findet seine Seele und somit seine Freiheit. Die Seele ist das Kraftzentrum für Liebe und Barmherzigkeit, für den großen Sinn des Lebens, für Gott da zu sein.«

Nichts kapiert.

Der Weihbischof hielt kurz inne und schaute in die Breite des Kirchenschiffes, um die ganze Konzentration seiner Zuhörer herauszufordern. »Gott schaut auf uns, aber wohin schauen wir? Auf das, was wir nicht besitzen? Auf Nebensächlichkeiten? Sehen wir immer nur die Oberfläche und wissen gar nicht, was dahinter verborgen ist?«

Dahinter verborgen ist …

Sie war erschöpft von schweren Worten.

Sie sog den Duft des Weihrauchs ein. Die Orgel spielte. Die Messe war vorbei. Sie holte ein weißes Taschentuch hervor, wunderte sich, dass sie es eingesteckt hatte, tupfte damit vorsichtig die Tränen auf. Sie war gerührt. Sie freute sich für ihre Freundin.

Sie fragte sich aber auch, warum Gott nicht sie zu einem klösterlichen Leben berufen hatte. *Will er mich nicht?*

Sie kam sich manchmal wie eine Figur im Puppentheater vor. Fremdbestimmt.

Wer zieht da nur an meinen Beinen und Armen, warum mache ich Bewegungen, die ich gar nicht machen will. Ich bin eine doofe Puppe.

Sie ahnte, dass ihr Leben aus dem Ruder lief, aber sie konnte diese Ahnung nicht deuten, es kam ihr so vor, als sei ihr Leben eine Einbildung. Es schien, als komme sie aus dem Irrgarten solcher Empfindungen nicht mehr heil heraus.

Darüber sprach sie häufiger mit Benedicta, aber manchmal auch mit Chira Walldorf. Es waren keine ausufernden Gespräche über den Sinn des Lebens. Es ging mehr um Alltagspsychologie, um all die kleinen Befindlichkeiten und Empfindlichkeiten. Als Benedicta ins Kloster eintrat, wurden die Gespräche grundsätzlicher. Dann ging es um Mut und Konsequenz, eben darum, sich nicht treiben zu lassen, sondern sein Leben in die Hand zu nehmen.

Sara Saale war immer ein Papakind gewesen. Wenn ihr Vater von der Arbeit nach Hause kam, war er der große Star. Er musste sie ins Bett bringen und eine Geschichte vorlesen. Er fuhr mit ihr zum Spielplatz mit der größten Rutsche oder zum Zoo oder zum Freibad oder zu einem Freizeitpark mit einem Labyrinth aus großen und breiten Hecken.

Ihr Vater hatte mit 54 Jahren seinen Job als Bergmann verloren, und mit ihm auch viele Kumpels aus der Nachbarschaft in der Dahlhauser Heide, einer Arbeitersiedlung, die Krupp auf einem ehemaligen Rittergut errichten ließ. Ihr Vater hatte sich von der Arbeitslosigkeit nicht erniedrigen lassen. Er hatte immer gesagt, solange ich zwei gesunde Hände habe, mache ich das, was ich machen kann. Für ihn gab es keine würdelose Arbeit, allenfalls würdelose Menschen, die nicht wissen oder nicht wissen wollen, was Arbeit bedeutet. Sara staunte über solche Sätze, weil sie ein tiefes Verständnis für das Wesen des Menschen offenbarten.

Der Vater mähte Rasen, reparierte Fahrräder und beaufsichtigte die verkaufslose Sonntagsöffnung eines Autohändlers. Das war besonders anstrengend, weil er nur herumsitzen oder die Zeitung lesen konnte. Die Zeit schien zu schlafen, obwohl die Sekunden wie immer von einem Punkt auf den nächsten aufschlugen und das Leben selbst im Fall größter Langeweile zunehmend kurzweiliger werden ließen.

Das Leben war die Summe aller Zeit, die einem Menschen zur Verfügung stand, und jede Sekunde war wie ein Minuszeichen, weil es den Abstand zum Tod verkürzte.

Der Pfarrer sprach den Vater an, ob er nicht Lust hätte, Küster der Gemeinde zu werden. Ihr Vater engagierte sich schon seit 20 Jahren in der Gemeinde, zuletzt auch im Pfarrgemeinderat. Hin und wieder war der Pfarrer bei ihnen zu Hause. Dann gab es ein Bier mit Korn und Butterbrote. Es wurde viel gelacht.

Ihr Vater bot dem Pfarrer immer ein zweites Bier an, das dieser stets ablehnte, obwohl er es gerne getrunken hätte.

Der Vater öffnete für sich ein zweites Bier, das er dann mit dem Pfarrer teilte, weil es so doch viel gemütlicher sei. Das Ritual lebte, das Spiel aus Erwartung und Hingabe, aus Berechenbarkeit und Frohsinn, aber keiner durfte aus seiner Haut, auch wenn sie sich spannte.

41.

Morgenbesprechung im Kommissariat. Miko roch nach Knoblauch, Cosima öffnete das Fenster.

Kilian ging durch den Raum, sagte aber nichts, blieb dann vor dem großen weißen Blatt Papier mit dem rot ausgemalten Kreis stehen, das an der Wand hing. Er tippt mehrmals darauf. »In diesem Kreis suchen wir den Mörder. Wir müssen diesen Kreis enger und enger machen. Aber ich habe mittlerweile den Eindruck, der Mörder kreist mehr um uns als wir um ihn.«

Miko sah Cosima an, Cosima sah Kilian an, und Kilian fragte: »Was haben wir bisher herausgefunden? Ich meine Fakten oder zumindest Hinweise, die wir ernst nehmen können, dazu zähle ich auch psychologische Erklärungsmuster.«

Cosima berichtete von ihren Gesprächen mit den Nachbarn. »Für meine Begriffe waren das komische Typen, ich weiß nicht, wie ich das ausdrücken soll, die hatten keine Instinkte für Bescheidenheit, die hatten so ein Gehabe.«

Miko freute sich über diese Bemerkung. »Ach, Cosima, ich schätze deine Bescheidenheit!«

Sie zeigte ihm einen Vogel.

»Wenn ich die Gespräche auf den Punkt bringen soll. Erstens: Jeder lebt offenbar sein Leben mit geringsten Kontakten zu den Nachbarn. Zweitens: Sie haben Frau Walldorf kaum oder nie gesehen. Drittens: Keiner sagt ein böses Wort über Frau Walldorf.«

»Und viertens«, brachte sich Miko ein, »die Kamera wurde am Tag der Tötung absichtlich abgestellt. Ich habe mir das einmal genau angesehen. Man vermutet ja immer, dass der Zugang zu den Sicherheitssystemen irgendwie versperrt ist. Hier war es aber so, dass da quasi jeder hineinspazieren konnte, man musste nur wissen, wohin genau.«

»Dann finde heraus, wer das genau wissen konnte«, forderte Kilian in einer Wortmelodie, als würde er einen Bodybuilder auffordern, einen Hochsprung zu machen.

Miko hielt den Daumen nach oben. »Klar, Chef, auf die Idee bin ich auch schon gekommen.«

Kilian ergänzte: »Und ein fünfter Punkt: Der Junge erzählte uns ja, dass die Frau, die ihm den Brief gab, ein Auto mit dem Kennzeichen OB fuhr, also Oberhausen. Heißt das tatsächlich, dass der Mörder aus Oberhausen kommt?«

Cosima sagte nur: »Davon gehe ich aus.«

Miko brachte noch einen sechsten Punkt und berichtete über seine bisherigen Gesprächen mit dem Stalker und dem Friseur. »Manchmal denke ich ja, ich im Irrenhaus, der eine macht auf Plemplem, der andere befindet sich hochgradig in der Selbstvergötterung. Ich bleibe weiter am Ball.«

Kilian war von diesen sechs Punkten nicht begeistert, aber er wollte nicht alles schlecht reden. Es gab durchaus plausible Zusammenhänge. Robert hatte den Fall sauber analysiert. Sie suchten keinen normalen Mörder, sondern einen Menschen mit heftigen seelischen Problemen, den man unter Umständen als krank bezeichnen musste.

Er dachte an den Text, der auf dem Bauch der Leiche lag, und an den Text, der die Polizei zur Leiche geführt hatte. Die Worte empfand er als mystisch. Vielleicht war der Mörder ein Philosoph oder hatte die Worte aus einem Buch abgeschrieben. Robert hatte die Texte so interpretiert, dass der Mörder seinem Opfer die Reverenz erweisen wollte, aus welchen Gründen auch immer.

»Aber wo liegt das Motiv?«, schaute Kilian seine Kollegen an.

»Das Motiv hat der Mörder doch schriftlich hinterlassen«, antwortete Cosima.

ICH HABE MIR DEINE SCHÖNHEIT GELIEHEN.

»Mein Gott«, stöhnte Kilian, »Leihen heißt zurückgeben. Hier wurde aber nur genommen, und zwar das Leben.« Er verschränkte die Arme.

»Gott spielt hier tatsächlich eine Rolle«, bemerkte Miko. »Ich sehe vor meinem geistigen Auge lauter Nonnen, Kirchen und Kreuze.«

»Amen«, fügte Cosima hinzu.

Sie setzte sich mit der Oberhausener Polizei in Verbindung, um eine junge Frau zu finden. Schlank, zwischen 25 und 30 Jahre, psychisch auffällig, die einen grünen Kleinwagen eines ausländischen Fabrikats fuhr. Sie kam sich mit diesen Daten ziemlich nackt vor. Aber jetzt ging es darum, alles auszuschließen, was nicht mehr passte, und alles Mögliche weiter zu verfolgen, und sei es noch so absurd.

Sie wollte nicht den Fehler machen, dem Schein einer Logik zu folgen, weil ihr Sinn und ihre Erfahrung sie eben dazu verleiteten. Sie wusste auch, dass Routine die Arbeitsabläufe zwar erleichterte, weil sich das Erprobte bewährt hatte, dass aber auch immer die Gefahr bestand, dass Details durchrutschten.

Die Recherchen bei der Oberhausener Polizei blieben erfolglos.

Sie überlegte, ob es ratsam war, in Oberhausen die Praxen und Klinikabteilungen für Psychiatrie, Psychotherapie und Psychosomatik aufzusuchen. Wahrscheinlich rückten die nichts heraus – wegen des Arztgeheimnisses, wenn es überhaupt ein Geheimnis gab.

42.

Miko hatte herausgefunden, dass Chira ihrem Friseur 120.000 Euro geliehen hatte. In einer E-Mail hatte er ihr vorgeschlagen, den gesamten Kredit nebst Zinsen innerhalb eines Jahres in monatlichen Raten zurückzahlen, monatlich also mindestens 10.000 Euro. Sie hatte offenbar nicht nach Sicherheiten gefragt und auch nicht danach, wie er denn neben seinen laufenden Lebenshaltungskosten soviel Geld monatlich aufbringen konnte. Sie wusste nicht einmal, wofür er das Geld brauchte. Das alles zeigte für Miko, dass sie entweder in geschäftlichen Dingen gutgläubig war, kein rechtes Verhältnis zum Geld hatte oder ihn – aus welchen Gründen auch immer – vertraute. Vielleicht war es ihr auch unangenehm, ihm gegenüber als reiche Frau, die auch noch deutlich jünger war als er, aufzutrumpfen. Erst als ihr Steuerberater sie darauf hingewiesen hatte, dass der Friseur vier Monate nach dem Kredit noch keinen Cent zurückgezahlt hatte, kam es zum Zerwürfnis. Sie hatte ihm gesagt, dass sie nicht mehr mit ihm zusammenarbeiten wollte und schaltete wegen des offenen Kredits einen Anwalt ein. Vier Wochen später war sie tot.

43.

Cosima spielte auf ihrem Schreibtisch mit dem Radiergummi. Sie warf ihn von der linken in die rechte Hand, von der rechten in die linke, knetete ihn, als wollte sie ihn foltern. *Du musst leiden, weil ich unzufrieden bin.*

Der Radiergummi beklagte sich nicht. Sie warf ihn auf Mikos Schreibtisch. Miko warf ihn zurück. Beide amüsierten sich über dieses Kinderspiel.

»Lachen verboten«, brüllte Kilian heiter um die Ecke. Die Kunst, so zu schreien, um dem scheinbar Bösen einen fröhlichen Sinn zu verleihen, war perfekt in ihm angelegt.

Cosima erzählte, wie sie früher mit den Geschwistern »Ich sehe was, was du nicht siehst« gespielt hatte. Sie musste bei der Vorstellung schmunzeln, sie würde während eines Verhörs dem Beschuldigten sagen: »Ich sehe was, was du nicht siehst.« Vielleicht würde er sich ertappt fühlen und auf seine Finger schauen. Die Tatfinger, die bösen Finger, die seine Seele und seinen Verstand weggedrückt hatten, um zu morden.

»Wie sich wohl eine Mörderhand anfühlt?«, fragte sie plötzlich, als hätte sie noch nie einem Mörder die Hand gegeben.

»Was?«, fragte Miko schauspielerisch verdattert und kündigte plaudernd an, dass er zukünftig bei Vernehmungen einen Handfühltest einführen würde. »Wenn die Hand des Beschuldigten zittert und schwitzt, dann haben wir den Täter.«

Kilian murmelte: »Mörderhand klingt fantastisch. Ich gebe einem Mörder die Hand und spüre nicht, dass diese Hand einem Sauhund gehört, merkwürdiger Gedanke.«

Nach dem Mittagessen ging Cosima erneut am Haus der Chira Walldorf vorbei. Der Alltag tat so, als sei genau hier nichts passiert. Die Lichter, Blumen und Geschenke, die ihre Fans vor dem Eingang niedergelegt hatten, wichen dem adretten Ambiente eines Luxusquartiers. Die Straßenreinigung hatte die Güter des Betrauerns entsorgt, und die Wohnung konnte wieder vermietet werden.

Am Nachmittag hatte Cosima einen Skype-Termin mit dem Fotografen, der Chira Walldorf entdeckt hatte und in Monte Carlo lebte.

Cosima eröffnete das Gespräch sehr konzentriert. Zuerst kam ihr in den Sinn, ein paar Worte über das Wetter zu verlieren, um Tuchfühlung aufzubauen. Aber das kam ihr unprofessionell vor. Sie beließ es bei einem knappen Danke, dass er sich Zeit genommen habe (*eine Selbstverständlichkeit*), schaute demonstrativ auf die Uhr *(Ich verschwende keine Zeit)* und fragte ihn: »Sie kennen doch den Zahnharzt Dr. Max Moritz, ein Nachbar von Frau Walldorf, beziehungsweise seinen Freund, oder kennen Sie sogar beide?«

Karl saß auf dem Balkon. Cosima sah via Skype, wie sich die Sonne über dem Meer ausbreitete und sanfte Wellen schlug. Er trug eine schwarze Hose und ein schwarzes T-Shirt. Er wirkte müde und blass. Er sagte: »Wir mussten die Fotosession gestern unbedingt zum Abschluss bringen. Sonst wäre der ganze Zeitplan der Modehersteller in Verzug geraten. Aber wir haben es geschafft, und wir haben darauf angestoßen, na ja, heftig angestoßen. Der ganze Stress der letzten Zeit musste raus. Wir haben auch nicht mehr auf die Uhr geschaut, sind einfach von einer Bar zur nächsten gezogen.«

Karl verlor in seinem Erzählstrang den Faden nicht. Er behielt den Wollknäuel fest in der Hand. »Den Dr. Moritz kenne ich überhaupt nicht. Aber natürlich wusste ich, dass er Zahnarzt ist. Ich habe seinen Freund mal gefragt, wieso er so akkurate und weiße Zähne habe. Ich schaue ständig auf Zähne. Manche schauen zuerst auf die Finger. Ich schaue auf die Zähne. Gute Zähne sind ein wichtiges Statussymbol, das sehr viel über einen Menschen aussagt. Jedenfalls gestand er mir, dass sein Freund die Zähne bei ihm so schön gemacht habe.«

»Woher kennen Sie den Freund von Herrn Dr. Moritz?«

Cosima sah ihm dabei zu, wie er überlegte. Er strich sich mit der Hand über das Kinn und machte mit dem Mund gymnastische Übungen, als würde er die Laute »o« und »w« bilden. Endlich: »Tja, ich glaube von einer Party in München, nein, ich bin mir ganz sicher, es war München, das war eine After-Show-Party. Ich weiß gar nicht, wie er da überhaupt hereingekommen ist«.

»Vielleicht durch Chira Walldorf?«

Er lachte, als hätte sie eine Pointe gerissen. »Nein, nein, nein, er hat die Chira ja gar nicht kennengelernt. Er war aber vernarrt in sie. Ihm gefiel, dass sie sich zu ihrer Heimat bekannte. Er befasste sich intensiv mit Identität, Herkunft und diesem ganzen Gedöns. Er hat sich über ihren Werdegang schlaugemacht.«

»Hm«, machte Cosima. Er redete weiter: »Irgendwann fragte er mich, ob er ein Foto von Chira mit Widmung haben könnte. Wir waren alle ein bisschen angeschickert. Da habe ich der Chira gesagt, schreibe mal auf Dein Autogramm ›Für Max, Deine Chira‹.«

»Diese Widmung steht eingerahmt in der Wohnung von Herrn Dr. Moritz«, bemerkte Cosima zielgenau.

»Alles Spleen, nehmen Sie das nicht so ernst«, bat Karl die Kommissarin.

»Ich hatte häufigen Kontakt mit Chira«, stellte er nach einer kurzen Pause nüchtern fest. »Der Name Dr. Moritz und seines Freundes Max sind nie gefallen. Wenn da irgendetwas gewesen wäre, hätte ich es gewusst.«

»Hat sie je irgendetwas über Nachbarn erzählt?«

»Sie ging den meisten aus dem Weg, weil sie einfach ihre Ruhe haben wollte.«

»Können Sie etwas zu Sara Saale sagen?«

Er wusste sofort, um wen es ging. Es war kein Name, den er im Kopf suchen musste wie einen verlegten Schlüssel. Alles lag griffbereit. »Ein nettes Mädchen. Sie haben vielleicht von Chiras Freundin gehört, die ins Kloster gegangen ist. Die Nonne hat Chira und Sara zusammengebracht. Die beiden konnten gut miteinander reden über Gott und die Welt. Manchmal auch nur über Gott. Denn auch Sara hatte so einen leichten Gottfimmel.«

»Ja und dann?«

»Dann wollte Sara nicht mehr. Ich weiß nicht, wie es dazu kam. Ich glaube, sie sagte, sie wollte das Abitur nachholen, na ja, dann ging es noch ein paar Monate hin und her, und sie verabschiedete sich mit einem Abendessen.«

»Und dann?«

»Es hat prima geschmeckt. Was soll ich sagen?«

»Na ja«, insistiere Cosima, »kommt Ihnen das nicht komisch vor, zwei Frauen verstehen sich, die andere ist auch noch superbekannt, dann sagt die andere Frau, ich will dich nicht mehr sehen, weil ich Abitur machen will, verabschiedet sich mit einem Abendessen und das war's.«

»Also, Chira war natürlich enttäuscht. Aber was sollte sie machen? Hinterher war Sara auch gar kein Thema mehr, zumal sie vollständig von der Bildfläche verschwunden ist.«

Nur einen Skype-Anruf war Cosima von Monte Carlo entfernt, und doch schob sich zwischen ihren Dienstort und das Fürstentum eine unüberbrückbare Distanz unterschiedlicher Lebenswelten. Sie spürte das Verlangen, wenigstens einmal den mondänen Hauch der Extravaganz zu erleben. Sie überlegte, wann sie zum letzten Mal ein Abendkleid getragen hatte, stolz und fein. Oh je, lange her, auf einer Hochzeitsfeier ihres Vetters in einem Dorf. Dort sah sie Frauen, die sich für das Fest ihre Haare mit Lockenwicklern bearbeitet und dann mit Haarspray eine Panzerfläche gesprüht hatten. Sie trugen lange Kleider mit Blumenmuster in lila oder rosa, denen bei ruppiger Bewegung der Geruch von Mottenkugeln entwich.

Sie überlegte, was sie sich im Casino von Monte Carlo anziehen würde, passend für Roulette, Poker und Black Jack. Sie entschied sich für ein enganliegendes Bleistiftkleid mit einem tiefen Ausschnitt. Vielleicht sogar mit einer Robe? Oder doch lieber ein langes Kleid mit Glitzer? Fragen über Fragen, die sie komplett einnahmen, obwohl die Antworten gar keine Rolle spielten.

»Frau Kommissarin, sind Sie noch da? Sie scheinen etwas zu überlegen!«

44.

Kilian schaute auf seine Notizen. Aufgaben, die schnell abgearbeitet werden mussten:

Noch einmal: Gespräch mit den Nachbarn Wolters und Seewald-Wolters (Cosima).

Psychologisches Gespräch mit dem Jungen, der den Brief bei der Polizei abgeworfen hat (Robert).

Miko fragen, wie das Gespräch mit dem Portier verlief.

Miko fragen, wie die Gespräche mit dem Stalker und dem Friseur verlaufen.

Und er schrieb auf seinen Zettel: »MÖRDERIN«, obwohl er dieses Wort nicht mehr benutzen wollte.

Die Endung »in« machte seinen Fall zu einer Premiere. Noch nie hatte er eine Mörderin verhaftet. Er ging ins Archiv, um sich über Täterinnen schlau zu machen. Er war überrascht, dass viele von ihnen unentdeckt blieben, weil ihnen die Tat nicht zugetraut wurde. Er hatte den Bericht eines Experten gelesen, der davon ausging, dass aktuell mindestens zehn Serienmörderinnen durch Deutschland liefen.

Er starrte auf die Wand mit dem roten Punkt, den er gemalt hatte. Er hoffte auf eine Eingebung, die sich zu einer Wahrheit verdichtete.

»Guten Morgen«, lächelte Miko in den Raum hinein.

Cosima fauchte ihm entgegen: »Wenn ich morgens eines hasse, dann gut gelaunte Menschen!«

»Okay, Cosima, darf ich dich mit einem Kaffee aus dem besten Kaffeeautomaten unseres Präsidiums verwöhnen?«

Cosima hörte nicht mehr hin und sagte mehr zu sich selbst gewandt: »Vielleicht erscheint der Fall deshalb so komplex, weil er ganz einfach zu lösen ist.«

Sofort verinnerlichte Miko die Worte, die nicht für ihn bestimmt waren, und dozierte mit stolzem Gesichtsausdruck: »Ich habe mal gelesen, dass Chaos die Ordnung eines Zufalls ist.«

Cosima hatte einen weiteren Termin bei Herrn Wolters und seiner Gattin Seewald-Wolters. Vergnügt saßen sie auf ihrem schwarzen Sofa. Cosima fragte sich, warum das Ehepaar so vergnügt wirkte wie ein junges Affenpärchen, das von einem Ast zum nächsten wippte und sich dann neckte. Herr Affe fragte, welche Fragen es denn noch zum Tode von Frau Walldorf gebe. Frau Affe signalisierte ebenfalls eine gewisse Ratlosigkeit.

Herr und Frau Affe schauten Cosima mit einem Blick an, als würden sie gleich ein Paket mit prickelnden Überraschungen auspacken; sie dachte an Bananen.

»Ich habe vernommen«, sagte Herr Affe, »dass die Wohnung von der Polizei freigegeben worden ist und wieder vermietet werden kann.«

Solche Sätze bildeten sich schnell, um einen Übergang zu finden, von Baum zu Baum – *hoffentlich ist die Kommissarin bald wieder weg.*

Frau Affe legte das linke Bein über das rechte Bein, faltete ihre Hände und verharrte in dieser Position.

»Es ist schon merkwürdig«, überlegte sie, »wie schnell der Alltag zurück ist. Man denkt immer, wenn ein Mensch stirbt, steht die Zeit still, aber …«

Herr Affe räusperte sich, weil er verwundert war über den kleinen philosophischen Ausflug seiner Frau.

»Ich möchte Ihnen meine Eindrücke mitteilen«, zog Cosima das Gespräch nun in ihre Richtung. »In diesem Haus wohnen – Frau Walldorf mitgerechnet – 13 Menschen. Diese 13 Menschen kennen sich offenbar gar nicht. Wenn man sich mal sieht, handelt es sich um belanglose Zufälle.«

Sie hielt kurz inne, als müsste sie sich für den Anlauf auf einen Hochsprung konzentrieren. Dann fragte sie: »Versteckt sich eigentlich jeder vor dem anderen?«

Herr Affe wusste, dass es schlau war, den Gedanken der Kommissarin mit eigenen Gedanken weiterzuentwickeln, um damit kundzutun: *Wir denken mit. Wir sagen, was wir wissen. Wir haben nichts zu verheimlichen.*

Er legte in jeden Muskel seines Gesichts die Überzeugung, souverän zu sein, wie das nur Menschen gelingt, die eine Aura der Gelassenheit auch in schwierigen Situationen zu vermitteln wissen. »Frau Kommissarin, ich verstehe sehr gut, was Sie meinen. Es sieht ja auch merkwürdig aus, dass wir Nachbarn uns nie oder fast nie sehen, aber wenn Sie sich einmal die Menschen anschauen …« Er vollendete den Satz nicht.

»Aber was ist denn mit diesen Menschen, wie Sie sagen, mit Ihren Nachbarn?«

»Äh, wo war ich jetzt stehen geblieben«, fragte er sich selbst. »Ach ja, wir sind eben alle sehr unterschiedlich. Wir haben auch unterschiedliche Arbeitszeiten, na ja, jetzt bringe es auf den Punkt. Was sollte ich zum Beispiel mit dem durchgeknallten Disco-Besitzer besprechen?«

Frau Affe stieß ihn vernehmbar deutlich in den seitlichen Rücken. »Wir haben doch keine Vorurteile«, ermahnte sie ihn.

»Nein, aber eine Meinung«, konterte er.

»Können Sie sich an Menschen erinnern, die Sie in diesem Haus früher häufiger gesehen haben und dann gar nicht mehr?«, wollte Cosima wissen.

»Wie soll das gehen?«, fragte Herr Affe zurück. »Wir sehen unsere Nachbarn kaum und sollen uns dann an Menschen erinnern, die irgendwann hinein- und herausgegangen sind?« Dabei schüttelte er heftig den Kopf. »Unmöglich ist das, wie soll das möglich sein, nein, das ist doch abwegig.«

Cosima wunderte sich, wie heftig er auf eine harmlose Frage reagierte. Wenn ihr psychologischer Seismograf stimmte, nahm sie leichte Reizbarkeiten wahr, zunächst nur eine knappe Verschiebung von der anfänglichen Vergnügtheit zu einer zerknirschten Gemütsverfassung. Aber die Schwingungen zwischen diesen Polen begannen heftiger auszuschlagen als das EKG eines kranken Herzpatienten.

Frau Affe brachte es gleichwohl fertig, ihre Sitzposition beizubehalten. Allerdings schob sie das rechte Bein über das linke Bein. Herr Affe holte Wasser.

In der Zwischenzeit sagte Frau Affe, dass Menschen, die so gar nicht ins Milieu dieses Hauses passten, natürlich auffallen würden. Sie erinnerte sich an die Frau, die später Nonne wurde, sie trug immer Jeans und eine Allwetterjacke.

»Schwester Benedicta«, warf Cosima ein.

»Die war nichts für diese Welt. Ich kenne keinen Menschen, der ins Kloster gegangen ist. Ich bin allerdings protestantisch.«

Herr Affe kam mit einer Karaffe Wasser und drei Gläsern zurück. Er hatte Flecken im Gesicht.

»Aber da war doch noch eine andere Frau bei Frau Walldorf, häufiger sogar«, insistierte Cosima und schaute dabei Herrn Affe an.

»Stimmt«, bekräftigte Frau Affe.

Herr Affe schwieg und nippte an seinem Wasserglas, als würde er einen edlen Wein probieren. Der anfängliche Schwung seiner Rede wich einer eigenartigen Selbstkontrolle. Er bemühte sich um einen unaufgeregten Klang seiner Stimme, um damit Souveränität, Klarheit und Wahrhaftigkeit auszudrücken.

»Nein«, antwortete er scharf und kantig, »ich kannte die Dame nicht.«

»Dame« sprach er aus wie eine Bezeichnung für ein fernes und fremdes Wesen, das außerhalb seines Lebensraums lebte.

»Du hast sie nie gesehen?«, stellte Frau Affe die Polizistenfrage.

Seine Augen funkelten böse. Im Gesamtbild mit seinen buschigen Augenbrauen wirkten sie wie Ungeheuer. Er sagte dann sehr zahm, dass er sie vielleicht zwei- oder dreimal im Foyer getroffen habe, flüchtig, kurzer Blick und auf Wiedersehen.

Cosima lenkte den Blick von Herrn Affe auf einen schlanken Kaktus in einem quadratischen Metalltopf. Sie war irritiert. *M*üsste hier nicht eine Bananenstaude wachsen?

Statt den Aufzug zu benutzen, nahm Cosima das Treppenhaus, um die gewölbten Decken und die Bogenfenster des ehemaligen Klosters auf sich wirken zu lassen. Eine Melancholie ergriff sie für einen kurzen Moment. Aber dieser Moment verjagte alle Fröhlichkeit in ihr. Sie wusste nicht, was das zu bedeuten hatte. War es eine Sehnsucht nach alten Werten oder spürte sie, wie sehr sie doch in einer Modernität lebte, die nur Gegenwart und Zukunft kannte, ohne einen tröstlichen Blick in die Vergangenheit.

»Aber es gibt doch kein Wohin ohne ein Woher. Wer bin ich eigentlich – was macht mich aus – wie wurde ich so, wie ich bin – mein Gott, was so ein altes Treppenhaus mit mir anstellt.«

Sie öffnete ein Fenster und fragte sich, was wohl die Nonnen früher gedacht hatten, als sie genau hier herausschauten und eine andere Welt betrachteten, um sich dann wieder ihrem Gott zu widmen.

Sie setzte sich auf die Treppenstufe, um das Gespräch mit dem Ehepaar zu rekapitulieren. Frau Seewald-Wolters war die Aktivere im Gespräch. Sie sprach klar und hatte ein offenes Gesicht. Kein Zuspitzen des Mundes rutschte ihr da hinein oder ein Zusammenziehen der Falten. Wenn Roberts These richtig war, dass der Mord von einer Frau begangen wurde, dann … Sie ließ den Satz auslaufen, dachte kurz nach und nahm einen weiteren Anlauf: »Dann ergibt das alles keinen Sinn, oder ich bin mit meiner Menschenkenntnis unterbegabt.«

Sie wollte den Gedanken nicht zulassen, aber sie konnte

ihn nicht wegsperren wie einen Hund. »Wenn doch ein Mann den Mord begangen hätte, dann wäre Herr Wolters vielleicht ein Kandidat.«

Er trank immer nur kleine Schlückchen Wasser. Er hatte keinen Durst. Cosima vermutete, er hatte einen trockenen Mund, weil er angespannt war. Der Mörder?

45.

Abermals musste der Friseur ins Präsidium kommen. Diesmal wählte er eine neue Variante, um seinen Missmut auszudrücken. »Ich bin französischer Staatsbürger. Sie müssen meine Rechte akzeptierten. Ich bin nur freiwillig gekommen, aber ich komme nicht noch einmal.«

Neben Miko nahm Kilian an diesem Gespräch teil. Der Fall schien sich zuzuspitzen und bewegte sich offenbar auf das Finale zu. Jedenfalls passte der Friseur in das Täterprofil der Kommissare, und er hatte auch kein schlüssiges Alibi. Er zählte ein paar Kneipen auf, in denen er gewesen sein wolle. Keine Anwesenheit ließ sich überprüfen.

Miko und Kilian folgten diesem Briefing: Der Friseur befand sich gegenüber Chira in einer Vertrauensstellung. Keiner der Modeleute sah sie in Düsseldorf häufiger als er. Er selbst beschrieb sein Verhältnis zu ihr aber als lediglich professionell, nichts Privates wurde ausgetauscht, null Gedanken, null Erlebnisse, null Meinung, null Pläne. Null-Gespräche wie in Schweigeklöstern.

»Absolut unwahrscheinlich«, befand Kilian. Jeder Friseur in einer x-beliebigen Stadt in einem x-beliebigen Salon bekäme allein schon deshalb viel von seinen Kunden mit, weil sie reden wollten; über Alltägliches, Kinder, Eltern, Gerüchte, Politik, aber auch über ernsthafte Themen wie Trennung, Krankheit und Tod. Haare schneiden ohne Kommunikation konnte sich Kilian nicht vorstellen. Er fragte sich, wieso der Friseur sich weigerte, eine Banalität zuzugeben. Er hätte doch ganz einfach sagen können, »wir haben über die ganze Welt gequatscht, aber wie sie dachte, was in ihr vorging, davon habe ich nichts mitbekommen«, aber er stellte sich als Super-Profi dar, der nur an das Haar dachte und dabei keine Worte hörte und selbst auch keine Worte sprach.

Miko konfrontierte ihn mit einer früheren Aussage, dass er und Frau Walldorf das Ende der Zusammenarbeit zusammen beschlossen hätten.

Der Friseur nickte.

»Wenige Wochen später war sie tot«, bemerkte Kilian in einer Art, als müsste Friseur die Tat jetzt nur noch zuzugeben.

»Tja«, sagte er aber mit patzigem Unterton, den er schnell zu korrigieren versuchte, indem er von einem Drama sprach. Persönlichere Worte wie »traurig«, »geschockt« oder »erschüttert« fielen ihm nicht ein.

»Drama«, wiederholte Kilian, und der Friseur verstand nicht, warum er das tat.

»Ja, ein Drama«, sagte er nun mit trauriger Stimme. Er dachte, sie käme bei den Kommissaren gut an.

Kilian schaute auf seine Unterlagen, blättere darin herum, machte sich eine Notiz und sagte: »Das Gegenteil eines Dramas ist eine Komödie. Vielleicht geht das Stück so. Da ist ein Haarstylist, der sich von einer reichen Frau 100.000 Euro leiht, und als das Geld auf seinem Konto ist, lacht er laut über das viele Geld. Aber damit endet das Lustspiel noch nicht. Die Geldgeberin ist nämlich tot und das Geld ist fort. Zum Totlachen, oder?«

Der Friseur hörte schweigend zu, und Miko fasste nach: »Ich nehme mal an, dass Sie nach dem Tod Ihrer Kreditgeberin noch weniger Interesse daran haben, das Geld zurück zu zahlen. Oder wie sehe ich das?«

»Ich wollte mit dem Geld einen Salon der Spitzenklasse aufbauen. Markenzeichen: teuer und gut und mit Friseuren, die in Paris geschult werden. Ich musste meine Pläne aber wieder aufgeben, weil ich unter starkem Rheuma litt und dann bekam ich auch noch Depressionen. Nichts lief mehr. Nur mit starken Schmerzen konnte ich manchmal noch zur Chira kommen. Und das Geld? Ich musste den Mietvertrag auflösen und den Innenarchitekten für seine Pläne bezahlen.«

Kilian beendete die Vernehmung. Der Frisur durfte gehen, ein Verdächtigter blieb er trotzdem.

46.

Der rote Punkt, den Kilian auf ein weißes Blatt Papier gemalt hatte, um darauf mögliche Täter zu schreiben, war leer. Von Weitem betrachtet, sah der rote Punkt wie eine Zielscheibe aus.

»Finde den Täter im engsten Umfeld von Chira Walldorf«, hatte Robert ihm gesagt. Er hielt sich an das Wort »engstes« wie ein Bergsteiger an sein rettendes Seil. Er überlegte, ob es einen Unterschied gab zwischen »eng« und »engstes«. Er versuchte Breite und Tiefe dieser Wortsinne wie ein Mathematiker zu erfassen. Zahlen logen nicht, ein Psychologe konnte irren.

Er zeichnete auf seinen Zettel zwei Spalten. Über die linke Spalte schrieb er: »Positiv« und darunter die Worte »intim, innig, herzlich, vertraut«.

Über die rechte Spalte schrieb er: »Negativ« und darunter die Worte »begrenzt, gedrängt, eingeklemmt, gefangen«.

Er folgte mit der Aufreihung dieser Worte der altbewährten Erkenntnis, dass Nähe, unter welchen Bedingungen auch immer, ein wesentlicher Grund für einen Mord sein konnte. In seinen vielen Jahren in der Mordkommission war Kilian immer wieder verblüfft, wie selten dagegen der Zufall – am falschen Ort zur falschen Zeit – eine Rolle spielte. In diesem Fall erforderte der Mord – mit Gift – sogar eine raffinierte Planung.

Er las noch einmal seine aufgeschriebenen Worte durch und hoffte auf einen Aha-Effekt. Er kam sich vor wie eine Kartenleserin in einem kleinen Raum, der noch enger wirkte, weil an den Wänden Teppiche hingen und die Lampe wie eine schwache Sonne leuchtete. Vielleicht musste er sogar geheimnisvolle Formeln aufsagen, um dem Zauber der Erkenntnis ihren Weg zu bahnen. Wenn er diese Spinnerei Charlotte anvertrauen würde, müsste er mehrere Wochen unter ihrem Spott leiden.

Er las die Worte »intim«, »innig«, »herzlich«, »vertraut« durch, langsam, noch langsamer. Er schaute dabei auf die einzelnen Buchstaben, als wären sie ein Kompass für den richtigen Weg. Die ersten drei Worte zündeten nicht. Er unterstrich das Wort »vertraut«. Wäre er nach dem »Warum« gefragt worden, er hätte keine vernünftige Antwort geben können. Denn Eingebung und Fügung hatten nichts mit Vernunft zu tun, sondern mit einer Kraft, die spontan da war – genau in diesem Augenblick.

Er schaute auf die nächsten Worte: »begrenzt«, »gedrängt«, »eingekeilt«, »gefangen«. Er sprach die Worte aus, als würden sie singen. Eine Melodie, die seinen Geist erhellen würde, konnte er aber nicht feststellen. Er wiederholte jedes einzelne Wort und blieb bei »gefangen« hängen. Er wusste: Keine Plausibilität. Stattdessen: Emotionen. Bauchgefühl.

Er starrte auf sein Ergebnis wie eine Katze auf die Maus: vertraut und gefangen.

»Vertraut. Was heißt das eigentlich?«, fragte er sich. Frau Walldorf hatte ihrem Mörder vertraut. Sie kannten sich. Der Besuch war haargenau geplant. Kilian musste beinahe lachen: »Todesurteil Vertrauen.«

Was sollte er nun mit dem unterstrichenen Wort »gefangen« anfangen? So richtig schlau wurde er daraus nicht. »Gefangen … warum … gefangen nehmen ist eine Bestrafung … ein vertrauter Mensch bestraft das Opfer … aus Neid oder Eifersucht … aber Neid und Eifersucht müssen sich nicht im engsten Umfeld des Opfers abgespielt haben.«

Das allerdings wäre ein Widerspruch zu Roberts These.

Dann überkam ihn der Gedanke, dass das Todesurteil von Frau Walldorf seit längerer Zeit feststand. Sie war gefangen. Kein Fliehen mehr möglich. Sie musste sterben. Unbedingt. Alternativlos. Der Mörder konnte sich nur mit diesem Mord verwirklichen. Er fand diesen Gedanken bestechend. Es ging nicht um Geld, sondern um eine Verwirklichung.

Er stöhnte leicht. Er fragte sich: »Welche Verwirklichung?«

Es ging um eine subjektive Äußerlichkeit, das war klar. »Ich habe mir Deine Schönheit geliehen«, hatte der Mörder geschrieben. Aber das mit der Leihe kam nicht hin. Das war eigentlich nur semantischer Schlamassel.

Wenn er morgen zum Staatsanwalt Hummelberger ginge und ihm sagen würde, hey, wir haben ein Motiv, der Mörder wollte Chira ihre Schönheit stehlen und deshalb musste sie sterben, wäre er die längste Zeit Leiter der Mordkommission gewesen.

Erschwerend kam hinzu, dass dieser Staatsanwalt sich tatsächlich wie der Anwalt des Staates fühlte und den Eindruck erweckte, als würden ihm 80 Millionen Deutsche für seine exzellente Arbeit zujubeln. Keine Frage, er war stolz auf sich. Wie er ging. Wie er schaute. Wie er Menschen begrüßte oder eben nicht begrüßte. Was er sagte. Wie er es sagte. Er hinterließ das selbstverliebte Bild eines Supermanns.

Die Gespräche, die er mit Kilian führte, waren frei von jeder Kollegialität. Er ignorierte jedes Prinzip von Vertrauen und Respekt. Wenn er Fragen zum Tathergang oder Täterprofil hatte, durften die Antworten keine Interpretationen enthalten. Denn zu interpretieren bedeutete für ihn: voreilige Schlüsse zu ziehen!

Doch das war Kilian jetzt egal. Er freute sich auf einen netten Abend im »Irsina« mit Charlotte, Tilda und Robert. Der Abend war schon lange verabredet.

Er war etwas zu früh. Er genoss es, einfach dazusitzen und Menschen zu beobachten. Die Gäste an den anderen Tischen und jene, die am Rhein flanierten. Ein Spektrum aus Ruhe, Hingabe, Lust, Kommunikation, Essen und Trinken, Händchen halten, aufs Handy starren, die Sonne verabschieden, den Abend begrüßen, weinen, fluchen, lachen, lästern, küssen,

Bienen retten, die in Weingläser fielen. Kilian umklammerte sein Rotweinglas, als würde er ihn gleich wie einen Kelch am Altar hochhalten. Aber er war kein Priester, der seinen Glauben lebte, sondern ein Kommissar, der angesichts seines Falles noch gar nicht wusste, *wohin* er glaubte sollte.

Er hoffte auf eine Offenbarung. Wer offenbarte sich ihm? Kein Gott in Sicht. Er lächelte betrübt. Er suchte nach einer psychologischen Variante, nach Macken und Marotten, um den Mörder zu verstehen.

Der Mensch war reich an Macken und Marotten. Kilian hatte von einer Frau gelesen, die jedes Mal die Luft anhielt, wenn eine Person an ihr vorbeiging, weil sie kein Parfüm oder andere Körperdüfte einatmen wollte. Aber ganz bestimmt würde diese Frau deshalb niemanden umbringen.

Kilian liebte Macken. Er dachte, dass bei jedem kreativen *Unsinn* die Seele vor Freude ein Purzelbäumchen schlug. Die Normalität war dagegen ein Leben hinter Klarsichtfolie.

Wenn es um ihn selbst ging, sprach er allerdings lieber von einem Spleen, weil sich das liebenswürdiger anhörte als Macke. So durfte weder Cosima noch Kilian – niemand in seinem Team – seine schwarze Tasse mit der roten Aufschrift ICH MAG MICH benutzen. Dabei war es nicht einmal seine Tasse. Eine Kollegin hatte sie mal mitgebracht. Aber für ihn stand fest, dass nur er aus dieser Tasse Kaffee trinken durfte. Wenn diese Tasse weder im Schrank noch in der Spülmaschine zu finden war, ging er von Schreibtisch zu Schreibtisch, um *seine* Tasse zu finden.

Francesco brachte die Antipasti, und Robert fragte Charlotte mit heiterer Stimme, ob sie jemanden aus Eifersucht töten könnte. »Das ist ja eine makabre Frage«, beugte sie sich leicht vor und führte dann aus: »Erst einmal Prost. Schön, dass wir heute hier zusammen sind.«

Tilda versuchte sich mit einer Plattitüde: »Neid ist der Schmerz darüber, etwas nicht zu haben, was andere tatsächlich oder scheinbar haben.«

Charlotte meinte, Neid sei nichts anderes als Respektlosigkeit. »Was ich nicht habe oder nicht schaffe, gönne ich dem anderen nicht. Deshalb spricht man ja über Neid auch nicht. Aber er ist da. Er wuchert, macht traurig, wütend und einsam.«

»Wie kommt der Neidische aus seiner Neidfalle heraus?«, wollte Kilian wissen. »Indem er mordet?«

»Indem er sich nicht kleiner macht, als er ist«, antwortete Robert. »Wer andere ständig erhöht und damit sein eigenes Ich schlechtmacht, gewinnt keine Größe.«

Charlotte hämmerte leicht auf den Tisch, hob ihr Glas und verkündete mit fröhlicher Stimme: »Der Neid ist ein Narr. Prost!«

Robert beharrte auf seiner ursprünglichen Frage an Charlotte. Charlotte gab sie an Tilda weiter. »Könntest du jemanden aus Eifersucht töten?«

Tilda zierte sich mit einer Antwort, meinte dann aber schließlich: »Jeder Mensch kann in einer außergewöhnlichen Situation auch außergewöhnlich handeln. Es ist dann nur dieser eine Moment, der das Leben radikal in eine andere Richtung lenkt.«

Robert übernahm nun die Moderation, als müsste er das Gespräch mit herausfordernden Fragen steuern. »Ja, stimmt, der eine Moment, aber ich möchte die Frage nach der Eifersucht auf den aktuellen Fall von Kilian lenken.«

»Bitte nicht«, flehte Kilian mit einem stummen Blick.

Unbeirrt fuhr Robert fort: »Wie passen Eifersucht und Mord zusammen?« Der Psychologe schaute mit Kennerblick in die Runde. »Wer aus Eifersucht tötet, folgt damit dem Impuls, eine dramatische Kränkung zu heilen, Heilen durch Töten, jetzt, ohne Aufschub. Was sich im Körper wehrt, muss befreit werden, töte, um dich zu befreien, befreien von einer Last, die deine Seele nicht mehr tragen kann.«

Robert blinzelte noch einmal in die Runde, um ein zustimmendes Nicken oder eine andere positive Reaktion aufzunehmen. Jasmine kam an den Tisch. Ehe sie etwas sagen konnte, fragte Robert sie, ob sie aus Eifersucht einen Menschen töten könnte.

»Oh là là Roberto, das Leben ist mir heilig!«

47.

Kilian sah, wie Cosima auf seinen roten Punkt den Namen »Wolters« geschrieben hatte.

»Aber Herr Wolters ist doch keine Mörderin«, stellte er nur scheinbar heiter fest. Warum wich Cosima von Roberts Analysen ab? Er schüttelte leicht den Kopf. Nicht verächtlich, mehr nach innen gerichtet, um sich seiner eigenen Haltung zu vergewissern.

Er ging noch einmal Roberts Argumente durch. Er fand sie schlüssig. Er konnte keine Bruchstelle feststellen. Er fand aber auch, dass die Psychologie weder logisch noch unlogisch war. Also waren Roberts Argumente weder logisch noch unlogisch.

Kilian wusste selbst nicht, was er mit solchen Gedanken bezweckte. Vielleicht wollte er sich damit einreden, dass es immer nur darauf ankomme, sich einer Idee oder einem Gedanken bestmöglich zu nähern.

Es gab keine Sicherheit. Robert konnte irren, und er fragte sich, warum Miko nicht den Stalker und den Friseur in den roten Kreis geschrieben hatte.

Er verlor sich in Gedanken an die Bauern in Chira Walldorfs Dorf. Er mochte sie, obwohl er sie nicht kannte. Er spürte ihre Nähe, die keiner Argumente bedurfte, weil sie ihn offen machte für Menschen, die in mehreren Generationen dachten und eine Sicht auf das Leben hatten, die er seinerseits nicht teilte.

Die Bauern konnten in diesem Jahr nach einem harten Winter erst spät auf die Felder. Sie mussten geduldig auf den optimalen Zeitpunkt warten. Denn wenn es zu feucht war, würden sie mit ihren Traktoren im Acker einsinken und die Bodenstrukturen zerstören. »Wir pflegen unseren Boden, wir leben ja von ihm«, hatte Chiras Vater zu Kilian gesagt, als er das Gespräch mit einer belanglosen Frage zum Ackerbau eröffnet hatte, um ihn ein wenig abzulenken von seinem Kummer.

Er saß in seinem Lehnstuhl. Seine Frau brachte vor Traurigkeit kein Wort heraus. Die Standuhr, die zur vollen Stunde aufmunternd schlug, verlor sich in ihr lautes Ticken. Die Zeit schritt voran. Sie schaute nicht zurück. Der Vater sagte: »Ach wissen Sie, Herr Kommissar, ich spreche von unserem Acker, den wir pflegen, und unsere Tochter ist nicht mehr auf der Welt.« Er zeigte mit dem Finger nach oben. »Sie lebt jetzt im Himmel.«

Er schaute den Kommissar mit seinen müden Augen an, die ihm immer wieder zufielen, und wenn sie ihm zufielen, schien er diese Momente zum Nachdenken zu gebrauchen. Er schwitzte ein wenig und hat plötzlich ein Wohlwollen in seiner Stimme: »Im Himmel gibt es Gott, den Ursprung aller Gerechtigkeit. Auf der Erde braucht er Sie, Herr Kommissar, um den Mörder zu finden.«

Kilian antwortete nicht. Er wollte die Kraft dieser Worte eines alten Mannes, der seine Tochter durch Mord verloren hatte, auf sich wirken lassen. Ihm war dieses religiöse Umfeld allerdings völlig fremd. Früher ging er mit seinen Eltern Ostern und Weihnachten in die Kirche. Er hatte auch in der Kirche geheiratet. Danach verlor sich der Faden. Chiras Vater wartete offenbar darauf, dass Kilian etwas entgegnete. Einen Trost? Eine Erklärung? Was nur?

Kilian spürte, dass er die Herzlichkeit und den glühenden Glauben des Mannes mit Worten auffangen oder erwidern musste, um auf einer Wellenlänge mit ihm zu bleiben. »Gott sieht alles, und er weiß, wer der Mörder ist. Ich sehe nicht alles und weiß noch nicht, wer der Mörder ist«, sagte er streng, um mit dieser Gefasstheit den nächsten Halbsatz zur vollen Wirkung zu bringen. »Aber glauben Sie mir. Ich will den Mörder finden. Ich will es. Mein Team will. Wir alle wollen es.«

Der alte Mann ergriff fest Kilians Hand.

So fühlte sich Vertrauen an.

48.

Der Portier hatte wieder diesen leidvollen Gesichtsausdruck, als er Miko sah. »Schön, dass Sie Zeit für mich haben«, sagte der Kommissar höflich.

So sah das auch der Portier. Irritiert kräuselte er aber kurz seine Stirn. Er fühlte sich von Miko wieder einmal in die Enge getrieben. »Herr Kommissar«, hob er mutiger seine Stimme, »ab wann braucht man in Gesprächen mit der Polizei eigentlich einen Rechtsanwalt?«

Miko wunderte sich über solche aufflammende Courage. »Entschuldigung«, fügte der Portier schnell hinzu, »ich frage ja dummes Zeug, ich schaue wohl zu viele Krimis.«

Mit einer Handbewegung wischte Miko die Entschuldigung beiseite. »Einen Rechtsanwalt benötigen Sie, wenn wir Sie als Tatverdächtigen vernehmen. Solche Gespräche finden dann bei uns im Präsidium statt. Richtig ist: Sie sind ein wichtiger Zeuge für uns. Sie wissen vielleicht etwas, von dem Sie nicht ahnen, wie wichtig es ist. Deshalb bin ich heute bei Ihnen.«

»Vielleicht sollten wir einmal Hypnose machen«, schlug der Portier vor. »Nur ein Scherz.« Miko lächelte gequält. Er musste eine Antwort auf die Frage finden, wie der Mörder unentdeckt ins Haus kommen konnte.

»Genau dieses Rätsel verstehe ich auch nicht«, sagte der Portier staunend.

»Wunderbar, dass er das Rätsel auch nicht versteht, wir sind ja ein starkes Team«, spottete Miko in sich hinein. Ironie half ihm manchmal dabei, einen unliebsamen Gedanken abzuschütteln.

»Nur Besucher müssen sich bei Ihnen anmelden. Die Hausbewohner geben ihren Code an der Eingangstür ein, dann öffnet sich die Tür automatisch. Richtig?«

Der Portier nickte.

»Wenn eine fremde Person, die nicht in diesem Haus lebt, den Code kennt, kommt sie auch ins Haus. Richtig?«

Der Portier nickte.

»Sie persönlich kennen die Codes der Hausbewohner nicht.

Nur die Hausbewohner selbst können ihre Geheimzahl an eine dritte Person weitergeben. Richtig?«

Der Portier nickte.

»Habe ich eine Frage vergessen?«

Der Portier schaute Miko ratlos an.

Miko holte ein wenig Luft, als wollte er seinen nächsten Worten Rückenwind verschaffen. Jetzt brauchte er Tempo für einen großen Gedanken. Er steuerte auf den Höhepunkt seiner Fragerei zu, ging volles Risiko und sagte:

»Wie schafft man es eigentlich, an Ihnen vorbeizukommen, ohne dass Sie etwas bemerken?«

Pikiert schaute ihn der Portier an.

»Ich bin kein Türsteher, der auf irgendjemanden wartet. Wenn ein Besucher klingelt, und ich bin im Hause unterwegs, wird mir das in meinem Mobilteil angezeigt. Ich komme dann zur Tür. Das kann schon mal eine Minute dauern, was allerdings selten ist.«

»Was machen Sie, wenn Sie im Haus unterwegs sind?«

»Kleinere Reparaturen durchführen, für Entlüftung sorgen, den Keller mit den Mülleimern kontrollieren, Fremdfirmen einweisen und überwachen, na ja, und vieles mehr.«

Für Miko stand nach diesen Ausführungen mit großer Wahrscheinlichkeit fest, dass der Mörder mit Hilfe eines Bewohners ins Haus kam. Der Hausbewohner nutzte zunächst die Abwesenheit des Portiers, um die Kamera auszuschalten und dann dem Mörder die Tür zu öffnen. Miko seufzte, aber er hatte das sichere Gefühl, dass die Lösung des Falls bei den Nachbarn zu suchen war.

Seine Gedanken hatten nun den Lauf eines 100-Meter-Läufers: Wolters wusste, wie man die Kamera ausstellte.

49.

War das eine Gunst, als Manfred Weber gerade den Holzvogel abgeschossen hatte, Schützenkönig wurde und Chira Walldorf ihn mit einem Kuss auf die rechte Wange herzte. Er kannte Chira noch als kleines Mädchen, wie sie mit dem Dreirad durch die Diele des Bauernhofes fuhr, später beim Verkauf der Ernte half und sich in der Landjugend engagierte. Sie war nicht nur ein Dorfkind, dem bestimmt war, genau *hier* zu leben. Sie war auch ein Kind des Dorfes, geschätzt und angenommen von den Menschen *hier*, meinte Manfred Weber.

Und dann bekam er diesen Kuss, kein vorbeifliegendes Küsschen, das in der Modeszene von Mailand oder Paris zur rituellen Begrüßung zählte. Ihr Kuss war anders. So konnte nur ein Dorfmädchen küssen. In diesem Kuss verinnerlichte Chira Walldorf alles Denken, Fühlen und Betrachten darüber, was Heimat war. So sehr sie auch emporstieg in die Gesellschaft reicher und schöner Menschen aus Mode, Sport, Wirtschaft und Kultur. Ihr Dorf war Ursprung und Bewahrer ihres wahren Lebens, und dieses Leben behielt sie im Herzen. Darin wirkte eine Einfachheit, die sie auch in schönsten Kleidern und auf berauschenden Partys nicht ablegte.

Wenn Schützenfest war, über den Straßen des Dorfes die weißblauen Wimpel hingen und eine freudige Aufgeregtheit durch den Ort zog, schien es so, als würden keine Traktoren fahren und keine Kühe gemolken. Das Schützenfest begann am ersten Tag mit dem Festhochamt in der Kirche und der Ehrung der Verstorbenen. Am zweiten Tag folgte der Königsball des aktuellen Schützenkönigs. Am dritten Tag fand der Krönungsball für den neuen Schützenkönig statt und am vierten Tag schließlich der *Klompenball*. Das Klackern der Holzschuhe auf den Holzböden des Festzeltes ließ die Luft mit den kräftigen Tönen der Blaskapelle vibrieren. Die Männer erschienen in Lederhosen, die Frauen im Dirndl, als finde eine Kopie des Münchener Oktoberfestes statt.

Chira Walldorf schätzte den Klompenball, weil sich dort im Gegensatz zum hochoffiziellen Krönungsball eine Gelassenheit breitmachte aus herzhaftem Lachen, Umarmungen und Geschichten-von-früher-Erzählen. Sie hatte mehrere Dirndl von blassem Rosa bis zu kräftigem Rot. Aber für den Klompenball entschied sie sich immer für eine Variante, die ins Bild des Dorfes passte – mit blau-weißen Farben, knapp übers Knie und im Ausschnitt verschlossen. Mit dem Hineinschwappen in den Abend, mit den Tänzen und Berührungen, Bier- und Sektrunden ließen die Hemmungen nach. Sie selbst ließ sich nicht gehen. Sie achtete auf den Sitz ihres Kleides und den frischen Teint. So privat sie hier auch war, ein Schnappschuss, der sie ungünstig aussehen ließe und in den sozialen Medien zirkulierte, wäre nicht gut für ihr Image und auch nicht für das ihrer Werbepartner.

Manfred Weber schaute betrübt auf Kilian. Er sagte, er möge gar nicht an das nächste Schützenfest denken. Chira Walldorf würde nicht mehr kommen, weil sie auf dem Friedhof hinter der Kirche beerdigt war. Er glaube nicht an das schnelle Vergessen, das die Toten üblicherweise ereilte, weil der Alltag die Lebenden in ihre Welt hineinzog. Er glaube, dass mit der Totenehrung, wenn die Fahnenträger die Fahnen in der Kirche nach unten auf den Boden richteten und eine tiefschwarze Stille durch das mächtige Volumen des Raumes waberte, Chira Walldorf näher sei denn je.

Kilian verabredete sich mit ihm für den Abend auf ein Bier im »Dorfkrug«. Dort standen massive Biertische, gehalten von breiten Gestellen, die auf dem Boden zu thronen schienen, und darum gruppierten sich Stühle aus Korbgeflecht. Hier war kein Platz für leichtes und helles Design. In der Ecke saßen fünf ältere Männer, sie spielten Skat, tranken Bier und Korn, drei von ihnen bestellten »Strammen Max«, ein anderer Schnitzel mit Bratkartoffeln und ein weiterer Leberkäse mit Spiegeleiern. Stammgäste. Es fielen Namen wie Josef, Otto Heinrich, Franz und Wilhelm. Noch häufiger fiel der Name Helmut, das war der Wirt.

Auch Manfred Weber war, wie alle hier, im Du-Modus. »Helmut, bring uns mal zwei Bier und zwei Korn.« Kilian fand es merkwürdig, Korn zu trinken, weil er in der Stadt niemanden kannte, der Korn trank, und weil er Korn für billigen Fusel hielt, den eigentlich nur Clochards tranken. Da staunte Manfred Weber nicht schlecht. »Junge, Junge, ihr Stadtmenschen, ihr habt ja gar keine Ahnung.«

Sie bestellten »Strammen Max« mit vielen Gurken, Manfred Weber zusätzlich Bratkartoffeln. Er war nicht groß, aber kräftig. Sein Bauch wölbte sich über den Gürtel. Im Nacken schoben sich wie eine Düne die Fettpölsterchen in den Hals hinein. Er hatte ein rundes Gesicht und auf dem Kopf keine Haare. Sein gedrungenes Erscheinungsbild signalisierte immer heftiger: *Ich habe Hunger.*

Kilian hatte für diesen Moment das Gefühl, als säße ihm ein Shar-Pei gegenüber, ein Hund mit schweren, sich überlappenden Falten, die auch über die wachen Augen hingen.

Helmut brachte zwei Korn. »Der geht aufs Haus.«

Kilian überlegte, was er von diesem Manfred Weber halten sollte. Er hatte eine zutrauliche Art, wirkte dabei handfest und vernünftig, doch darunter lag etwas, wofür das Wort Bauernschläue erfunden sein musste. Er wusste, wie das Leben funktionierte und wie die Menschen tickten. So einen konnte man nicht über den Tisch ziehen.

Für Chira Walldorf leistete er sich eine Melancholie, die seinen robusten Körper mit traurigen Schwingungen durchzog.

»Helmut, noch zwei Korn.«

Weber war im Dorf das, was man Großbauern nannte. Er hatte vor gut 20 Jahren mit Rinderzucht begonnen und damit eine erkleckliche Marktmacht aufgebaut. Kilians Einwand, Fleisch oder Wurst seien doch gar nicht so gesund, lachte er weg. »Ach, ihr Stadtmenschen. Ihr esst jeden Tag Gurkensalat und werdet doch nicht älter als wir.«

Chira Walldorf kam selten allein zu den Schützenfesten, wie er sich erinnerte. »Da war mal dieser Monaco-Heini dabei, aber er war hier so deplatziert wie eine Ballerina auf Alpentour.« Nach zwei Atemzügen fand er: »Nein, er war nicht unsympathisch, vielleichte ein wenig verklemmt, allein, wie er das Bierglas hielt.«

»Wie?«

»Wenn du ständig ein Wein- oder Champagnerglas zwischen den Fingern hast, dann passt ein Bierglas nicht mehr dazwischen.«

»Ach so.«

»So ein Schützenfest muss man auch verstehen. Chira wusste, was dieses Fest für das Dorf bedeutet.«

»Hm.«

Kilian hatte durchaus ein Fragekonzept im Kopf, aber er spürte, dass es sinnvoller war, das Gespräch einfach treiben zu lassen. Er hoffte, dass Weber in seiner Erzähllaune von selbst zum Kern vordringen würde, einem Kern, von dem Kilian allerdings keine Vorstellung hatte. Es musste etwas Geheimnisvolles sein, das bisher nicht bemerkt worden war. Menschen, Gedanken, Handlungen, Rückschlüsse, Erzählungen, Gerüchte, ein Konglomerat aus Tiefsinn und Tratscherei.

Der Gastwirt schritt mit ruhigem Tempo zu ihrem Tisch. Kilian ging höflich in die Offensive. »Jetzt vertrage ich keinen Korn und auch kein Bier mehr, hätten Sie vielleicht ein gutes Glas Rotwein?«

Kilian würde das Gesicht des Gastwirts in diesem Moment nie mehr vergessen.

Er sagte doch tatsächlich: »Wir sind ein anständiges Restaurant, bei uns gibt es keinen Rotwein. Bier oder Korn oder Bier mit Korn, in welcher Reihenfolge auch immer.«

»Helmut, doppeltes Herrengedeck, auch für den Städter. Up een Been kan man nich stoan.«

Klares Kommando von Manfred Weber, dessen breite Mundöffnung das Schnapsglas mickrig aussehen ließ. Er stöhnte noch schnell vor dem Herunterschlucken: »Hau weg den Scheiß.« Er stieß einen schweren Atem hervor, den Korn spülte er mit so einem Druck in den Mund, dass das Getränk nicht einmal die Innenwände seiner Backen berührte und sofort den Weg in die Kehle fand.

Er schüttelte den Kopf. Die Vibration erfasste noch die Schulter. Aber der übrige Körper schien in Marmor gemeißelt. Eine Statue von Mensch, 120 Kilo schwer. Kilian kam sich dagegen klein und unmännlich vor und versuchte durch einen betont geraden Sitz etwas mehr Körper aus sich herauszuholen.

»Wissen Sie eigentlich«, fragte Manfred Weber, »dass eine Freundin von Chira ins Kloster gegangen ist?«

»Ja.«

»Ich habe Chira mal darauf angesprochen, sie sagte, dass es ihr nur deshalb leidtue, weil sie ihre Freundin kaum noch sehen könne, dann schmunzelte sie und sagte, ich glaube, ich bin das einzige Model, das mit einer Nonne befreundet ist.«

Der Kommissar schwieg und trank ein alkoholfreies Bier. Er wollte Manfred Weber zum Weiterreden animieren. Er sollte seinen Heimvorteil auskosten.

»Ja, ja, so eine Mördersuche!« Manfred Weber balancierte

seine Stimme zwischen neugieriger Faszination und gruseligem Staunen.

»Sie wissen nicht zufällig, wer der Mörder ist?«, fragte Kilian. Er hatte damit eine Pointe gelandet, die bei Manfred Weber große Heiterkeit auslöste.

Helmut hatte schon wieder zwei Korn auf seinem Tablett stehen.

Manfred Weber wischte sich mit seinem blau-weiß karierten Taschentuch die Tränen aus den Augen und sagte mit bebender Stimme: »Wir lachen, weil wir leben, ist das nicht komisch?«

Kilian schaute ihn nachdenklich an. Das Lachen der Lebenden war gar nicht so komisch. Sie lachten über ihr Glück, eine Krankheit überstanden zu haben, oder sie lachten den Tod aus, weil sie ihm von der Schippe gesprungen waren.

»Die Nonne«, warf Kilian scheinbar unvermittelt ein, als müsste er mit diesem Stichwort das Gespräch in neue Bahnen lenken.

»Ach ja«, erwiderte Manfred Weber. »Ich habe sie auf der Beerdigung zum ersten Mal als Nonne gesehen, also in Nonnentracht, auf die Schützenfeste kam sie immer in Jeans. Sie hat viel gelacht und sich voll eingebracht im Gegensatz zum Monaco-Heini, die Nonne hat den Monaco-Heini auf dem Klompenball sogar mal zum Tanzen aufgefordert, Mensch, Mensch, war das eine Gaudi. Vor ein paar Jahren brachte die Nonne ihre Freundin aus dem Ruhrgebiet mit. Ich glaube, aus Bochum kam sie. Chira freundete sich mit ihr auf dem Schützenfest an. Soweit ich weiß, haben sie später mal zusammengearbeitet.«

Kilian wusste natürlich, wer diese Frau war.

»War die junge Frau nett?«, fragte er.

Manfred Weber stieß seine Sätze mit dem rhythmischen Druck einer Maschine heraus, die presste, stanzte oder formte. Er konnte in der Regel weder leise noch langsam sprechen, schon gar nicht bei Korn und Bier.

»Ob sie nett war?«, wiederholte er Kilians Frage. »Ich sage es mal so: Sie hielt sich zurück, sie wusste, dass Chira im Mittelpunkt stand. Vielleicht war sie ein bisschen schüchtern, aber sie war gut anzusehen.«

»Gut anzusehen?«

»Ja, sie hatte ein Gesicht, da guckte man gerne hin.«

»Schön«, lächelte Kilian.

»Aber ich habe diese Frau dann plötzlich nicht mehr gesehen. Wenn ich recht überlege, war sie auch nicht in der Totenmesse.«

Er ließ den Atem, der seine Backen aufpumpte wie einen Ballon, langsam heraus, als müsste er Kraft sammeln für eine unglaubliche Frage.

»Herr Kommissar, Sie glauben also, der Mörder kommt aus unserem Dorf?«

Dann rief er durch das ganze Lokal: »Hhhheeelllmuuuuttt, zwei Korn.«

50.

Kilian gingen die Worte von Robert durch den Kopf. Da mordet jemand, um sich damit von einer inneren Last zu befreien.

»Tja«, murmelte Kilian, »die Last der Eifersucht oder des Neides, oder ging es ums Geld?«

Das Fragezeichen kam ihm wie ein Wolkenkratzer vor. Er

schaute nach oben, aber das Auge konnte schon nicht mehr die Konturen des obersten Stockwerkes erfassen.

»Was passt denn zu einem geplanten Mord?«, fragte er sich. »Geld geht immer«, lautete seine Antwort. Unwillkürlich bezog er diese Aussage auf die Eltern und den Bruder von Chira Walldorf. Sie allein profitierten von ihrem Tod, weil es kein Testament gab.

Kilian spürte, wie dunkle Wolken durch seinen Körper zogen und seine Stimmung verdüsterten. Er wollte so nicht denken. Er kam sich schäbig vor, in einem anständigen Menschen, der um Tochter und Schwester trauerte, ein Monster zu sehen.

Er beruhigte sich damit, dass seine Schäbigkeit in Gedanken einen Bruchteil der Schäbigkeit ausmachte, die er von Mördern erdulden musste.

Zu seinen ersten Fällen gehörte der Mord an einem älteren Ehepaar, das sehr vermögend war. Noch am Tag, als die Toten von der Putzfrau entdeckt worden waren, führten die Ermittlungen zum Enkel. Es war ein einfacher Fall mit eindeutigen Beweisen. Die Vernehmung des 21-jährigen Mannes, der mit den Fingern spielte und lustlos aus dem Fenster schaute, als ginge ihn das Ganze überhaupt nichts an, erweiterte allerdings Kilians Spektrum über das, was das Menschsein eigentlich ausmachte.

Wieder kreisten seine Gedanken um den aktuellen Fall. Wenn der Mörder kein Bewohner des Hauses gewesen war, wie kam er dann unerkannt ins Haus? Er fragte sich, warum er so kompliziert dachte. Es wäre doch viel einfacher, davon auszugehen, dass irgendjemand aus dem Haus den Mord begangen hatte, und alle Kraft auf diese These zu verwenden. Erst wenn sich diese Spur als brüchig erwiese, müsste er radikal umdenken.

»Ein Geisterhaus«, blitzte es durch Kilians Gedankenwelt aus Thesen, Motiven und Wahrnehmungen. Doch wer war dieser böse Geist? Cosima hatte die Befragungen durchgeführt. Vielleicht war sie ja eine Schamanin, fantasierte Kilian, die ein Gespür dafür besaß, wer Schuld auf sich geladen hatte. Er stellte sich seine Kollegin vor, wie sie ihre Hände über jedes Haupt der Nachbarn legte und sprach:

Seele, Seele, Seele.
Offenbare deinen ehrlichen Geist.
Seele, Seele, Seele.
Offenbare dein düsteres Versteck.
Seele, Seele, Seele.
Lös dich von deinem bösen Zauber
Komm raus aus deiner Finsternis.
Seele, Seele, Seele.
Hier ist dein Licht.
Jetzt siehst du es.

Sie spräche die Worte mit dunkler Stimme, aber sie waren feierlich gesetzt, um jeden Buchstaben ihrer Beschwörung zu würdigen. Sie versetzte die Menschen damit in Trance, und wenn sie dann die Hände über ihre Häupter erhob, wenn ihre Finger zunächst leicht zitterten und dann in Schwingungen übergingen, dann wusste sie, dass der Mörder vor ihr stand.

Kilian schmunzelte über diesen Blödsinn. Aber das Wort »Geisterhaus« ließ ihn nicht mehr los. Er erzählte Cosima von seiner Eingebung. Sie fand das lustig.

»Welcher Geist spukt denn dort?«, fragte sie ihn, ohne mit einer Antwort zu rechnen.

»Für mich ist der Geist die unsichtbare Hand …«

Cosima summte leise »ja, ja, ja«, nur um etwas zu sagen. Genau genommen empfand sie »Kilians Geisterstunde« als nichts Besonderes. Wer einen Mord beging, war zu Beginn der Ermittlungen immer die große Unbekannte, also ein umherschwebender Geist, dessen man habhaft werden musste. Allerdings räumte sie ein, dass in diesem Fall allerlei Merkwürdigkeiten sich so einfach nicht entschlüsseln ließen.

Die Spur, die das Rätsel auflösen würde, könnte aber durch einen Zufall, durch eine Aussage oder durch eine schlüssige Interpretation schneller als gedacht erfolgen. Sie glaubte an den Erfolg des Tüchtigen. Sie liebte diese einfachen Sprüche, weil sie Mut und Zuversicht vermittelten. Jeden Tag riss sie von ihrem Kalenderblatt einen Zettel mit einem Spruch ab. An diesem Tag stand darauf: »Glück ist das, was du bereit bist zu finden.«

Kilian schaute Cosima konzentriert an: »Wer ist dein Geist? Wem im Haus traust du den Mord zu?«

»Du hast doch gesehen, dass ich den Namen Wolters in den roten Kreis geschrieben habe.«

Cosima stand auf, ging schweigend durchs Büro, lehnte sich an die Wand mit dem roten Punkt. Der Rechtsanwalt kam ihr wegen seiner plötzlichen Nervosität und Schmallippigkeit merkwürdig vor. Vielleicht hatte sie sich das eingebildet. Wie schnell schnappte man Eindrücke auf, die Eindrücke überlappten sich mit neuen Informationen, und zurück blieb das Vorurteil. Aber warum sollte sie gerade jetzt ihr Bauchgefühl in Frage stellen, ihre Fähigkeit, einen Charakter zu deuten und daraus Rückschlüsse zu ziehen?

Ihr kamen die vielen Fragezeichen und Vermutungen im Kopf wie ein großes Schloss vor. An den langen Gängen führten Türe in Zimmer, die wiederum eine Tür hatten – bis sie nicht mehr wusste, in welchem Teil des Gebäudes sie war. Verschachtelt. Unübersichtlich. Irre.

Auf der Kirmes in ihrer Stadt, wo sie groß geworden war, ging sie immer in den Irrgarten aus Glaswänden. Mal links, dann zurück, dann vielleicht rechts. Es wurde immer anstrengender, je länger die Suche nach dem Ausgang dauerte.

Im letzten Jahr noch, als sie mit ihrem Freund für ein paar Tage in Wien war, besuchte sie den Irrgarten im Park von Schloss Schönbrunn. Die Hecken zwischen den Gängen waren so hoch, dass der Überblick komplett fehlte und den Orientierungssinn scharf herausforderte.

Wie jetzt in diesem Fall.

Nein, sie wollte sich nicht von ihrem Bauchgefühl verführen lassen, sie war überzeugt davon, dass zur Raffinesse des Mörders nur die Klarheit ihres Verstandes passte. Das nannte sie »Waffengleichheit im Geiste«, bist du schnell, bin ich schnell, bist du stark, bin ich es auch, bist du klug, muss ich klüger sein.

Bauchgefühl war übrigens ein Wort, das von ihren männlichen Kollegen beargwöhnt wurde. Die Sache hatte allerdings einen hübschen Haken. Cosima war stellvertretende Leiterin der Mordkommission und damit die Nummer zwei in der Hierarchie.

Kilian war leicht verärgert über Cosimas Mörder-Vorschlag.

Ein Mann, keine Frau. Die Zielscheibe müsste dann ausgewechselt, das Visier neu ausgerichtet werden.

»Welches Motiv hätte denn dieser Wolters?«, fragte Kilian unwirsch.

»Ich kann es dir nicht sagen«, antwortete Cosima bewusst sachlich. »Ich habe auch nicht behauptet, dass Wolters der Mörder ist. Aber er könnte den Täter oder die Täterin unterstützt haben. Damit gehört er in deinen roten Kreis.« Außerdem verwies sie auf Miko. Der Portier hatte ihm gesagt, dass Herr Wolters im Kameraraum war, sich dort also einen Überblick verschaffen konnte.

Die Frage nach dem Motiv zog Kilian in eine verworrene Welt menschlicher Verwirrungen, Sehnsüchte und Ängste. Die Welt des Mörders versuchte er sich vorzustellen. Aber wie sollte er sich etwas vorstellen können, das er nicht kannte?

Er selbst hatte Cosima gesagt, sie solle offen denken. Aber tat er das selbst? Er rauchte hastig zwei Zigaretten, wobei er die zweite nach ein paar Zügen ausdrückte. Vielleicht hatte der Mörder aus Angst getötet, dachte er sich, aber das machte keinen Sinn, dachte er weiter. Aber warum machte es keinen Sinn, widersprach er sich selbst.

»Aus Angst töten«, sagte er leise. Er wiederholte den Satz zwei-, dreimal, als ob er sich vergewissern wollte, bei klarem Verstand zu sein. »Angst beklemmt und bedrückt, aber warum führt das zu einem geplanten Mord?«

Er variierte den Satz: »Weil ich Angst vor etwas habe, kaufe ich mir Gift und töte damit einen anderen Menschen.«

Kilian schrieb in großen roten Buchstaben »ANGST« auf ein Papier und starrte so energisch darauf, als würde das Wort gleich zu ihm sprechen. Er versuchte, Substanz aus dem Wort herauszuziehen, um die Tiefen und Untiefen seines Sinns genauer zu verstehen. Er kam sich vor wie ein psychologischer Buchstabenforscher, der erst das A analysierte, dann das N, dann das G, dann das S und schließlich das T.

Er meinte, jeder Mensch habe aus Selbstschutz Angst, um Risiken richtig einzuschätzen. Aber wenn sich der Selbstschutz zu einer Panik, zu einer übersteigerten Schreckhaftigkeit ausdehnte, dann war der Kopf krank.

Er strich das Wort »Angst« zweimal durch und notierte stattdessen:

Angststörung.

Depression.

Phobie.

In den Gedanken hinein, dass doch ein Mann der Mörder war, fiel ihm der Fall eines Mannes ein, den Robert ihn geschildert hatte. Ein Mann, der Angst vor einer schönen Frau hatte. Er hatte diese schöne Frau so verehrt, dass sein Gehirn ihm sagte, dass sie für ihn unerreichbar sei. Weil er das fest glaubte, fühlte er sich in ihrer Gegenwart immer kleiner und schutzloser. Er kam sich dumm und hässlich vor. Dadurch wuchs der Abstand zwischen ihm und ihr ins Unermessliche. Seine Angst war größer als seine Hoffnung auf Liebe. Kilian versuchte, diesen Fall auf seinen Fall zu übertragen. Ein Mann – Wolters – hatte Angst, ein Model anzusprechen, um seine Angst loszuwerden, musste das Model sterben.

So wirr ihm seine Gedanken auch erschienen, er musste sich in das Chaos heftig agierender Gehirnströme hineinwinden, um sich von normalen Annahmen und Sichtweisen zu befreien.

An zwei Fäden zog Kilian. An dem einen Faden hing ein Hausbewohner oder eine Hausbewohnerin, an dem anderen Faden eine psychologische Erkrankung, in deren Folge der Mord begangen wurde.

51.

Robert stand im Türrahmen und fragte in der Annahme, dass er nicht störe: »Störe ich?«

Er trug einen anthrazitfarbenen Leinenanzug und ein weißes Leinenhemd, bei dem die oberen drei Knöpfe geöffnet waren. Cosima fand dieses Outfit in diesem Moment unpassend, weil er damit einen Lebensstil ausdrückte (Zuhälter, in München-Schwabing wohnend), der nicht zur Jobbeschreibung in einer Mordkommission passte. Allerdings wunderte sie sich über ihr Vorurteil. »Oh, jetzt hat's mich erwischt. Ich bin eine Spießerin.«

Sein angedeutetes Lächeln setzte er immer dann ein, wenn er Überlegenheit ausdrücken wollte. Personen, die ihn nicht kannten, hielten ihn oft für arrogant und prätentiös. Er machte freilich nicht den Eindruck, als würden ihn diese Zuschreibungen stören.

Miko fragte ihn, ob er in diesem verzwickten Fall neue Erkenntnisse hätte. Dieser Mord mit den vielen komischen Gestalten sei ja …

»Komische Gestalten?«, fiel ihm Robert ins Wort.

»Na ja, dieses Trallala, Küsschen hier, Küsschen dort, und dieses ganze Gequatsche, als ginge es in der Mode um hohe Philosophie. Wenn ein Model ein schönes Gesicht hat, ist das nicht ihr Verdienst, sondern schlicht Glück, und so ein Glück sollten die jungen Dinger doch nicht mit Eitelkeit verspielen, finde ich.«

Robert schaute ihn interessiert an. Er war durchaus davon beeindruckt, wie Miko seine gewöhnliche Einsilbigkeit bei »Frauenthemen« für einen impulsiven Redeschwall mit eindeutiger Meinungsbildung aufgegeben hatte.

Er bedeutete ihm: »Eitelkeit hilft uns, wachsam zu bleiben gegenüber der Gleichgültigkeit. Wer sein Äußeres nicht schätzt, entscheidet sich dafür, nicht mehr attraktiv sein zu wollen.«

Miko hörte nicht mehr zu, weil der Psychologe aus einem Thema wie Mode und Models wieder einmal eine intellektuelle Abhandlung zu machen schien. Er strich sich die Brötchenkrümel von seinen blauen Jeans.

Robert nahm Mikos geistige Abwesenheit nicht wahr. Er sinnierte über den Tod schöner Menschen, schaute auf Cosimas weit geschnittene rote Hose und meinte, als sei er mit den Gedanken ganz woanders: »Das ist Sommer.«

»Sommer?«, fragte Cosima zurück.

»Sommer braucht Farben.«

Miko biss in sein drittes Brötchen. Er bemerkte in einer kleinen Kaupause, Blau sei die Farbe der Harmonie, der Ruhe und der Zufriedenheit.

»Ja, ja, Buddha«, meinte Cosima nur. Sie taxierte Mikos Kompetenz in Farbenlehre und Mode auf null.

Robert fragte sich, wie Tod und Schönheit zusammenpassten, und er dachte unvermittelt an Kleopatra, deren Glanz noch heute gerühmt wurde, aber warum nur? Weil sie freiwillig in den Tod ging?

»Ach Sommer, was für ein Wetterglück.« Kilian rieb sich die Hände, als wolle er einen neuen Aufbruch verkünden. Tatendrang! Wille! Entschlossenheit!

»Wieso steht eigentlich der Name Wolters im roten Kreis?«, fragte Robert.

»Das ist unsere männliche Mörderin«, antwortete Kilian.

Er zog sich mit Robert in sein Büro zurück und sortierte seine Gedanken.

»Giftmord gleich Frauenmörderin. Richtig?«

Robert nickte. »Ein Mann würde so nicht töten, es sei denn, es würde sich um ein Gift handeln, dass im Körper kaum nachweisbar ist. Dann käme auch ein Arzt, Krankenpfleger oder Apotheker in Frage. Das habe ich doch schon alles gesagt.«

»Moment, Moment, ich möchte das Klare herausstellen. Also weiter: Wir haben keine Anhaltspunkte, dass eine Nachbarin die Mörderin ist. Richtig?«

»Dass ihr keine Anhaltspunkte habt, muss nicht bedeuten, dass eine Mörderin aus der Nachbarschaft ausgeschlossen ist.«

Kilian schaute nachdenklich.

»Okay, am Todestag wissen wir von keiner anderen Frau,

die ins Haus gekommen ist, zumindest nicht bis zu dem Zeitpunkt, als die Kamera absichtlich abgestellt wurde. Richtig?«

»Das mag alles richtig sein, aber was soll es beweisen?«, fragte Robert zurück.

»Ich will nur Plausibilitäten abklopfen«, antwortete Kilian leicht gereizt.

Er ergriff abermals die Initiative.

»Warum, Robert, hat also eine Frau Unbekannt eine andere Frau gezielt und planmäßig mit Gift umgebracht? Raubmord scheidet aus, es muss um etwas Emotionales gehen, das nicht konkret zu fassen ist, weil …?«

»Frau Walldorf eine schöne Frau war«, analysierte Robert mit ruhiger Stimme.

»Schönheit als Todesurteil?«

»Ja, die Mörderin fühlte sich von Frau Walldorf seelisch verletzt, und zwar indirekt.«

»Indirekt?«

Robert nickte: »Es ist möglich, dass eine Frau sich seelisch verletzt fühlte, weil ihr Ehemann Frau Walldorf ständig Komplimente machte oder sogar mit ihr anbandeln wollte. Sie tötete aber nicht ihren aktiven Mann, sondern die passive Frau Walldorf. Den Mann wollte sie ja behalten, und das ging offenbar nur durch den Tod von Frau Walldorf.«

»Hm.«

»Natürlich ist meine Argumentation hypothetisch angelegt«, ging er unerwartet in die Defensive.«

Kilian machte ein unzufriedenes Gesicht. Er las Robert den Text vor, den der Mörder auf dem leblosen Körper zurückgelassen hatte.

Robert rezipierte den Text, den er längst auswendig kannte, atmete bedächtig, um dann festzustellen: »Die Mörderin wollte sich durch diesen Text erleichtern. Sie redete sich ein, dass das Mordopfer jetzt glücklich sei. Wahrscheinlich leidet sie unter einer Neurose oder einer Psychose. Aber auch das hatte ich schon festgestellt.«

Kilian murmelte: »Die Schöne und das Biest.«

Tage zuvor hatte er über Phobien und Depressionen nachgedacht, über Ängste und Zwänge, über eine schreckliche Kraft, die sich immer radikaler ausleben musste.

Kilian lächelte müde, und wieder wirbelten die Worte »Frau, Mann, Mörderin, Mörder« durch seinen Kopf. Aber er spürte, dass sein Offenhalten, welches Geschlecht die Tat begangen hatte, den Fall unnötig breit auslegte.

52.

Cosima hatte einen weiteren Termin bei der alleinlebenden Nachbarin Simone Capella anberaumt, was allerdings nicht so einfach war. Die Regisseurin lebte mehrere Wochen im Jahr in Rom und tingelte, so muss man es wohl nennen, von Paris nach Mailand, von Mailand nach Sylt, von Sylt nach Athen, von Athen nach Mallorca, von Mallorca nach Barcelona und so weiter. Die Dauer ihrer Aufenthalte legte sie nach Lust und Laune fest. Ihr Leben folgte nicht einem Plan oder Muster, sondern der Lust auf Freiheit und Abenteuer.

Weil Rom ihre zweite Heimat war, sprach sie fließend Italienisch, sie liebte die asiatische Küche und wusste nicht so genau, mit wem sie lieber ins Bett ging, mit Mann oder Frau. Sie kehrte gerne ihren exzentrischen Lebensstil einer Bohème nach außen, umgab sich mit Künstlern und Schriftstellern. Ihr Tag begann spät und endete weit nach Mitternacht. Nachmittags traf sie sich bevorzugt mit Freunden in einer Kunstgalerie, abends in der Oper oder in einer Kneipe, die einst ein Hot Spot gewesen war für Bildhauer, Maler; verrückte Typen aus einer verrückten Zeit.

Es wurde viel geraucht, viel getrunken, viel geredet, viel hatte Simone Capella erlebt. Gewiss, es war ruhiger um sie geworden, aber bei den Filmfestspielen in Venedig und Cannes war sie wieder mittendrin, als sei sie nie weggewesen.

Sie beteuerte ungefragt, dass sie in nächster Zeit keine Regie führen wollte. Sie bräuchte eine schöpferische Pause.

Da saß sie nun auf ihrer wuchtigen Couch, drapiert mit kleinen und großen Kissen, umhüllt mit gelbem Stoff. Sie trug sogar einen gelben Armring. Dazu würde eine gelbe Tasse Tee passen, dachte Cosima, den sie aber ablehnen würde, weil sie grundsätzlich jedes Getränk bei Hausbesuchen ablehnte. Sie fand das Gelb amüsant oder besser gesagt wohltuend, weil sie im Büro den ganzen Tag auf blaue Jeans gucken musste. Und doch kam ihr dieses Gelb nicht ganz geheuer vor. Gelb war die Farbe für Verrat, Neid und Missgunst.

Cosima fragte sich, ob Frau Capella eine verräterische, neidische und missgünstige Frau war, die mit Gift ihre Nachbarin beiseite geräumt hatte. Sie dachte auch an den Text, den der Mörder zurückgelassen hatte. Das war Theater. Wenn schon Mord, dann die ganz große Bühne. Man mordete nicht einfach so dahin. Zum Mord gehörte ein Plan. Eine Dramaturgie. Ein irres Schauspiel bis zum letzten Atemzug. Erst dann ging der Vorhang zu, und die Motten waberten aufgeregt durch die stickige Luft und kicherten.

In Cosima drangen immer neue Fantasien, als flösse ein warmer Lavastrom durch ihren Körper, der sie mitriss in Traumlandschaften mit ulkigen Menschen in lustigen Klamotten. Sie blieb beim Namen Simone Capella hängen. Simone leitete sich aus dem hebräischen Namen Simon ab. Er bedeutete, wenn sie sich richtig erinnerte: Er hat Gott gehört.

»Simone hatte Gott gehört«, flüsterte sie in sich hinein, ohne dabei die Lippen zu bewegen. Capella bedeutete sicherlich »Kapelle, ein Raum für die Andacht«.

»Simone Capella hat Gott in der Kapelle gehört.«

Vielleicht glaubte Cosima, genau diese Fantasie, dass eine Kirchenhasserin sich als Gläubige entpuppte, offenbar eine neue Spur. Was auf den ersten Blick nicht passte, könnte sich doch als passend erweisen.

Frau Capella schlug ihre Wimpern wie ein pubertierender Kolibri auf und ab. »Ach, ist das ein schöner Tag heute. Wir sollten ihn nicht mit hässlichen Dingen vergiften.« Sie hatte tatsächlich »vergiften« gesagt. Frau Capellas Champagnerglas enthielt Fruchtperlen, die von unten nach oben tanzten und an der Oberfläche zischten.

Cosima fragte Frau Capella, ob sie etwas über Chiras Freundinnen wüsste und ob eine Freundin auch ihre Liebhaberin gewesen sein könnte. Frau Capella lachte, als wollte sie sagen, ach Kindchen, wo lebst du eigentlich. »Frau Kommissarin, was uns wirklich ausmacht und wonach es uns verlangt, wer weiß das schon?«

»War Chira unfrei?«, hakte Cosima keck nach. »Sie war ja recht gläubig.«

»Chira kam vom Lande, sie war anders sozialisiert.«

»Sozialisiert?«

»Frau Kommissarin, je bekannter und erfolgreicher Chira wurde, desto nachdenklicher wurde sie auch. Sie hatte Angst, ihre Eltern, ihren Bruder, ihr Dorf, ihre Kirche zu verlieren.

Ein Dorf im Münsterland ist nicht Monte Carlo. Ein Bauernhof ist kein Spielcasino. Ein Schützenfest ist kein Laufsteg in Mailand und Paris. Aber ja, die Kirche hat ihr sicherlich geholfen, ihren Kompass im Leben nicht zu verlieren, aber Kompass und Glaube sind unterschiedliche Dinge.«

»Frau Capella, waren Sie mehr als eine Freundin für Chira?«

Frau Capella nippte an ihrem Champagnerglas, stand auf und strich sich mit ihren Händen durch ihr widerspenstiges Haar.

Cosima wiederholte sanft ihre Frage: »Frau Capella, waren Sie mehr als eine Freundin für Chira?«

»Wir haben uns liebkost.«

»Liebkost?«

»Das geht Sie eigentlich gar nichts an. Aber ja, wir hatten wunderbaren Sex.«

»Frau Capella, ich bin Ihnen sehr dankbar, dass Sie offen zu mir sind.«

Frau Capella nickte und lächelte erwartungsvoll, als würde sie in eine geheimnisvolle Bucht segeln.

»Ja, Chira mochte Frauen, aber sie schlief auch mit Männern.«

»Ich verstehe«, antwortete Cosima, aber in einem Tonfall, der nicht zu ihrer Aufgeklärtheit passte.

Frau Capella schaute die Kommissarin ernst an. »Frauen, die Frauen lieben, können auch Männer lieben, das ist doch völlig normal.«

»Ja, ja«, stimmte Cosima zu, um irgendetwas zu sagen.

Frau Capella wirkte für einen Moment abwesend, sagte dann mit einer tieferen Stimme: »Es war eine Frau. Es war verdammt noch mal mein Geschlecht, das Chira getötet hat. Sie musste sterben, weil sie eine Frau war. Eine Frau tötet eine Frau, weil sie schön war.«

Wie herunterbrechendes Geröll schlugen die Worte auf Cosima ein.

Gespannt wiederholte sie: »Musste töten?«

Frau Capella drückte ein gelbes Kissen an ihre Brust und hob ihr Kinn: »Die Frau, die Chira getötet hat, hatte ein gutes Herz in einer schwachen Seele.«

Cosima schüttelte sich innerlich und flüsterte die Worte »gutes Herz« und »schwache Seele« nach.

»Wieso glauben Sie denn, dass eine Frau die Tat begangen hat?«, fragte sie mit steigendem Sprechtempo. Bis zum Komma langsam, als würde sie völlig unerwartet einer verheißungsvollen Spur folgen, um dann den Satz mit einer herausfordernden Kraft zu schließen.

Frau Capella hielt noch immer das gelbe Kissen fest, stöhnte leicht auf, oder vielleicht war es auch nur ein stärkerer Atem, der sich befreien musste von der Presswirkung auf die Brust.

»Warum eine Frau die Tat begangen hat«, wiederholte sie die Frage. »Weil ein Mann eine schöne Frau nicht töten würde.«

53.

»Ich glaube, ich werde verrückt«, sagte Cosima mit gespielter Verzweiflung und schaute Kilian und Miko mit besorgtem Gesichtsausdruck an. »Die Frau Capella sagte mir doch tatsächlich, der Mörder hätte ein gutes Herz in einer schwachen Seele.«

»Ein Fall für unseren Psychologen«, bemerkte Miko mit souveränem Gesichtsausdruck.

Kilian schwieg erst einmal.

Dann fragte er: »Was soll das heißen?«

Cosima atmete tief durch und ließ zwei oder drei Sekunden vergehen. »Das weiß sie wohl selbst nicht. Aber ich glaube, sie folgte ihrer Fantasie, als würde sie gerade Regie für einen Film führen.«

Kilian und Miko schwiegen.

Cosima fuhr fort. »Dann sagte sie noch, dass eine Frau die Tat begangen hatte, weil ein Mann niemals eine schöne Frau töten würde.«

»Genau genommen sagte diese Frau Capella doch eigentlich nichts anderes als Dr. Kirsch«, stellte Miko fest.

Kilian verzog sein Gesicht: »Moment, der Reihe nach. Hat Robert der Mörderin attestiert, ein gutes Herz zu haben?«

»Nein, das nicht. Aber er hat den Mord auf eine andere Stufe gestellt«, meinte Cosima.

»Andere Stufe?«, fragte Kilian, obwohl er die Antwort kannte.

Cosimo ging trotzdem auf seine Frage ein: »Die Mörderin, wenn es denn überhaupt eine Frau war, folgte mit dem Mord einer krankhaften Eingebung oder so ähnlich. Sie glaubte, mit dem Mord etwas Gutes zu erreichen. Immer geht es um Gott. Also, noch einmal: Es geht nicht um Geld, sondern um Gott.«

Miko nickte.

»Was ist mit deinem Favoriten für den Mord, diesem Rechtsanwalt Wolters?«, fragte Kilian energisch nach.

»Du hast mir doch gesagt: Denke in alle Richtungen, löse dich von irgendwelchen Schablonen. Das versuche ich«, antwortete sie gereizt.

Miko nickte.

Cosima durchdachte Simone Capellas Worte. »Das Opfer kannte die Mörderin sehr gut. Vielleicht hatten sich Opfer und Mörderin einen Begrüßungskuss gegeben. Vertraute Szenen hatten sich abgespielt. Herzliche Szenen. Aber dann folgte ein Herz seiner dunklen Seele.«

»Kranke Frau tötet schöne Frau, weil sie an Gott glaubt«, witzelte Miko.

»Äh?«, murrte Kilian. »Spielen wir Komödie?«

»Nein«, widersprach Miko ernst, »es geht doch darum, normale Gedanken zu verrücken, eben, weil dieser Fall nicht normal ist.«

Kilian schrieb auf seinen Zettel die Worte:

KRANKE PSYCHE
GOTT UND GLAUBEN
LESBISCH / BISEXUELL.

Er hängte den Zettel mit diesen Worten neben das Blatt mit dem runden Kreis, in dem noch immer nur der Name des Rechtsanwalts Wolters stand.

Noch zögerte Kilian, auch den Namen Capella in den roten Kreis zu schreiben.

Kilian schickte Cosima noch einmal ins Kloster zu Schwester Benedicta, um sie zu fragen, wie sie den Text interpretierte. Sie saß in dem gleichen Besucherraum des Klosters. Sie dachte über das Leben der Nonnen nach. Sie schwiegen beim Essen. Sie beteten sehr viel. Sie meditierten sehr viel. Sie lasen sehr viel in der Bibel. Sie hörten nicht das Hupen von Autos, die Musik in Supermärkten, Boutiquen und Restaurants. Sie zappten nicht an Handys oder im Fernsehen. Cosima überlegte, wie es wohl wäre, wenn sie eine Woche kein Radio hören, kein Fernsehen schauen, kein Handy berühren würde: keine Ablenkungen, keine Ausschweifungen, keine Zerstreuung. Nur Stille.

Sie schaute auf die Uhr. Gleich müsste Schwester Benedicta kommen. Sie erschien mit wachen Augen und wartete mit einem kräftigen Händedruck auf. In ihrem Gesicht lag diesmal eine Vorsicht, als hätte sie gespürt, dass sie mehr und mehr in diesen Fall hineingezogen wurde. Cosima wollte nicht ausschließen, dass sie ahnte, wer den Mord verübt hatte.

Benedicta schaute so konzentriert auf den Text, als würde sie versuchen, hinter jedem Buchstaben eine weitere Information zu erhalten. Ihr Gesicht wirkte noch ernster, ihre Lippen bewegten sich leicht mit dem Lesen, manchmal schloss sie die Augen, als ob sie auf eine Eingebung wartete, um ihre lose zusammenhängenden Gedanken sinnvoll miteinander zu verbinden.

Sie sagte: »›Ich habe mir Deine Schönheit geliehen‹ würde ja bedeuten, sie zurückzugeben. Aber es war keine Leihe, sondern ein Nehmen auf ewig, weil Chira nicht mehr auf der Erde, sondern im Himmel lebt, weiterlebt bei unserem Herrn Jesus Christus.«

Schwester Benedicta schaute Cosima mit einem Blick an, der nicht nur Aufmerksamkeit vermitteln, sondern auch das Herz sprechen lassen wollte. Sie versuchte offenbar, ihre Freundschaft zu Chira, ihren Glauben an Gott und das Verbrechen, den Mord, das Unfassbare aus einer größeren Perspektive zu betrachten. Sie sagte: »Vielleicht wollte dieser Mensch, der Chira getötet hat, etwas ganz anderes ausdrücken, nämlich: Ich nehme mir dein Ebenbild.«

»Das verstehe ich nicht.«

»Ich will so sein wie du«, erklärte die Nonne vorsichtig. Sie wollte nicht, dass ihre Interpretation zu falschen Rückschlüssen verleitete.

»Ich wollte kein Ebenbild sein«, sagte Cosima. Sie spürte sofort, dass dieser Satz nicht passte. Schwester Benedicta ging gleichwohl darauf ein: »Du bist ein Ebenbild Gottes. Darin wirken deine Verantwortung und deine Freiheit, aber auch deine Schuld und deine Sühne.«

54.

Charlotte und Tilda freuten sich auf den Abend ohne den Polizisten-Ehemann und den Psychologie-Ehemann. Vor allem freuten sie sich auf Themen, die aber auch rein gar nichts mit Fußball zu tun hatten. Selbst Francesco, der für die Frauen einen Tisch mit Blick auf die Wimpel von Juventus Turin reserviert hatte, riskierte nicht, mit einem Fußballthema abzublitzen.

Er brachte zwei Prosecco und Pizza-Brot mit Parma-Schinken zur Einstimmung, wie er sagte, und wie er es sagte: Darin verkörperte er den ganzen Stolz eines Italieners. Einen Stolz, den vielleicht nicht einmal der tollkühnste Torero in einer spanischen Stierkampfarena oder ein französischer Präsident bei der feierlichen Kranzniederlegung am Grab des unbekannten Soldaten zum Ausdruck bringen könnte.

Tilda hob das Glas. »Auf uns.« Sie kicherten sich vergnügt an. Charlotte redete über ihre Kundinnen, die immer schwieriger würden, weil sie zum Beispiel mit den Schnitten der Etuikleider nicht zurechtkamen. Das Problem waren die kurzen Ärmel, die die nicht mehr so hautglatten Oberarme freilegten.

Tilda erzählte von den After-Show-Partys nach den Haute Couture Modeschauen, von Typen, die Marihuana für eine Baby-Droge hielten und kaum noch zählbare Ringe an ihren Fingern trugen, und überhaupt, dieses Gehabe. »Ich bin immer wieder froh, wenn ich zu Hause bin«, sagte Tilda mit übertriebener Geste, aus der Charlotte schloss, dass ihre Freundin diese Partys in Wahrheit genoss.

Tildas Zuhause lag nur 15 Fußminuten von der Trattoria entfernt, vorbei an dem Haus von Chira Walldorf. »Ich habe ein mulmiges Gefühl, wenn ich dran vorbeigehe. Ja, es gruselt mich ein wenig, wenn ich mir vorstelle, dass das ein Mörderhaus ist.«

Charlotte verzog das Gesicht.

Tilda kommentierte angewidert: »Stell dir mal vor, der Mörder ist ein Nachbar, und keiner weiß es, der Mörder grüßt seine Nachbarn freundlich, und die Nachbarn grüßen freundlich zurück. Oder stell dir mal vor, der Mörder gibt dir die Hand, eine Hand, die ein Leben beendet hat.«

Francesco brachte ein Rumpsteak mit Rotweinsauce und ein Doradenfilet mit Salsa mediterrane, dazu eine Flasche Lugana und stilles Wasser. »Chin-Chin«, prostete Tilda und stellte sich in diesem Moment vor, ihr Essen sei vergiftet. Sie stellte sich den Koch, der immer so nett lächelte und ihnen aus der Küche zuwinkte, als Mörder vor. Wie er ein Tütchen Gift aus seiner Hosentasche zog, sich unauffällig herumdrehte, dass keiner sah, wie er das tödliche Pulver ins Essen rührte, und genau darauf achtete, dass es auf ihren Teller kam.

»Schau mal«, hakte Charlotte ein, »wer da hinten am runden Tisch sitzt, das ist doch Thomas Gardner, der Chefredakteur vom Glitzglotz.«

»Eindeutig. Der ist immer sehr adrett gekleidet.«

»Dein Mann übrigens auch«, ergänzte Charlotte. »Er ist vermutlich der bestgekleidete Psychologe Deutschlands.«

Tilda kullerte mit den Augen: »Ja, ja, mein Robert. Ich bin ja mal gespannt, mit wem sich Herr Gardner trifft.«

»Vielleicht mit dem Mörder«, lachte Charlotte.

Gardner blieb alleine. Er aß Lachs mit Mandelkruste, schaute hin und wieder auf sein Handy, beobachtete die Gäste, machte sich Notizen und unterhielt sich mit Francesco.

»Kilian und Robert arbeiten ja perfekt zusammen«, frohlockte Charlotte. »Kilian erzählt allerdings nicht viel, aber ich glaube, dass ihm dieser Fall ziemlich zusetzt.«

»Ja, reichlich Psycho«, ergänzte Tilda und stellte sich vor, wie sich das Töten wohl anfühlte und ob man anschließend Alpträume bekam. »Aber der Mörder ist kein Tier. Er ist ein Mensch. Ein sonderbarer Mensch. Zum Glück ein Ausnahmemensch, der eine verdammte Rohheit in sich verspürt.«

»Ein Giftmörder ist ein böser Mensch«, bekundete Charlotte mit kräftiger Stimme.

»Vielleicht ist er auch nur krank. Ich meine, es ist ja nicht auszuschließen, dass der Mörder ein Psychopath ist.«

»Ein grausamer Psychopath«, erwiderte Charlotte. »Da ist einer mit einer Macke im Kopf. Kauft sich Gift. Überlegt, wo er das Gift hineinrühren kann. Schaut zu, wie ein Leben endet. Pervers.« Sie hob das Glas: »Wir haben hier ja einen Mordsspaß!«

Tilda hatte einen anderen Zugang zu psychologischen Themen. Das lag wohl an ihrem Mann Robert, der hin und wieder aus seinem Berufsalltag erzählte, über seelische Krankheitsbilder, über Psychosen, diese unheimliche Welt aus Halluzinationen, Wahnvorstellungen und Zwangsstörungen.

Sie war froh, Journalistin und keine Psychologin zu sein. Ihre Aufgabe bestand darin, die Wirklichkeit abzubilden.

Ein Psychologe aber musste die spezielle Wirklichkeit seines Patienten erst einmal verstehen, um in seine Welt einzudringen. »Mein Gott, es ist manchmal ganz schön anstrengend, Mensch zu sein«, sagte sie leise.

»Manchmal aber auch wunderbar«, erwiderte Charlotte mit einem heiteren Lächeln.

Tilda nickte heftig. »Zugegeben. Aber Tiere haben es leichter. Sie folgen einfach ihren Instinkten. Der Mensch dagegen muss all sein Zweifeln und Hadern ertragen. Je tiefer er alles hinterfragt, desto mehr versackt er im Wust der Fragezeichen. Verbindliche Antworten gibt es nicht.«

55.

Vielleicht wollte sich der Mörder ein Ebenbild von Chira Walldorf nehmen, hatte die Nonne sinngemäß gesagt. Neue Assoziationen bildeten sich in Cosimas Kopf. »Das Ebenbild könnte doch eine Totenmaske sein.« Nicht lange verweilte sie bei dieser Idee. Sie dachte plötzlich an Karneval.

Im Karneval war sie einmal als Hexe gegangen und hatte sich ein Hexengesicht aus Schaumlatex über den Kopf gezogen. Sie erinnerte sich noch daran, dass sich die Maske haargenau wie eine zweite Haut ihrem Gesicht angepasst hatte. Sie war erstaunt, wie viele weitere Möglichkeiten der Maskerade es für sie gegeben hätte. Vom Komiker über den Greis bis zum Henker. An Halloween waren natürlich Gruselmasken gefragt. Mit blutverschmierten Augen oder einem Gebiss, das an kaputte Bergspitzen nach heftigen Stürmen erinnerte. Oder die Stirn war so breit wie ein dickes Buch und der Mund schien mehrere Zungen zu haben.

»Miko, bitte, kannst du etwas leiser schmatzen. Ich muss mich konzentrieren«, blaffte sie ihn an und gab »Schaumlatex-Masken« in ihren Computer ein. Sie suchte nicht nach einer Maske für Karneval oder Halloween, sondern nach einem realistischen Frauengesicht und stieß prompt auf ein perfekt geschminktes Modell, das ein bekannter Maskenbildner aus der Filmbranche hergestellt hatte. »Vielleicht sollte ich mal als Filmdiva zur Arbeit kommen«, summte sie.

Miko schaute sie neugierig an. »Warum lächelst du dauernd?«

»Weil du so ein verdammt guter Kollege bist«, alberte Cosima.

»Ich weiß, ich mache meinem Namen alle Ehre. Weißt du überhaupt, was mein Name bedeutet?«

Cosima zuckte mit den Schultern.

»Miko bedeutet Gotteskind.«

»Du Spinner«, blinzelte sie ihm zu und versank in ihre eigenen Gedanken zwischen dem Ebenbild, das sich der Mörder von dem Opfer machen wollte, und seinem wahren Bild. Sie konnte diesen Gedanken nicht weiter aufschlüsseln. Ihr dämmerte allerdings, dass der Mörder ein Leben führte, das ihn innerlich zerriss, und dass sie dieses Leben nur durch das Ebenbild von Chira Walldorf zu heilen glaubte. Sie musste sterben, damit der Mörder aufleben konnte. »Es ist nur ein Gefühl«, ging ihr durch den Kopf, »nur ein Gefühl«, wiederholte sie und fragte sich, was sie mit diesem Gefühl anfangen sollte.

»Gotteskind«, rief Cosima dann schelmisch in Mikos Richtung.

Er schaute über den Bildschirm zu ihr herüber.

»Oh, du hörst schon auf deinen neuen Namen«, lästerte sie.

Er lächelte breit. »Wärst du auch gerne ein Gotteskind?«

Sie dachte wieder an die Nonne: Die war sicherlich ein Gotteskind, sonst wäre sie nicht in ein Kloster gegangen. Sie lebte ein Leben im täglichen Rhythmus mit sieben Gebetszeiten, ein Leben lang. Gott anbeten. Ihn bitten. Ihn preisen. Singen. Meditieren. Aber mit alldem hatte sie ihre Freundin Chira nicht vor dem Mord retten können. Der böse Mensch war stärker als die Nonne. Stärker als jedes religiöse Sendungsbewusstsein.

56.

Kilian trug ein schwarzes T-Shirt. Darauf stand:

Ich bin Feminist.

Er hatte das T-Shirt in einem Kaufhaus gesehen und spontan für 15 Euro gekauft. Er war natürlich kein Feminist. Das war eben seine spezielle Humorebene. Dass er damit hin und wieder aneckte und das nicht einmal bemerkte, war seiner Dickfelligkeit zuzuschreiben. So sehr auch seine Sensoren in Vernehmungen auf Hochleistung gestellt waren. In der alltäglichen Kommunikation war er mehr Rind als Reh. Vielleicht lag darin ein gewisser Charme. Er nahm sich selbst nicht so wichtig. Er sagte lieber Du als Sie und hasste akademische Attitüden, was wiederum seinen Freund Robert ärgerte. Hartgesottene Burschen kamen mit seiner Art recht gut klar, weshalb sie in Vernehmungen auch meistens auf rhetorische Spielchen verzichteten – zumindest nach dem vierten oder fünften Verhör. Für Kilian war jedes Geständnis ein Ritterschlag. Einen Indizienprozess hingegen empfand er als persönliche Niederlage. Er wollte dem Staatsanwalt die perfekte Vorlage für einen sauberen Prozess liefern und nichts dem Zufall überlassen. Einen Freispruch im Zweifel für den Angeklagten hätte er als deprimierend empfunden.

Kilian atmete schwer. Er hatte noch immer nicht die feinen Strukturen dieses Falles durchschaut. Gewiss, Robert hatte die Umrisse herausgearbeitet. Aber wie nur sollte er Fakten und Vermutungen zusammenführen und daraus eine Stoßrichtung für die Ermittlungen entwickeln? Und was, wenn sich Robert geirrt hatte?

Noch einmal ging er die Hausbewohner im Geist durch und suchte nach neuen Anknüpfungspunkten. Vielleicht hatten sich zwei Nachbarn für den Mord zusammengeschlossen. Vielleicht war der brave Portier gar nicht so brav. Vielleicht war Herr Wolters der Mörder. Vielleicht war Frau Capella die Mörderin. »Vielleicht« war ein Wort, um die Gedanken wachzuhalten, nichts auszuschließen und auf den Zufall zu hoffen, auf eine günstige Fügung, um den Kreis der Verdächtigen einzuengen. Er würde in ihre Augen schauen, in nervöse Augen, auf ihre Beine, wie sie wippten, um sich in einer schwierigen Situation abzureagieren. Dann würde er sagen: »Du warst es.«

Kilian schaute auf sein T-Shirt. *Ich bin Feminist.*

Seine Frau hatte ihn aufgefordert, dieses alberne T-Shirt auszuziehen. »Bist du ein Clown?«, hatte sie ihn gefragt.

»Vielleicht bringe ich damit den Mörder zum Lachen«, dachte er sich. Er würde dann ein grässliches Lachen hören, das tief aus der Kehle kam. Kilian fantasierte über das Gesicht, das ein solches Lachen hervorbrachte. Eine Fratze stellte er sich vor, ein boshaftes, entstelltes Gesicht, das vielleicht sogar einmal schön ausgesehen hatte.

Er fuhr mit seinen Gedanken in Einbahnstraßen. Er kam nicht voran. Schönheit hatte für ihn sinnlich und harmonisch zu sein, um der Sehnsucht ihr Vorbild zu geben. Schönheit bedeutete für Kilian auch Reinheit von Neid, Eifersucht, Hass, Abneigung, Missgunst und Misstrauen.

Cosima öffnete das Fenster, Miko hatte auf seine Pizza reichlich Knoblauch gegeben. Sie streckte sich dem sanften Wind mit der Sonne entgegen. Mit dem Frühling erwachte das Leben, aber mit dem Sommer lachte das Leben. In dieser Hinsicht war Cosima romantisch. Es ging ihr durch den Kopf, wie auch ein Mörder diese Romantik genoss und das Leben und die Liebe mit Genuss und Hingabe umarmte. Chira Walldorf konnte niemanden mehr umarmen.

In ihrem Dezernat lag die Aufklärungsrate für Mord bei 96,5 Prozent, und für die restlichen 3,5 Prozent gab es kein Vergessen. Cosima konnte den Gedanken nicht beiseiteschieben, dass dieser prominente Fall mehr Energie und Einsatz als üblich herausforderte. Sie ärgerte sich darüber, weil jeder Mensch gleich sein sollte. Aber der öffentliche Druck machte diesen Fall dann doch ungleich.

Für diese Ungleichheit machte sie allerdings auch Staatsanwalt Martin Hummelberger verantwortlich, der sich in diesem Fall zu sonnen schien. Sein gesamter Habitus sollte Bedeutung und Wichtigkeit vermitteln. Bei ihr blieben von ihm allerdings nur »Hochmut und Aufgeblasenheit« hängen. Sie war froh, dass nicht sie, sondern Kilian ihm berichten musste. Sie bewunderte ihren Chef für sein Stehvermögen. Er war kein »Wackler«, wie sie es ausdrückte, er war verlässlich und glaubwürdig.

Cosima fragte sich, ob sie bei ihren Gesprächen mit Chira Walldorfs Nachbarn ein Detail übersehen hatte. Eine scheinbare Nichtigkeit, die sich als wertvoll entpuppen konnte. Oder hatte sie Worte und Gesten falsch eingeschätzt. Vielleicht verbargen sich hinter einer scheinbaren Gelassenheit eine zermürbende Nervosität. Hinter einem Selbstbewusstsein viele kleine Komplexe. Hinter einem wachen und klugen Geist ein Esoteriker, der irgendwelche Zwänge ausleben musste.

Vor ihrem geistigen Auge ließ sie alle Bewohner Revue passieren, allerdings nur die Männer. Der Rechtsanwalt. Der Zahnarzt. Der Fußballmanager. Der Discobesitzer. Der Theaterwissenschaftler. Der ehemalige Topmanager. Wieso sie die Männer durchging, obwohl sie eine Mörderin suchten, war ihr in diesem Moment nicht klar.

Was war eigentlich mit dem Portier, mit dem Miko schon häufiger gesprochen hatte? Sie erinnerte sich nur zu gut an dessen Worte. Er machte einen pflichtbewussten, fast schon untertänigen Eindruck. Still. Geduldig. Hingebungsvoll. Sie stellte sich vor, wie er nach der Arbeit als »Zeuge Jehovas« stumm an einer Straße stand und den »Wachturm« hochhielt, in der vergeblichen Hoffnung, dass sich einer der vorbeigehenden Passanten dafür interessierte.

Vielleicht war dieser brave Mann ein perverser Sexist, der sich an dem schönen Model aufgeilte und es aus irgendwelchen Gründen töten musste, fantasierte Cosima.

Vielleicht kannte das Opfer ein Geheimnis über ihn. Eine Information, die seine bürgerliche Welt und seine Ehe zum Einsturz gebracht hätte?

Vielleicht hatte der Portier die Kamera selbst ausgestellt?

Vielleicht hatte der Mörder ihn zum Komplizen gemacht, für Geld, für viel Geld?

Ihre Gedanken fuhren im Kopf Karussell.

Cosima machte einen Spaziergang vom Präsidium zum Tatort. Sie setzte sich auf eine Parkbank. Schloss die Augen. Genoss die Wärme der Sonne. Allerlei Bilder gingen ihr durch den Kopf. Wirr und chaotisch, als würden Fantasie und Wirklichkeit sich gegenseitig zum Narren halten.

Auf dem Rückweg ging sie ins »Irsina«. Sie hatte noch ein paar Fragen an Francesco. Waren Chira Walldorf oder andere Hausbewohner häufiger in seiner Trattoria gewesen? Hatte er etwas bemerkt, was auch immer, einen Kuss, ein Lächeln, einen Streit?

»Francesco ist im Weinkeller, er kommt gleich«, bekundete Jasmine und lästerte: »Wenn er im Weinkeller ist und seine Schätze aus Piemont und Toskana begutachtet, habe ich Weinkellerverbot! Er meint, Franzosen hätten von guten Weinen keine Ahnung, dabei haben wir die besten Weine der Welt. Aber das muss natürlich unter uns bleiben.«

Cosima schwor feierlich, dass sie in Francescos Gegenwart nur italienische Weine loben werde.

Die Frauen kicherten, und Francesco, der gerade die Treppe heraufkam, bezog die gute Laune auf sich. »Ich weiß, ich bin jedes Lächeln wert.«

Cosima fragte ihn, ob es nicht spannend gewesen sei, dass ein weltbekanntes Model so häufig in seine Trattoria gekommen war.

Francesco zeigte ein angedeutetes Lächeln. »Häufig ist übertrieben, vielleicht zweimal im Jahr. Aber du hast recht, einen Promi hier zu haben, den man sonst nur aus dem Fernsehen kennt, ist eine starke Nummer.«

»Kam sie allein oder eher mit Anhang?«

»Ich glaube, nur einmal war sie allein hier.«

»Kennst du eigentlich ihre Nachbarn?«

»Ja klar, manche nur vom Sehen, andere als Stammgäste.«

Cosima spitzte ihre Frage nun zu, als würde sie am Roulettetisch alles auf eine Zahl setzen.

»War Chira Walldorf auch mal mit einem ihrer Nachbarn hier?« Heimlich erhoffte sie sich die Antwort: »Ja, mit diesem Rechtsanwalt, Herrn Wolters.«

Francesco nippte an seinem Espresso. Er spürte, welche Enttäuschung seine Antwort auslösen würde. »Nein, mit einem Nachbarn war sie nie hier.«

Cosima sagte leise: »Schade.«

»Ach ja, einmal prostete sie diesem Wichtigtuer zu, diesem Discobesitzer, der ist häufiger mit seinen Freunden hier.«

Die Kommissarin lächelte sanft. *Das Model und der Discobesitzer.* Sie beschloss, nicht mehr ins Büro zu gehen, der Abend rückte näher. Sie blieb hier und bestellte einen Fischteller und einen Weißwein. Sie genoss das Alleinsein, beobachtete die Gäste, wie sie gekleidet waren. Wer viel oder wenig redete. Wer ständig ins Handy gucken musste. Wer Essmanieren hatte und wer sich gehen ließ. Cosima legte sehr viel Wert auf Etikette und Stil, eine Kombination, die Kilian und Miko zu ihrem Leidwesen häufig vernachlässigten.

Die Tür ging auf: Professor Dr. Heinrich Zirschke, der Theaterwissenschaftler, schritt in großen Schritten mit einer schwingenden Armbewegung in die Trattoria, als würde er den Taktstock eines Dirigenten halten. »Buona Sera«, summte er und schloss Francesco in seine massigen Arme. In einem weiteren Moment, als er den Raum mit den Gästen scannte, erblickte er Cosima und sagte im Schwung seines Auftritts: »Oh, wen sieht mein glückliches Auge?«

Cosima deutete ein Lächeln an. Sie war zwar privat hier, aber dieser Mann war eine berufliche Angelegenheit. Er hielt kurz inne. Es schien, als würde er an einer Formulierung arbeiten, fragte sie dann, ob sie Besuch erwarte.

Sie schüttelte kurz und heftig den Kopf, ärgerte sich aber sofort, dass sie nicht freundlicher reagiert hatte.

Professor Zirschke schaute dabei in den Gastraum, als würde er verzweifelt nach einem freien Platz suchen. Dann beugte er sich leicht zu Cosima vor: »Darf ich an Ihrem Tisch Platz nehmen?«

»Bitte«, sagte sie mit einer einladenden Handbewegung.

Professor Zirschke bestellte eine Flasche Rotwein und eine Flasche Wasser. Francesco brachte ihm zur Einstimmung Pizzabrot mit Schinken. Hastig biss er hinein. Krümel fielen ihm aus dem Mundwinkel. Cosima dachte an Miko. Professor Zirschke eröffnete das Gespräch kess mit der Frage, was denn die Mördersuche macht. »Geht alles nach Plan?«

»Dienstgeheimnis«, antwortete Cosima spitz. »Aber Sie könnten mir bei der Suche helfen.« Kurze Stille. Der Professor schaute sie konzentriert an, als würde er gerade über eine Rolle in einem Theaterstück nachdenken, vielleicht über den genialen Verbrecher Phantomas.

Aber er piepste nur: »Ich bin ratlos und erschöpft. Ich kann Ihnen keine Idee anbieten.«

»Idee?«, fragte Cosima herausfordernd zurück.

»Die Idee einer Handlung. Ich meine, was hat den Mörder bewogen, das zu tun, was er tat.«

»Die Idee ist das Motiv«, warf Cosima ein.

»Das haben Sie aber schön gesagt«, bemerkte der Professor in einem plötzlich heiter klingenden Tonfall.

Sie lächelte ihn stumm an.

Ihre Gedanken wanderten zur Wohnung des Opfers. Sie fragte sich, ob der Professor schon einmal in ihrer Wohnung gewesen sein könnte, heimlich, ohne Wissen seiner Frau, ein Techtelmechtel zwischen ihm und dem Model.

Auch zu einem Professor der Theaterwissenschaften würde ein Giftmord passen, fantasierte sie, ein Mord ohne Blutvergießen, ohne Stechen oder Schießen. Ein Mord, dem eine ausgeklügelte Dramaturgie zugrunde lag.

Der kluge Mann und die schöne Frau, könnte das Theaterstück heißen, geeignet für ein Boulevardtheater.

»Glitzglotz« würde den Ticketverkauf mit Leseraktionen ankurbeln. Denn eine Kriminalkomödie versprach der geneigten Leserschaft sicherlich freudige Momente.

Cosima amüsierte sich über ihren Einfall, und der Professor sagte leise: »Ich mag mir gar nicht vorstellen, dass der Mörder unser Nachbar ist.« Aber er sagte es so, als stünde es fest, dass der Mörder sein Nachbar war.

»Ein Nachbar?«, fasste Cosima vorsichtig nach, um jede Zuspitzung zu vermeiden.

Der Professor nahm seine Brille ab, rieb seine Hände, als würde er sie waschen, atmete tief ein und aus.

Cosima war gespannt darauf, was er jetzt sagen würde.

Er jauchzte: »Prima!« Seine Seezunge wurde serviert.

Während er den Fisch begutachtete und das Besteck in die Hand nahm, fragte sie ihn: »Wie passen Theaterwissenschaft und Film zusammen? Ist das ein und dasselbe Fach?« Die umständliche Frage diente ihr als Einstieg für einen neuen Gedanken. Ehe er antworten konnte (er war damit beschäftigt, den Fisch zu filetieren), sagte sie, dass es für ihn doch spannend gewesen sein müsste, sich mit der Filmregisseurin Capella über Drehbücher, Dramaturgie und Schauspieler zu unterhalten.

Im Filetieren war er perfekt. Cosima verstand allerdings nicht, weshalb er zu Fisch Rotwein trank.

Er kaute, trank, sagte schließlich: »Frau Capella war einmal bei uns. Natürlich haben wir uns beruflich ausgetauscht, aber in Grenzen. Denn sie war nicht zu fassen. Das lag auch daran, dass sie vom Theater wenig Ahnung hatte. Ich meine, Theater ist die Grundlage für das Schauspiel. Wer keine Ahnung vom Theater hat, kann die Kunst des Films nicht erschöpfend erkennen.«

Sie murmelte: »Interessant.«

Er wechselte das Thema und verriet, dass Frau Capella und die Tote ein Techtelmechtel gehabt hätten.

»Techtelmechtel«, wiederholte Cosima, aber nicht an den Professor gerichtet, sondern an sich selbst. Chira Walldorf war, so vermutete sie, die Fügsame. Frau Capella die Dominante. Was wäre passiert, wenn die Fügsame langsam auf Distanz zur Dominanten gegangen sein sollte, überlegte Cosima. Der Gedanke wurde konkreter. Worte wie »zurückgestoßen«, »seelisch verletzt« und »Rache« kullerten durch ihren Kopf.

»Woher wussten Sie davon?«, fragte sie ihren Tischpartner.

»Was heißt schon wissen«, antwortete Professor Zirschke, als wollte er seinen ursprünglichen Hinweis relativieren. »Also, ich meine, ich weiß nicht, wie eng sie miteinander verbandelt waren. Ich weiß aber, dass sie ein Faible füreinander hatten. Frau Walldorf redete auffällig nett über Frau Capella. Und Frau Capella redete auffällig nett über Frau Walldorf.«

»Nett?«

»Zwischen den Nachbarn in unserem Haus herrscht ein freundliches Sich-nicht-Beachten. Wir sind uns eher egal. Da fällt es doch auf, wenn zwei Menschen sich alles andere als egal sind.«

57.

Kilian stand im Innenhof des Polizeipräsidiums in einer tristen Raucherecke. Er fühlte sich dort wie ein vertriebener Indianer im wilden Westen. In einem trostlosen Reservat. Er mutmaßte, dass die Verwaltung des Polizeipräsidiums mit Absicht den »Genussrauchern«, wie er behauptete, so einen schäbigen Platz zugewiesen hatte.

Er müsste schon in einem Kloster leben, um den Sünden des Genießens mit Freude zu entsagen. Sozusagen für Gott das Qualmen aufgeben. Aber für so einen Lebensentwurf war er nicht geboren worden. Seine Bestimmung war das volle Leben. Er dachte an die Nonne, Schwester Benedicta, die keine Zigarette in die Hand nehmen durfte. Vielleicht war sie früher eine Kettenraucherin gewesen und jetzt ganz froh, ihr Laster los zu sein. Rauchenentwöhnung im Kloster.

Er hatte Schwester Benedicta auf der Totenmesse für ihre Freundin Chira genau beobachtet. Von hinten. Er war überrascht, wie lange ein Mensch so lange so ruhig sitzen konnte. Jedenfalls hatte er nicht die kleinste Veränderung in ihrer Körperhaltung festgestellt. So etwas trainierte man also im Kloster, dachte er sich. Besinnung durch Meditation oder so ähnlich. Jedenfalls gehörte das Geradesitzen wohl dazu. Er kannte das auch von seiner Mutter. *Junge, sitz gerade beim Essen! Ellbogen vom Tisch!* Wer gerade saß, bewahrte Aufmerksamkeit und Konzentration.

Kilian hatte noch kein Wort mit der Nonne gesprochen. Er fragte sich, ob sie Cosima alles gesagt hatte, was sie wusste oder ahnte. Es wäre ja möglich, sinnierte er, dass sie noch einen Schutzinstinkt für ihre Freundin bewahrte. Nämlich ein Geheimnis nicht zu lüften. Womöglich war ihr aber auch gar nicht bewusst, welche Details wichtig sein könnten.

Es machte für Kilian keinen Sinn, nach zwei Gesprächen, die Cosima mit der Nonne geführt hatte, noch einmal zu ihr ins Kloster zu fahren. Was hätte er herausfinden können, was Cosima entgangen wäre? Wahrscheinlich gar nichts. Er verstand sich im Moment selbst nicht – sein Hadern mit der Nonne. Schließlich hatte sie doch mit ihrer »Ebenbild-Theorie« den Fall zugespitzt.

Kilian hätte sie gerne gefragt, wie ein guter Mensch zu einem bösen Menschen wird und einen zielgenau geplanten Mord begehen kann. Denn genau das war Giftmord. Giftmord richtete sich fast ausschließlich gegen Menschen, die im nächsten Umfeld lebten. Das machte ihn so heimtückisch. Der Ehemann rechnete nicht damit, dass der Blaubeerquark, den seine Ehefrau ihm besonders liebevoll zubereitet hatte, ihn gleich töten würde.

Er versuchte, eine Struktur in seine Gedanken zu bekommen. Hatte Chira Walldorf diesen Mord durch ein bestimmtes Verhalten bewusst oder unbewusst provoziert? Hatte sie damit langsam, aber stetig die Nerven des Mörders blankgelegt?

Er ging wie ein Fuchs in einem Gehege auf und ab und murmelte die Worte: »Chira, das Monstrum.« Diesen Gedanken empfand er selbst als böse, aber er konnte sich umso weniger dagegen wehren, je tiefer er sich in die grausamen Abgründe eines Giftmordes hineindachte. Chira Walldorfs Ruf war tadellos. Vom Pfarrer in ihrer Heimatgemeinde über einige Nachbarn bis zum Starfotografen, sie alle lobten sie. Der Starfotograf meinte sogar, er verstehe überhaupt nicht, wie ein Model so natürlich sein konnte. Befreit von Exzentrik und einer Überspannung, die auf ständige Inszenierung aus war.

Kilian zündete sich eine weitere Zigarette an. Er merkte, wie hastig er daran zog. Wie er den Qualm unwirsch aus seinen

Backen pustete. Wie er die Zigarette nach vier, fünf Zügen ausdrückte. Er ging zurück in sein Büro in die zweite Etage. Manchmal nahm er beim Treppensteigen zwei Stufen auf einmal. Diesmal aber nahm er bewusst Stufe für Stufe, als würde er zu einer Erkenntnis emporsteigen. Dabei verharrte er bei den Worten der Nonne. »Vielleicht wollte sich der Mörder ein Ebenbild von Chira machen.« Das hatte sie gesagt.

»Wollte«, wiederholte er, als würde ihn dieses Wort stören. »Vielleicht hat sich der Mörder bereits ein Ebenbild gemacht«, flüsterte er nachdenklich, ohne genau zu verstehen, was er damit meinte. Er hatte das Gefühl, einer Merkwürdigkeit auf der Spur zu sein. Aber er konnte dieses Gefühl nicht einordnen.

Er erinnerte sich an den Käseabend mit Robert und Tilda. Da hatte Tilda über die verrückte Modebranche gesprochen mit ihren Emotionen, Verwerfungen und Enttäuschungen. Er wunderte sich, weshalb diese jungen hübschen Mädchen mit ihrem natürlichem Gesicht manchmal nichts anfangen konnten. Sie müssten doch eigentlich Tag für Tag jubilierend über die Straße springen, weil die Natur ein außergewöhnliches Gesicht entworfen hatte. Stattdessen sprangen einige von ihnen aus dem Fenster oder jagten sich eine tödliche Droge in die Ader.

Diese Welt, die nach außen so perfekt erschien auf Facebook, YouTube oder Instagram, hinterließ genarbte Seelen. Könnte es nicht sein, dachte Kilian, dass eine genarbte Seele aus tiefstem Frust den Giftmord begangen hatte? *Model tötet Model. Schönheit tötet Schönheit.* Das Ebenbild, so dachte er, war nur eine Gleichung. *Du bist schön, ich bin schön. Wir sind schön.*

Kilian verwarf den Gedanken. Unruhig ging er wieder zurück in seine Raucherecke und zog die letzte Zigarette aus seiner Schachtel. Er zündete sie mit einem Streichholz an, weil sein Feuerzeug leer war. Ihn wunderte es, dass er Streichhölzer bei sich hatte. Tief zog er das Nikotin ein und schaute anschließend dem seichten Qualm dabei zu, wie der Wind ihn aufnahm und mitnahm, bis er nicht mehr zu sehen war.

58.

Für den Geburtstag von Chira Walldorf, hatte sich »Glitzglotz« eine besondere PR-Aktion einfallen lassen. »1.000 Lichter für Chira«, stand in roten Buchstaben auf den Kerzen, die die Leser für 1,50 Euro erwerben konnten, wobei 50 Cent an die Opferschutz-Organisation »Heilende Hände« gingen.

In einer Mitteilung des Verlages hieß es dazu: »Wir finden uns mit dem Mord an Chira Walldorf nicht ab. Sie lebt in unseren Herzen weiter. Wir denken aber auch an alle Opfer, die nach einer Straftat seelisch und körperlich schwer leiden. Deshalb spenden wir ein Drittel des Erlöses aus dem Kerzenverkauf an die ›Heilenden Hände‹, die Schutzmacht für Opfer des Verbrechens.«

Je näher der Tag heranrückte, desto aufgewühlter wurden die Überschriften im »Glitzglotz«, um mit dem Kerzenverkauf auch die Auflage anzustacheln.

Montag: »Chira, wir feiern deinen Geburtstag.«

Dienstag: »1.000 Lichter leuchten in Deinem Himmel.«

Mittwoch: »Glitzglotz-Leser weinen um Chira.«

Donnerstag: »Gott, erbarme dich und jage den Mörder.«

Freitag: »Morgen: Großes Lichtermeer vor Chiras Wohnung.«

Samstag: »Heute leuchten 1.000 Herzen für dich.«

Die Touristen, die aus der Altstadt kamen, machten Fotos von dem Spektakel. Einige glaubten, hier finde ein feierliches Ritual statt, um dem Sommer zu danken.

In seiner Online-Ausgabe am späten Samstagabend titelte »Glitzglotz« in großen Buchstaben »DANKE«. Darunter stand ein Foto, das vor dem Hauseingang brennende Kerzen in Form eines Herzens zeigte.

59.

Als der Portier Miko sah, lächelte er mühsam und sah kleiner aus als sonst. Gewiss war er nicht geschrumpft, aber seine Körperhaltung war ohne Spannkraft. Als hätte er sich eine übergroße Jacke angezogen. Er hatte einen unergründlichen Blick. Die Muskeln in seinem Gesicht wirkten schlaff, als könnten sie weder Fröhlichkeit noch Traurigkeit anzeigen. Eine tote Mimik in einem lebenden Körper.

»Tja«, dehnte Miko die einzelnen Buchstaben bedeutungsvoll in die Länge, um seine Ratlosigkeit über die defekte Kamera am Tag der Ermordung auszudrücken. Er bemühte sich ernst zu wirken. Cosima hätte bei diesem Anblick wahrscheinlich einen Lachanfall bekommen und ihn gefragt, was er da für eine Show abzog.

Er sagte: »Was für ein Zufall, dass die Kamera ausgerechnet am Tag des Mordes ausfällt.«

Der Portier stand wie schockgefroren da, als müsste er jede Faser seines Körpers unter Kontrolle behalten. Ruhige Hände. Ausdrucksloses Gesicht. Keine Regungen. Keine Zuckungen. Miko fragte sich, ob der Portier Angst vor ihm hatte. Aber er fühlte sich dafür nicht verantwortlich. Das wäre eine Aufgabe für Dr. Kirsch, der wusste, wie man Ängste wegtherapierte.

»Herr Kommissar«, setzte der Portier an, erst mit dünner Stimme, dann aber mit kräftigerem Ausdruck, »ich bin in meinem Leben immer ehrlich gewesen. Das habe ich schon von meinen Eltern übernommen, und ich habe das auch an meine Kinder weitergegeben. Sie aber geben mir immer wieder das Gefühl, dass ich nicht ehrlich zu Ihnen bin, und das betrübt mich, weil Sie damit meine Arbeit in Frage stellen.«

»Das tut mir leid«, log Kilian, »aber ich möchte gerne erfahren, welcher Mensch an dieser Kamera herumgefummelt hat.«

Er dachte an den Rechtsanwalt Wolters, der dem Portier im Kameraraum dabei geholfen hatte, die Scherben zweier Tassen aufzusammeln. Umständlich näherte er sich dem Thema: »Die Hausbewohner haben alle so interessante Berufe. Ich wollte früher Rechtsanwalt werden wie Herr Wolters.«

Aber der Portier sagte nur: »Ich mag keine Paragrafenreiter, aber der Herr Wolters ist sehr höflich. Weihnachten schenkt er mir Pralinen oder auch mal eine Flasche Champagner. Wer macht das schon?«

60.

Kilian, Cosima und Miko trafen sich am Abend im »Irsina«.

Die Luft war mild und klar, eine sonderbare Wärme durchzog die Straßen – und Kilian hatte das Gefühl, dass der Fall bald gelöst sein würde. »Ich bin mir fast sicher, auch wenn ich es noch nicht begründen kann.«

Francesco brachte gerade drei Prosecco, als der Chefredakteur des »Glitzglotz« hereinkam. »Seit dem Mord kommt er häufiger hierher«, flüsterte Francesco, um ihn dann zu begrüßen. »Hier entlang, Herr Gardner, wäre dieser Tisch recht?«

»Super, Francesco, da habe ich einen wunderbaren Blick auf meine drei Freunde von der Polizei.«

»Ich grüße die Dame und die Herren«, zischte er lächelnd und mit einem angedeuteten Winken. Kilian nickte, ohne ein Wort zu sagen. Cosima und Miko schauten weg beziehungsweise auf ihre Teller. Sie folgten damit der reduzierten Begrüßungszeremonie ihres Chefs. Denn die Gefahr war nicht auszuschließen, dass sich Gardner an ihren Tisch setzen wollte. So aber hatte er die Abwehrsignale nicht nur verstanden, sondern sie sogar respektiert. Er wandte sich seiner Speisekarte zu und überlegte vermutlich schon die Schlagzeile für die Onlineausgabe:

Nach dem Modelmord:
Polizei trifft sich zur Plauderstunde beim Edelitaliener

Der darunter platzierte Bericht würde dann aus einer alten Leier bereits verwendeter Textbausteine aus früheren Geschichten bestehen. Immer noch keine Spur / Wann passiert endlich etwas / Die Menschen machen sich Sorgen und so weiter.

Staatsanwalt Martin Hummelberger fragte Kilian am nächsten Tag, um was für eine Plauderstunde es sich denn gehandelt habe. Dabei durfte man seinen Gesichtsausdruck durchaus als missmutig, grantig oder unwillig interpretieren. Am liebsten hätte Kilian gesagt: »Entschuldigung, demnächst plaudern wir nicht mehr in unserer Freizeit.«

Kilian pustete sich die Haare aus der Stirn und sagte mit vergnügter Stimme: »Herr Staatsanwalt, meine Kollegen und ich haben uns nach Feierabend in unserer Freizeit einfach mal getroffen. Ich glaube, das geht völlig in Ordnung.«

»Herr Stockberger«, antwortete Hummelberger mit Betonung auf Stock, als wollte er damit schlagen, »es geht nicht darum, wie Sie es meinen, sondern wie es ankommt.«

Der Staatsanwalt bekam rötliche Flecken im Gesicht, weil der Kommissar nicht begreifen wollte, dass es nicht geschickt war, in einem Restaurant neben dem Haus der ermordeten Chira Walldorf vergnügliche Stunden im Plauderton abzuhalten.

Cosima hatte ein weiteres Gespräch mit dem Discobesitzer Hans Langbein vereinbart. Vorher ließ sie sich vom Portier den Fahrradkeller zeigen. Sie erblickte zuerst einen lang gestreckten breiten Gewölbekeller, der an ein altes Weinlager in Bordeaux oder im Chianti erinnerte. Der modrige Geruch von den feuchten Wänden offenbarte, dass der Keller von der radikalen Sanierung aufwärts verschont geblieben war. Cosima wunderte sich darüber. Aber sie freute sich gleichwohl, dass eine Echtheit zu spüren war, die sich nicht mitnehmen ließ in das moderne Ambiente des Foyers und der Wohnungen.

Links und rechts des schlauchartigen Raums hatten sich die Arbeitsräume der Nonnen befunden. In einer Ecke stand eine großformatige Waschmaschine, wie man sie aus den Wäschereien kennt. Ein Kreuz hing an der Wand. In einem weiteren Raum stand eine Destillieranlage für das Schnapsbrennen. Cosima erinnerte sich, dass die Nonnen im Klosterladen ihren eigenen Schnaps verkauften, er hieß: *Zarter Nonnengeist*. Auch in diesem Raum hing ein Kreuz. Sie hatte den Eindruck, dass jedes Kreuz hinsichtlich seiner Größe, Gestaltung und seines Materials gleich war. Die Spinnen zauberten in den oberen Ecken engmaschige Trapeze.

Die Wände waren aschgrau. Schwache Lichter sorgten mühsam für die notwendige Helligkeit. Der Müllraum stand offen. Die Gerüche fanden ihren Weg. Viele weitere kleine Räume mit bretterartigen Türen standen leer.

Der Fahrradkeller entpuppte sich mit seinen weißen Wänden, der Betonfarbe auf dem Boden und dem Neonlicht an der Decke wie eine merkwürdige Offenbarung in einem Zwitterhaus, das nicht so recht wusste, was es sein wollte. An der Wand hing sogar eine Vorrichtung für das automatische Aufpumpen der Reifen.

Cosima stellte sich in diesem Moment die Hausbewohnerin Simone Capella vor, wie sie erstmals nach vielen Jahren wieder auf einem Fahrrad saß, um für ihren nächsten Film über eine Stadt ohne Autos zu spüren, wie sich das Fahrradfahren eigentlich anfühlte.

Cosima schaute sich die einzelnen Fahrräder an. Zwei Fahrräder standen platt herum, drei weitere warteten nur auf die Verschrottung, und zwei würden jeden Polizeitest bestehen.

Cosima fragte den Portier, wo denn das Fahrrad von Herrn Langbein stehe.

»Herr Langbein?«, fragte er amüsiert zurück. »Der hat kein Fahrrad!«

Er fand die Frage der Kommissarin offenbar lustig. Dabei hatte der Portier Miko selbst gesagt, dass sich Langbein am Nachmittag des Mordtages im Fahrradkeller aufgehalten hätte.

»Herr Langbein ist ein netter Mensch, das muss ich schon sagen. Aber ich tue ihm sicherlich nicht unrecht, dass es ziemlich komisch aussehen würde, wenn er Fahrrad fahren würde. Sie können Herrn Langbein auch mit Auto übersetzen.«

Der Portier begleitete Cosima zum Foyer. Von dort ging sie die Treppe hoch zu Langbeins Wohnung. Seine Freundin, diesmal ausgeschlafen, öffnete die Tür. »Tiger«, rief sie ihren Freund, »die Polizei ist wieder da.«

»Ich weiß«, rief er zurück, »ich komme gleich.« Er hatte sich Gel in die Haare gerieben, um damit sein welliges Haar unter Kontrolle zu bringen. Cosima fand, dass er heute wie ein Zuhälter aussah. Er trug eine Jeans, die so eng war, dass sie seine Genitale abbildeten, dazu braune Cowboystiefel, einen braunen Gürtel mit einer Metallschnalle, die einen Adler zeigte, und ein offenes, weißes Hemd. Cosima konnte dem Portier nur beipflichten, dass dieser Mann vermutlich noch nie auf einem Fahrrad gesessen hatte.

Sie bemerkte, dass er heute nicht so entspannt wirkte wie bei ihrem ersten Besuch, als er eine nahezu übertriebene Gelassenheit zelebrierte, um sich damit offenbar wichtig zu machen. Sie sollte wohl denken: *Hey, was bist du für ein geiler Typ.* Für Cosima war er ein Kotzbrocken. Sie dachte kurz an ihren Freund, einen Lehrer für Alt-Griechisch und Philosophie. Wahrscheinlich würde sich Langbein über ihn totlachen. Wer solche Fächer studiert hatte und sie unterrichtete, musste in seiner Kindheit schwer traumatisiert worden sein.

Langbein verschränkte die Arme. Cosima interpretierte diese Haltung als Ablehnung, jedenfalls nicht als Ausdruck souveräner Gelassenheit. Seine aufgekratzte Heiterkeit im ersten Gespräch mit der Kommissarin wich einer Schutzzone aus sparsamer Mimik und reduziertem Sprecheifer. Eindeutig, heute war er nicht der Zampano, der Unterhaltungskünstler und Nachtmensch. Er hatte einen schlechten Tag.

Er saß angelehnt auf seiner Couch und trommelte mit seinen Fingern auf seinem linken und rechten Bein herum. Unausgesprochener Gedanke: *Mensch Tante, du langweilst mich, komm endlich in die Gänge, ich kann hier nicht ewig herumsitzen.*

Er dehnte seine Hände, bis es knackte, und lächelte demonstrativ. Dann stand er auf, setzte sich aber sofort wieder hin, schaute seine Freundin Agnes Fiedler hektisch an, tastete seine Haare ab, ob das Gel auch funktionstüchtig war, und sagte schließlich: »Ja, ja, so ist das alles.«

Cosima überlegte, wie sie das Gespräch beginnen sollte. Mit einer Fangfrage, die Langbein in Stress versetzte und dazu verführte, sich zu verraten oder zu verhaspeln, um damit seinen inneren Leitfaden zu zerreißen? Oder mit einer Lockfrage, die Langbein langsam in das Gespräch hineinführte, ohne dass er spürte, wohin es lief? Sie war überzeugt, dass scheinbar harmlos klingende Fragen, die dem Gesprächspartner signalisierten, es bestünde keine Gefahr, tatsächlich sehr gefährlich waren.

»Ich war heute im Keller, hier unten, mein Gott, war das aufregend, ich dachte, gleich kommen die Geister.«

»Tja, die Geister«, repetierte Langbein stumpfsinnig und kratzte sich am Hinterkopf.

»Sie sagen das so, als seien Ihnen schon mal Geister im Keller begegnet«, meinte Cosima beiläufig, denn ihr war klar, dass das Geisterthema absurd war.

»Oh, Entschuldigung, nur eine Sekunde«, murmelte er und band sich das Haar mit einem schwarzen Gummi zum Pferdeschwanz, damit es ihm nicht mehr ins Gesicht fallen konnte.

Cosima schaute neutral.

»Wie war noch einmal Ihre Frage?«, fragte er.

»Es ging um die Geister im Keller.«

»Äh?«

»Ja, ob Ihnen schon mal Geister im Keller begegnet sind.« Cosima fand das Thema langsam albern.

Er stand auf. Sein viel zu enges Hemd ging am vierten Knopf von oben auf, sodass es ein paar Brusthaare freilegte.

»Ich glaube nicht an Geister«, brummte er.

»Na ja, wir kommen auch vom Thema ab«, sagte Cosima strenger, als müsste sie ihre Lockfragen endlich zuspitzen, um schneller ans Ziel zu kommen.

Er versuchte offenbar ein Lächeln, das misslang. So entschied er sich für einen konzentrierten Gesichtsausdruck und legte dabei einen Finger auf die Nase.

Wie er so dasaß, dachte Cosima, wie ein Professor, der kurz die Gliederung für die Vorlesung durchging, um dann zu den Studenten in den Hörsaal zu gehen.

»Herr Langbein, können Sie sich an den Vormittag erinnern, als Frau Walldorf starb, ich meine, was Sie getan haben?«

»Getan haben«, wiederholte er und dehnte die Worte in die Länge.

Sie schaute ihm in die Augen. Für sie waren Augen das Tor zur Seele. Seine Pupillen wirkten verengt. Sie schaute auf seine Finger, sie gingen auf und ab, als durchliefen ihn leichte Stromschläge. Sie wartete auf eine Antwort. Wofür braucht ein Mensch so lange, um eine banale Antwort zu geben, dachte sie. Sie schaute ihm noch immer in die Augen. Er brauchte diese Zeit wohl, weil es keine ganz so banale Frage war. Kilian predigte immer, die einfachsten Fragen seien am schwersten zu beantworten. Wer auf einfach mit schwierig antworte, habe etwas zu verbergen.

»Puh«, atmete er tief aus. »Sie stellen aber auch Fragen, mein Gott, was habe ich denn getan?«

Seine Freundin saß stumm daneben, gebannt, als würde sie einen spannenden Film sehen. Sie hatte sich nett zurechtgemacht. Aber sie sah verlebt aus. Nicht wie eine 34-jährige Frau, die früh aufstand und abends früh ins Bett ging. Die die Normalität des Lebens mit einem erprobten Rhythmus abarbeitete. Sich abends auf ein Glas Weißwein freute und gern in die Urlaubskataloge der Reisekonzerne schaute.

Als würde sich plötzlich ein massives Geröll lösen und vom Berg tosend ins Tal stürzen, aufpeitschend mit furchterregenden Windmassen, räusperte sie sich. Langbein sah sie erschrocken an. »An diesem Tag hatten wir doch diese blöden Probleme mit der Heizung.«

»Heizung?«, fragte er gereizt.

Durch den Raum schienen Kugeln zu fliegen. Kugeln der Aggression oder einer unbestimmten Angst. Cosima wartete ab.

Frau Fiedler war hörbar eingeschüchtert. Ihre Stimme wurde dünner und leiser. Sie grämte sich. »Ich weiß auch nicht mehr genau. Ich glaube, die Heizung rauschte mal wieder, obwohl sie nicht an war, dann hast du irgendwann den Portier angerufen.«

Langbein stand auf und murmelte mehrmals das Wort »Heizung«, als würde er gleich ein Geheimnis zutage fördern.

Cosima stand ebenfalls auf. Sie wollte nicht von unten nach oben schauen, und sie wollte auch nicht die Entfernung zu ihm größer werden lassen. Er sollte die Kommissarin spüren, ihre Autorität und Macht, hier und jetzt, in seinem Wohnzimmer, in seinem Revier. Er kullerte mit den Augen, spielte mit dem Pferdeschwanz, als sei er für einen kurzen Moment abwesend.

»Ja, da war was mit der Heizung. Ich erinnere mich. Ja, ich erinnere mich deshalb, weil der Portier nicht kam. Ich weiß nicht, warum der so herumtrödelte.«

Cosima schwieg. Sie wollte ihn mit seinen stotternden Erinnerungen allein lassen. Sie machte nicht den Fehler, mit einer Frage dazwischenzugehen. Er sollte sich selbst berappeln und seine Rede fortsetzen – mit einer Wahrheit oder eine Lüge. Er musste sprechen.

»Tja, der Portier«, sagte er aber nur.

»Tja, der Portier«, wiederholte Cosima fast gleichgültig, um ihn herauszufordern. Sie ging durch den Raum, langsam hin und her, als wollte sie beunruhigt wirken. Langbein blieb am Fenster stehen und beobachtete die Kommissarin. Er versuchte seine Gedanken zu ordnen. *Warum geht diese Polizistin durch mein Wohnzimmer, anstatt sich einfach hinzusetzen, wie sich das gehört.*

Frau Fiedler verließ den Raum.

Der Discobesitzer und die Polizistin standen gemeinsam am Fenster und schauten auf den vorbeiziehenden Rhein.

»Tja, der Rhein«, durchbrach Langbein das Schweigen, das sich wie eine klebrige Masse im Rachen anfühlte.

»Tja, der Portier«, wiederholte Cosima. Sie hätte sich fast auf die Zunge gebissen, weil die Situation keine Ironie vertrug. Sie musste ihn behutsam aufbauen wie eine verständnisvolle Mutter, die ihrem Sohn, der sich mal wieder mit dem Nachbarjungen gekloppt hat, einen Boxtrainer verspricht.

»Ich weiß, wie es ist, wenn die Heizung rauscht. Bei uns im Haus, es ist ein altes Haus, war die Umwälzpumpe falsch eingestellt. Sie wurde dann auf eine niedrigere Stufe eingestellt, dann hatten wir Ruhe. Aber das kann kein Hausmeister oder Portier machen, dafür muss ein Installateur kommen.«

»Gut zu wissen«, antwortete Langbein, knöpfte sich den vierten Knopf an seinem Hemd zu und schaute sich im Spiegel an.

Er strich sich eine Strähne aus dem Gesicht, die seinem Haargel und dem Zopfgummi entwischt war.

Cosima faltete ihre Hände, atmete tief durch. Sie stand einen Meter von ihm entfernt, schaute abermals in seine Augen und fragte: »Herr Langbein, wann kam denn endlich der Portier?«

Er verzog seine Stirn zu einer faltigen Wellenform. »Frau Kommissarin, Sie reden ständig so ein komisches Zeug von

Geistern und vom Portier und von der Heizung. Das nervt mich langsam. Ich nehme mir wirklich alle Zeit der Welt, damit Sie den Mörder schnell packen, aber ich habe auch Verpflichtungen. Wir können gerne einen neuen Termin ausmachen, morgen oder übermorgen, aber dann komme ich mit meinem Anwalt!«

Cosima zeigte sich ungerührt, aber sie freute sich, dass er sich nicht mehr im Griff zu haben schien, als würde sich die oberste Schicht seiner Nerven lösen.

»Herr Langbein«, sagte Cosima beschwichtigend, »es tut mir leid, dass Sie unser Gespräch so wahrgenommen haben, aber wir sollten es hier und jetzt in Ihrem Wohnzimmer fortsetzen. Es sei denn, Ihnen wäre eine Vorladung ins Polizeipräsidium lieber.«

»Herr Langbein, als der Portier schließlich kam, waren Sie nicht mehr in der Wohnung, stimmt das?«

»Möglich«, sagte er fahrig, als wollte er das Wort verschlucken.

»Aber wo waren Sie?«

»Ich glaube, ich war im Fahrradkeller.«

»Sie glauben?«

Er schwieg.

»Was haben Sie in einem Fahrradkeller ohne Fahrrad zu suchen?«

»Wer sagt, dass ich kein Fahrrad habe?«

Cosima ging darauf nicht ein. »Fassen wir zusammen. Erstens: Am Tag des Mordes haben Sie den Portier gerufen. Zweitens: Sie haben nicht auf ihn gewartet. Drittens: Als er kam, waren Sie im Fahrradkeller, obwohl Sie nach unseren Informationen kein Fahrrad besitzen.«

Er lächelte mitleidig, als würde er einer Fünfer-Schülerin gerne eine Vier minus geben, damit sie Aufwind verspürte.

Sie dachte daran, dass das Team eine Mörderin und keinen Mörder suchte. Aber wenn Langbein der Geliebte der Mörderin wäre?

Cosima zog sich ihren Mantel an, Langbein nahm die andere Hälfte, um ihr darein zu helfen. »Nicht nötig, ich schaffe das schon«, sagte sie geschäftsmäßig.

Einen Schuss hatte sie noch frei, und den kostete sie aus.

»Herr Langbein, es gibt weiteren Gesprächsbedarf. Wir werden das Gespräch im Präsidium fortsetzen. Sie bekommen eine Vorladung.«

Ihr Gefühl, einen Triumph errungen zu haben, eilte in diesem Moment ihrem Verstand voraus.

61.

Das Geheimnis, das Kilian, Miko und Cosima längst eingehegt hatten, verfestigte sich zur Gewissheit: Sie hatten dem Helfer der Mörderin bereits ins Gesicht geschaut, und vielleicht hatten sie auch schon der Mörderin ins Gesicht geschaut.

Und doch: Mörderin und Helfer blieben weiterhin *gesichtslos*.

Robert meinte, dass man einfach denken musste, um komplizierte Sachverhalte zu verstehen. Die Psychologie, so meinte er, hatte unter allen Wissenschaften die schwerste Aufgabe zu bewältigen, nämlich die menschliche Seele mit ihren Trieben und Phobien zu verstehen und die Menschen aus dem Schatten ihrer Selbsterniedrigung und inneren Geiselhaft zu befreien.

Er war davon überzeugt, dass das Leben die großen Geheimnisse für sich behielt. »Es gibt mehr Fragen als Antworten. Wir fahren mit unseren Gedanken in eine Sackgasse und kommen häufig nicht mehr heraus. Es staut sich. Der Stau macht uns wütend. Er blockiert uns.«

Den Fall, den ihm Kilian vorgelegt hatte, empfand er als »herausfordernd«, weil er all seine Erfahrungen und sein Können aufbieten musste, um zu helfen. »Hier geht es um den echten Dr. Kirsch«, pflegte er dann zu sagen, wenn nur er sich einer großen Aufgabe gewachsen glaubte.

Er hatte sich frühzeitig darauf festgelegt, dass es sich um eine Täterin mit einem seelischen Problem handeln musste. Seine Analyse umschloss den Fall wie ein Kokon, in dem sich die Raupe zur Puppe häutete.

Er stand vor einer fünf Meter langen Wand in seinem Büro, an der er eine ebenso lange Tapetenrolle befestigt hatte, auf die er mit roten, blauen und grünen Stiften drei Überschriften über drei Spalten schrieb: Erkenntnisse, Vermutungen, Fragen. Vorher hatte er sich in das Leben der Toten eingelesen. Außerdem die protokollierten Gespräche mit der Nonne, den Nachbarn, Mitarbeitern und den Stalker gelesen. Seine bearbeitete Tapete sah nach mehreren Stunden mit ihren Ausrufezeichen, Fragezeichen, umkreisten, unterstrichenen und durchgestrichenen Wörtern wie das Werk eines Jungmalers an einer Kunsthochschule aus. Unausgesprochener Werktitel: *Wortglauben.*

Einige Wörter las er sich mehrmals laut vor.

Nonne
Model glaubt an Gott.
Katholisches Umfeld.
Kirchliches Begräbnis.
Du lebst weiter in einer anderen Welt.
Dort bist du glücklich.

Er stützte seinen Kopf in die Hände und grübelte, ob er aus seinen Stichworten eine These ableiten könnte.

Er machte einen Spaziergang, um seine Überlegungen aus dem Büro herauszuholen und sie mit neuen Ideen aufzufrischen. Zumindest erhoffte er sich das. Er atmete tief die frische Luft ein. Er hatte das Gefühl, dass sie vordrang bis zu seinem Gehirn. Er schüttelte sich kurz und fühlte sich freier. Er schaute in den Himmel und sah die Kondensstreifen der Flugzeuge, wie sie lange künstliche Wolken hinter sich ließen. »So ist auch das Leben, es kommt prall daher und verliert mit den Jahren an Kraft.« Er lächelte schwach, es machte ihn traurig. Eine Traurigkeit, die in diesem Moment stärker war als sein gewohnter Pragmatismus.

Der Park, den er durchquerte, wurde vor ein paar Jahrzehnten für die Bundesgartenschau angelegt. Er führte in der kalten Jahreszeit an kahlen Bäumen, matten Wiesen und mehreren künstlich angelegten Teichen vorbei. Im Frühling und dann im Sommer belebte die Natur dieses Areal mit kräftigen Farben und bunter Lebenslust. Auf dem Spielplatz mit den Wasserspielen und den Klettergerüsten aus Holz spielten die Kinder vergnügt und aufgeregt. Die Mütter lockten meist vergeblich mit Apfelhälften, Möhren oder Zwieback aus ihren Tupperdosen.

Hinter den Baumzipfeln ragte der Turm der Evangelischen Kirche hervor. Er kam ihm näher und sah, dass eine

Tür einen Spalt offen war. Er ging hinein und setzte sich in die vierte Reihe. Er war allein. Hörte seinen Atem. Schaute auf das Kreuz, das auf dem Altar stand. Er schaute, als wollte er etwas erblicken, aber was sollte er erblicken? Er genoss die magische Wirkung des Kreuzes in seiner puristischen Umgebung. Es war nicht möglich, diesem Kreuz auszuweichen, weil leere Wände die Blicke zurückwarfen.

Das Kreuz also. Das Leiden Christi, Auferstehung, Leben nach dem Tod. Warum er das dachte, wusste er nicht.

Vor vielen Jahren war er aus der Kirche ausgetreten. Wenn er die Zeit von damals an sich vorbeiziehen ließ, kam ihm jetzt, im reiferen Alter, einiges albern vor. Vor allem die wichtigtuerische Protesthaltung, als müsste man grundsätzlich gegen etwas sein, um wahrgenommen zu werden. Seit seinem Austritt war er drei- oder viermal in der Kirche gewesen, zu einer Hochzeit, zu einer Kommunion oder einem Adventssingen. Nun aber nahm er das Kreuz in den Blick, als würde er meditieren. Noch immer war er allein in dieser Kirche und suchte nach einem schlüssigen Wort, das seine Notizen auf der Tapete und den Mörderbrief ergänzen könnte.

Er schaute in das kahle Viereck des Kirchenraums, der sich dem katholischen Reichtum an Bildern und Symbolen nackt entgegensetzte und so aussah, als hätte ihn Jil Sander eingerichtet, die Meisterin des modischen Minimalismus. Weniger ist mehr, konzentriere dich aufs Wesentliche. Er glaubte, die Stille zu hören, schloss die Augen und faltete die Hände. Er spürte das sanfte Fließen des Blutes. Sein Atem beruhigte sich, und ein Strom schöner Erinnerungen floss durch seinen Körper.

Er erinnerte sich, wie er nach dem Abitur für eine Woche ins Kloster zu den Benediktinern gefahren war. Nach zwei Tagen hatte er das Gefühl, die Ruhe, die zur Stille wurde, nicht zu ertragen. Am dritten Tag machte er ausgedehnte Spaziergänge, um dem Gleichklang des Tages aus Gebet, Meditation und Arbeit ein neues Muster hinzuzufügen. Am vierten und fünften Tag übernahm eine Kraft der Hingabe seinen Kopf, um die Sehnsucht nach Aktion und Kommunikation zu zerstören. Am sechsten und siebten Tag fühlte er sich leicht und berauscht, als würde er in Zeitlupe gehen und über das lärmende Leben da draußen lachen.

Er war nie wieder dorthin gefahren.

Als er seine gefalteten Hände bemerkte, löste er diese Anmutung eines Gebetes sofort auf, als müsste er zwei kämpfende Kinder voneinander trennen. Linke Hand auf das linke Bein. Rechte Hand auf das rechte Bein. Schön weit auseinander. Das Wort Himmel legte sich wie ein Geschenk in seinen Geist.

HIMMEL

schrieb er später mit einem blauen Stift auf seine Tapete.

Im Himmel ist Gott.

Zu ihm beten die Menschen.

Vom Himmel erwarten sie Sinn und Schutz.

Im Himmel sitzt die Macht über die Fügung des Lebens.

Menschen geißeln sich mit Schmerzen, Einsamkeit oder Verzicht, um Gott zu gefallen.

Er fragte sich, was noch alles möglich sei, um Gott auf drastische Weise zu gefallen.

Er umkreiste das Wort »Himmel«, als würde er darum einen Zaun bauen, damit dieser Gedanke nicht mehr fliehen konnte. Seit er mit diesem Fall zu tun hatte, ging es um Religion und Gott. Erst jetzt offenbarte ihm der »Himmel« neue Deutungsmöglichkeiten. Um sie aber genauer zu verstehen, müsste er plausible Rückschlüsse auf die Ebenbildtheorie ziehen. Denn er war sich sicher, dass die üblichen psychologischen Beweggründe, um das Handeln einer Mörderin zu verstehen, in diesem Fall nicht weiterhalfen. Zu sehr wichen die analytischen Standards von diesem Fall ab.

In einer ersten Denkskizze schrieb er auf: Die Mörderin schickt ihr Opfer in den Himmel zu Gott, weil es ihr dort gut geht. Daraus schlussfolgerte er, dass die Mörderin eine Christin war. Sie verschaffte sich mit dem Himmel ein gutes Gefühl für ihre Tat und verspürte somit keine Schuld. Denn wie konnte ein Himmelsgeschenk einen Menschen schuldig werden lassen?

In der entscheidenden Frage aber, warum sie ein Ebenbild annehmen wollte, kam er an diesem Tag nicht weiter. Aber er spürte, dass die Antwort im »Himmel« lag.

Er hatte Kilian seine Überlegungen ausführlich erläutert. Kilian schrieb später auf ein Papier:

Wir suchen eine junge, seelisch kranke Frau aus Oberhausen, die aus dem christlichen Umfeld kommt.

Anschließend tippte er den Satz in sein Handy und verschickte ihn an Cosima und Miko.

Miko antwortete: »Tja …«

Kilian: »Was heißt ›tja‹?«

Miko: »Fakten, Fakten, Fakten?«

Cosima schrieb: »Kilian, seit meinem Gespräch mit der Nonne hatte ich dieses Bauchgefühl.«

Wieder meldete sich Miko: »Was ist mit dem Krankheitsbild einer narzisstischen Persönlichkeitsstörung?«

Darauf Kilian: »Darum geht es jetzt nicht. Wir wollen tiefer in das Umfeld eindringen, und das könnte die christliche Szene sein. Kirchgängerin, engagiert in der Kirche, was auch immer!«

Einen Atemzug später meldete sich Cosima: »Was haltet ihr davon, wenn wir uns heute um 19 Uhr im ›Irsina‹ treffen? Ich glaube, wir können dort unsere Gedanken freier laufen lassen.«

Miko schickte ein Smiley.

Wenig später sendete Kilian eine weitere Nachricht: »Ich frage Robert, ob er auch kommen kann.«

Miko war als Erster dort.

»Mensch Francesco, wie Juve in der Liga davonzieht, molte bene, aber ihr müsst Gas geben in der Champions League«, meinte Miko, der so wenig Ahnung von Fußball hatte wie Gewichtheber von Eiskunstlauf.

Kilian und Cosima kamen gleichzeitig, Kilian half Cosima aus dem Mantel und staunte schwelgerisch: »Oh Divchen, wie toll du wieder aussiehst.« Sie lächelte brav. Sie trug braune derbe Safari-Boots zu einem dunkelblauen, figurbetonten Overall, als würde sie gleich die Zündkerzen ihres Autos auswechseln.

Kilian starrte auf seinen Teller, ohne das Essen wahrzunehmen, verhakte sich in dem sonderbaren Gedanken, dass ein Mensch nicht im Frühling sterben sollte, wenn die Natur sich fein machte mit Blüten und Farben, mit lockenden Stimmungen, dem Leben zugewandt. Er fragte sich, warum sich die Ermittlungen so ungewöhnlich lange hinzogen. Natürlich kannte er die Antwort: weil die bisherigen Erkenntnisse ins Leere gegangen waren. Logisch. Leere – er wollte dieses Worte nicht akzeptieren. Nun fragte er sich, warum das Naheliegende so weit entfernt lag, denn es war doch klar, dass ein Mord kein Zauberwerk ist, redete er sich Mut machend ein. Mörder waren für ihn keine Zauberer, die keine Spuren hinterlassen, sondern Menschen, denen das Fehlerhafte allzu menschlich ist. Genau dieser Fehler müsste sich doch herauskristallisieren lassen. Mit genauem Schauen, mit ständigem Überprüfen von Lücken in der Ermittlungsarbeit. Mit Kleinarbeit. Seine Gedanken wirbelten ihn auf.

»Noch in diesem Monat fangen wir den Mörder«, sagte er dann unvermittelt. Cosima und Miko nickten, hielten sich aber zurück, zumal Robert im Eingang stand. Seine Sommerlaune trat aus seinen Kleidern hervor. Zu einem hellblauen Leinenanzug umschlang ein ebenso blauer Seidenschal seinen Hals.

»Sieht schick aus«, meinte Miko und wusste in diesem Augenblick wohl selbst nicht, ob er das ernst meinte.

»Danke, Herr Miko …«

»… Reichenhall.«

Robert wunderte sich über dieses Kompliment. Denn ihm war Mikos demonstrative Uneitelkeit schon öfter aufgefallen. Er fragte sich, welche Auswirkungen die Eitelkeit auf das Leben der Menschen haben mochte. Wenn der Mensch sich nicht mehr akzeptierte oder sich nicht mehr mochte und er deshalb anderen Menschen ihre Vorteile missgönnte, dann konnte ein Mord passieren. Wenn er eine Lehre aus seiner Berufspraxis zog, dann die Erkenntnis, dass der Mensch auf Erden das gefährlichste Lebewesen war.

»Oh, du bist ja schon da«, freute sich Killian.

»Natürlich«, antwortete er, »ich musste nur ein paar Gedanken sortieren.«

»Schön, dass wir heute Abend so spontan zusammengefunden haben«, eröffnete Kilian das Gespräch.

Robert überlegte, ob es ratsam wäre, seine Überlegungen, die er gestern im Büro und in der Kirche angestellt hatte, an diesem Abend intensiver zu erläutern. Er brauchte neue Denkanstöße, um die Logik seiner Argumente einem Schocktest zu unterwerfen. Je mehr Stimmungen, Mutmaßungen und Begründungen ihm Kilian, Cosima und Miko lieferten, desto überzeugender könnte er mit diesem Rüstzeug sein Profil über die Mörderin schärfen.

Er fasste zusammen: »Sucht die Mörderin an der Schnittstelle aus seelischer Krankheit, Mord, Religion und Oberhausen.«

Cosima fragte: »Wie sollen wir in Oberhausen eine seelisch kranke Katholikin oder Protestantin finden?«

Robert schaute mürrisch. »Ich bin kein Detektiv, sondern ein Psychologe mit kriminalistischen Instinkten und Erkenntnissen. Meine Aufgabe besteht darin, für Ihre Ermittlungen den Korridor zu bauen, um Sie damit auf den möglichen Mörder zu fokussieren.«

»Vielleicht war die Mörderin eine religiöse Fanatikerin«, warf Miko ein.

»Klar«, ereiferte sich Cosima, um sich dann zu korrigieren: »Na ja, ich glaube, dass die gläubige Mörderin mit ihrem Glauben hadert.«

Kilian hielt sich zurück. Er wollte die Details lieber in einem Vier-Augen-Gespräch mit Robert erörtern. Das hatte den Vorteil, dass sein Freund dann weniger akademisch wirkte und sein Imponiergehabe sich nahezu vollständig auflöste.

Der Abend hatte längst die Regie übernommen. Draußen huschten Menschen, nunmehr warm eingepackt, nach Hause. Ein Mann fiel hin, zwei Frauen halfen ihm auf. Aber auch sie hatten alle Mühe, den bierseligen Weg von der lustheiteren Altstadt nach dem Wohin-auch-Immer mit stabilem Gang fortzusetzen. Robert gähnte und verabschiedete sich. Cosima und Miko schlossen sich ihm an, und Francesco brachte für Kilian und sich selbst zwei Glas Weißwein.

Sie hörten das Klappern der Töpfe. Die Gehilfen des Kochs putzten die Küche. Dann ging auch dort das Licht aus. Nun saßen sie allein in der Trattoria. Die plötzlich aufkommende

Ruhe erzeugte mit dem gedimmten Licht eine merkwürdige Melancholie. Sie schauten auf ihre Gläser, und es war so, als würde jeder von ihnen einen gedanklichen Faden im Kopf verfolgen.

»Chin-Chin.« Die Worte klangen aus Francescos Mund melodisch mit einer Spur heiterer Melancholie, als würde er einer Sehnsucht nachforschen. Milde lächelte er dabei. »Ich genieße diese Abendstunde.«

Kilian hörte zu und nippte an seinem Glas.

»Tja, wer beherrscht wen? Das Leben den Menschen oder der Mensch das Leben?«, fragte er mehr sich selbst als Francesco.

Er musste an den Mörder denken, der glaubte, sein Opfer glücklich zu machen, wenn er es in den Himmel schickte.

Wie in einem Film betrachtete er die Szene: Da geht ein glücklicher Mensch in den Tag hinein, um am gleichen Tag mit seinem Tod noch glücklicher zu werden, weil er in den Himmel kommt.

62.

Miko schaute auf die Uhr und in die Büros. Es war noch keiner da. Er machte sich einen Kaffee und starrte anschließend zur Decke, als würde er im Süden auf einer Liege liegen und in die Sonne blinzeln. In diesem ausgeglichenen Zustand musste er sich über Dr. Robert Kirsch amüsieren. »Findet einfach die Mörderin in dieser Schnittstelle aus seelischer Krankheit, Mord, Religion und Oberhausen.«

Er stellte sich vor, wie ihm der Pfarrer einer Gemeinde freundlich die Hand schüttelte, und er ihm dabei sagte: »Übrigens, Herr Pfarrer, ich suche eine gläubige Frau aus Ihrer Gemeinde, die ein seelisches Problem hat.«

Miko wippte auf seinem Stuhl, sein Lachen drang wie ein Vulkan aus seinem Mund.

»Huch«, sagte Cosima entgeistert, als sie Mikos Lachen von Weitem vernahm. Als sie ihn schließlich sah, winkte er ihr vergnügt zu. Das lag nicht nur daran, dass sie wegen ihres Geburtstages ein großes Tablett belegter Brötchen mitgebracht hatte. Lieber hätte sie für den Mittag allerdings einen marokkanischen Salat gemacht mit Salatgurken, roten Zwiebeln, Frühlingszwiebeln, gehackter Petersilie und Minze, mit reichlich Olivenöl und frisch gepresstem Zitronensaft. Dazu hätte sie Mozzarella, Möhren zum Dippen und vegane Sommerrollen aus Reispapier und Gemüse angeboten. Doch solche kulinarischen Extravaganzen aus der femininen Genussecke verstießen in dieser maskulin geprägten Abteilung eindeutig gegen das eherne Gesetz der Tradition: Wer Geburtstag hatte, brachte zum Frühstück belegte Brötchen mit und nichts anderes.

Die Kollegen hatten sich bereits um die Brötchen versammelt und stießen mit Kaffee auf Cosimas Geburtstag an, als Staatsanwalt Hummelberger um die Ecke kam, verdutzt stehen blieb und danach fragte, welche Veranstaltung gerade stattfinde; ohne die Antwort abzuwarten, hatte auch er ein Brötchen in der Hand, das er vor dem ersten Hineinbeißen von Gurke und Petersilie befreite. Als Einziger nahm er sich zuvor eine weiße Papierserviette, um darauf zunächst das

Brötchen zu parken. Gespannt beobachtete Miko diesen Vorgang, als säße er vor dem Fernseher, um sich einen Boxkampf anzuschauen, *hau ihn nieder, hau ihn nieder*, feuerte ihn eine innere Stimme für Hummelberger an: *beiß endlich, beiß endlich in das Brötchen rein.*

Doch der Mann lächelte zunächst, wahrscheinlich, um diese Geburtstagsstunde nicht mit seinem gewohnt sauertöpfischen Gesichtsausdruck zu verderben. Aber dann geschah es doch. Beinahe zaghaft biss er in die Brötchenhälfte hinein. Jetzt wollte Miko genau wissen, wie viele Bisse Hummelberger für das Vertilgen eines halben Brötchens benötigte und wie lange der Kauvorgang dauerte. Unauffällig schaute er auf den Sekundenzeiger seiner Uhr.

Zwischenstand: Miko schaffte in Hummelbergers Zeit für ein halbes Brötchen zwei ganze. Allmählich machte ihn dieser Vorgang nervös. Was wäre, wenn dieser Zeitlupenesser im Kiosk bei seinem Achmed morgens an dem einzigen Stehtisch für maximal drei Personen ein Frühstücksbrötchen essen würde? Seine überproportionale zeitliche Anwesenheit würde zu Schlangen vor dem Kiosk führen, die Menschen kämen zu spät zur Arbeit.

Hummelberger strich sich einige Krümel von seiner dunkelbraunen Cordjacke, die die goldgelben Überbleibsel sofort sichtbar machte. Dann berührte er zweimal mit der Papierserviette seine Lippen. Er wirkte ein wenig unzufrieden. Er knöpfte seine Jacke mit dem obersten Knopf zu. Das war eine Marotte von ihm, um dem Gesprächspartner zu signalisieren, dass er nicht ewig Zeit hatte. »Wo ist denn nur der Herr Hauptkommissar?«, fragte er ein wenig strenger und schaute vorwurfsvoll in die Brötchen essende Gruppe. Miko zeigte dahin, wo sein Chef stand.

»Ah, da sind Sie ja, Herr Stockberger, ich dachte schon, Sie wären untergetaucht.«

»Schön, dass Sie vorbeigekommen sind, meine Kollegin hat sich darüber gewiss gefreut«, flunkerte Kilian.

»Gerne«, antwortete Hummelberger leicht verlegen.

Sie zogen sich in Kilians Büro zurück. Der Kommissar schaffte zwischen Eintritt und Sitzen keine überbrückende Floskel mehr. Denn sofort legte Hummelberger los.

»Ich habe den Eindruck, dass in der Mordsache Walldorf der Ermittlungsdruck nachgelassen hat. Ich höre nichts mehr. Keine Erkenntnisse. Keine Spuren. Keine Hinweise. Nichts, das uns weiterführt. Vielleicht kommt der Mörder aus der internationalen Modeszene. Ein Drogensüchtiger, ein Perverser. Was weiß ich. Der ist natürlich sofort ins Ausland abgehauen. Weit genug weg von diesem Büro. Herr Stockberger, ich möchte dieses Spiel gewinnen, verstehen Sie?«

Kilian strich sich mit der Hand über das Kinn, um Konzentration auszudrücken. Er musste unbedingt ein Signal dafür setzen, dass er die Worte des Staatsanwalts in ihrer ganzen Tragweite begriffen hatte.

Er holte tief Luft und ließ sie langsam durch die Nase auslaufen, dabei faltete er Hände, stand auf, setzte sich wieder hin.

»Herr Staatsanwalt, ist Ihnen aufgefallen, dass in unseren beiden Nachnamen das Wort ›Berger‹ enthalten ist. Es leitet sich aus dem mitteldeutschen ›berc‹ ab. Das bedeutet, dass jemand auf dem Berg lebt. Das Leben auf dem Berg ist rauer, entbehrungsreicher und gefährlicher als das auf dem Flachland. Die Menschen in den Bergen halten zusammen, um gemeinsam überleben zu können. Daran denke ich manchmal, wenn ich meinen Namen höre. Stockberger. Ich bin ein Kämpfer, kein Einzelkämpfer, sondern ein Teamkämpfer, und ich müsste mich schon sehr irren, wenn nicht auch Sie ein Teamkämpfer wären, Herr Staatsanwalt. Wir werden den Fall gemeinsam lösen. Ja, da bin ich mir sogar sicher. Wir schaffen den Berg.«

Hummelberger räusperte sich leicht, um eine kleine Verlegenheit zu überwinden. »Tja, wir Bergmenschen«, sagte er in einer Nachdenkposition, um dann wieder anzugreifen: »Was macht Sie so sicher, dass Sie den Fall bald lösen werden?« Dabei zog er seine Unterlippe über die Oberlippe.

»Für uns kristallisiert sich heraus, dass es sich um eine junge Mörderin handelt, die nicht älter als 35 ist, die seelisch krank ist, die gläubig ist, wahrscheinlich Katholikin, und die aus Oberhausen kommt.«

Im Gang stand Cosima. Sie räumte die Tassen weg, entsorgte die Servietten und fegte kurz den Boden. Erst dann kam sie dazu, den Blumenstrauß auf ihrem Schreibtisch zu bewundern. Dickköpfige Chrysanthemen in Rot, Gelb und Blau.

»Ach Miko«, sagte sie mit übertriebener Sanftmut, die nicht ironischer hätte klingen können, »bestimmt hast du sie ausgesucht.«

»Na klar, ich wollte dir allerdings zunächst einen Kaktus hinstellen.«

»Sag mal, wieso hast du heute so gelacht, als ich ins Büro gekommen bin?«

»Ich habe mich über den Doktor der Psychologe amüsiert und mir vorgestellt, wie wir seine gläubige Mörderin im Pfarrhaus erwischen. Weißt du, was der Dr. Kirsch sagte, mag ja stimmen, aber wie sollen wir daraus einen konkreten Ermittlungsansatz ableiten? Mir fehlt das entscheidende Detail, nämlich, warum eine gläubige Christin zur Mörderin wurde und dann auch noch eine andere Christin umbringt.«

»Vielleicht hatte sie Schuldgefühle«, warf Cosima ein.

»Schuldgefühle«, wiederholte Miko, um daraus vergeblich einen Rückschluss zu ziehen.

Er spürte, dass seine Fragen nach dem »warum denn« und »wie denn« das entscheidende Geheimnis in diesem Fall berührten, wahrscheinlich ein bizarres Geheimnis, das sich in den Untiefen einer Verzweiflung verorten ließ. Dr. Kirsch hatte diese Szenarien bereits erörtert. Aber solange er dieses Gedankengebilde nicht einordnen konnte, war er auf sein eigenes Gespür angewiesen.

Miko fragte sich, wie Menschen handelten, die sich von Gott verlassen fühlten oder ihren Glauben verloren. Er verstand nicht, wie die frohe Botschaft Christi zu einem bösen Handeln führen konnte, und er dachte sich in die Düsternis vergangener Jahrhunderte hinein. Er sah im Namen Gottes kriegerische Päpste, Luthers Judenhass und *seinen* Bauernkrieg. Er sah Folter und Scheiterhaufen, Angst und Schrecken, und es beruhigte ihn nicht, dass das raue Mittelalter wenig mit unserer heutigen Zeit zu tun hatte.

Die Kirche, der er seit Jahren nicht mehr angehörte, war für ihn noch immer eine kriegerische Veranstaltung. Zwar starben in diesen Kämpfen keine Menschen mehr, aber sie fesselte die Menschen mit ihrer Moral. Ständig lauerte eine Sünde, die das Gewissen belastete. Nicht immer gelang es den Menschen, sich mit gesundem Menschenverstand davon frei zu machen. Miko war davon überzeugt, dass diese Unfreiheit den Menschen innerlich zerstören konnte.

Gerade noch hat ihm ein Freund anvertraut, dass er aus der Kirche austreten wollte, weil sein Glauben erloschen sei, dass er sich aber nicht traue – wegen seiner Schuldgefühle.

»Du hast Schuldgefühle, weil du aus der Kirche austreten willst?«, hatte Miko seinen Freund erstaunt gefragt. »Frage lieber, welche Schuld die Kirche dir gegenüber hat.«

»Darf ich etwas verlassen, das mich seit meiner Taufe begleitet?«, konterte er.

»Warum nicht?«

»Ich habe das Gefühl, ich darf die Kirche nicht verlassen, ich habe das Gefühl, unrecht zu handeln.«

»Unrecht?«

»Ich spüre einen Fluch, für den es keinen Namen gibt. Es ist ein Fluch, der meine Seele brennen lässt.«

Miko dachte über dieses Gespräch lange nach. Ihm kam es unheimlich vor. Er fragte sich, welche unheimliche Macht die Kirche auf einen Menschen haben musste, die nichts zu seinem Seelenheil beitrug, sich aber als unverzichtbar in seinen Geist einschmuggelte.

Zum Glück war sein Freund bei klarem Verstand, aber welchen Verstand hatte die Mörderin? Wie fühlte sie sich, wenn sie in den Gottesdienst ging und vor dem Abendmahl betete:

»Herr, ich bin nicht würdig, dass Du eingehst unter mein Dach, aber sprich nur ein Wort, so wird meine Seele gesund.«

Miko kam der Teufel in den Sinn, jene fratzenhafte Tiergestalt mit derbrotem Gesicht und Hörnern auf dem Kopf, vor der er als Kind so eine Angst hatte. Schon der Pfarrer in der Grundschule hatte gesagt: *Die Guten holt der Engel, die Bösen der Teufel.* Er stellte sich vor, dass die Mörderin den Teufel in sich fühlte, verlassen von allen Engeln, dass sie kaum noch atmen konnte, weil sie das frohmachende Geheimnis des Glaubens nicht mehr spürte.

Er stellte sich vor, dass die Mörderin zu einem Teufelsaustreiber gegangen war, damit er sie von finsteren Dämonen befreite – mit Gebeten, Psalmen, Beschwörungen, Handauflegen und Weihwasser.

Gerne würde er der Nachbarin von Chira Walldorf, der Regisseurin Simone Capella, ein Filmprojekt vorschlagen: Über die verwegenen Abgründe einer Christin, die nur das Gute wollte, aber dem Bösen diente – und sogar den Teufelsaustreiber zum Teufel schickte.

Cosima schaute sich derweil das Verzeichnis der evangelischen und katholischen Kirchen in Oberhausen an. Sie merkte schnell, dass im Zuge des Nachwuchsmangels nicht mehr jede Kirche ihren eigenen Pastor und Pfarrer hatte. Das nahm sie geradezu erleichtert zur Kenntnis, weil die übersichtliche Anzahl der Geistlichen die Ermittlungsarbeit erleichtern dürfte.

Sie machte eine Liste mit allen Pfarrern und Pastoren und schrieb jeweils ein C für Cosima und ein M für Miko daneben, um die Gespräche genau aufzuteilen. Sie machte allerdings auffallend häufig ihr C hinter einen evangelischen Pfarrer oder eine evangelische Pfarrerin, weil sie sich einbildete, dass die Protestanten unkomplizierter seien als die katholischen Glaubensbrüder. Sie machte sich einen Spaß daraus, sich auch die Gesichter im Internet anzuschauen. Geistliche mit hohlen Wangen und düsterem Blick waren sicherlich Teufelsaustreiber, dahinter schrieb sie das M für Miko.

Die Befragung hielt sie für eine problematische Idee, weil sie dem Versuch gleichkam, von einem Arzt zu erwarten, den Krankheitsverlauf einer Patientin offenzulegen. Außerdem fürchtete sie, dass der Kreis der Befragten nicht ausreichte. Denn was war mit all den Kirchenleuten, die pensioniert worden waren oder in einer anderen Pfarrei arbeiteten? Hinzu kämen in der katholischen Kirche die Kapläne, die mehrmals wechselten, ehe sie eine Pfarrei übernahmen.

Der Himmel vor ihrem Fenster zeigte aufgeplusterte Wolken im dichten Grau. Dahinter am fernen Horizont zog weites Blau über die Erde, als hätten sich Gott und Teufel das Firmament aufgeteilt. Der Wind drückte den Regen auf ihr Fenster, und die Tropfen bildeten eine Landschaft aus kleinen gläsernen Vulkanen, die sich immer wieder erneuerten. Als der Regen aufhörte, verrann dieses Bild zu einem trüben Einerlei.

Sie ballte ihre Faust, damit der Geist der Rebellion wieder in ihr erwachte. »Teufel«, schrieb sie in Kilians roten Kreis der Verdächtigen.

Kilian ging nach der Arbeit am Wohnhaus von Chira Walldorf vorbei. Er folgte damit einer übersinnlichen Macht, die ihn wie ein Magnet anzog und ihm befahl, seiner Eingebung zu folgen. Er schaute nach oben auf die dunklen Fenster, hinter denen die tote Chira Walldorf gelegen hatte. Auch hinter den anderen Fenstern ihrer Wohnung zeigte sich nicht einmal die Andeutung eines Lichts. Ein Ort der absoluten Dunkelheit und Lautlosigkeit. In diese Wohnung wollte noch keiner einziehen. Der Grusel war stärker als die Attraktivität der Wohnung am Rande der Altstadt mit Blick auf den Rhein. Er legte seine rechte Hand auf die Mauer und drückte seine fünf Finger fest darauf, sodass Beton und Haut aufs Engste miteinander verbunden waren, als würde ihm die Mauer im nächsten Moment ein Geheimnis verraten. Im Mittelalter wäre er für diesen gottlosen Unsinn auf dem Scheiterhaufen verbrannt worden.

Er ging an der Eingangstür vorbei. Durch diese Tür ging Chira Walldorf am Morgen ihres Todes. Sie joggte den Rhein entlang, verfolgte die näher kommenden Schiffe, grüßte andere Jogger und blinzelte in die Sonne, die den Tag so wunderbar werden ließ. Durch diese Tür ging auch die Mörderin. Kilian starrte die Tür an wie die Kronjuwelen im Tower von London. Er versuchte sich vorzustellen, wie eine Mörderin durch diese Tür ging, um Tod zu bringen und Leid zu verursachen. Diese Tür faszinierte ihn gerade wegen ihrer Unschuld. Sie konnte nichts dafür, dass sie sich öffnete und damit dem Unheil den Weg bahnte. Sie stand nur teilnahmslos im Mauerwerk. Ihr war alles egal. Sie war nur eine Tür.

63.

Cosima klopfte vorsichtig an Kilians Tür, weil er in Gedanken versunken erschien. »Guten Morgen, Chef.« So redete sie ihn selten an, die übliche Anrede war »Kilian«. »Was für ein herrlicher Tag, es ist plötzlich kalt geworden, aber die Sonne scheint.«

»Hast du in meinen roten Kreis ›Teufel‹ geschrieben?«, fragte er fahrig, obwohl er wusste, dass sie es war.

»Ja, der ›Teufel‹ kommt von mir. Ich wollte damit sagen, dass irgendein Wahn in die Mörderin eingedrungen ist, etwas Böses, Krankhaftes, jedenfalls etwas, das ihr Leben zerstörte. Vielleicht glaubte sie, sie könnte dieses Leben nur retten, indem sie einen anderen Menschen tötete.«

»Ziemlich esoterisch«, stellte Kilian nüchtern fest. Dabei war er selbst mit seiner Handauflegung auf das Mauerwerk merkwürdigen Anwandlungen erlegen.

Sie antwortete mit einem wachen Blick. »Was ich denke, sage ich nur dir. Ich würde das niemals in einer Konferenz sagen. Ich will erahnen, wie die Mörderin ticken könnte, jenseits von Logik und Plausibilität. Wir beide wissen, dass dieser Fall uns in die Kirche führt, und da bin ich wieder beim Teufel. Wenn wir eine Vorstellung davon haben, was diesen Teufel ausmacht, wofür er steht, dann wissen wir auch, was sich im Kopf der Mörderin abspielte.«

»Morgen will mir Robert eine weitere Analyse liefern. Ich bin sehr gespannt«, antwortete Kilian eher geschäftsmäßig.

»Hat er schon Andeutungen gemacht?«

Kilian schwieg.

Sie trank den letzten Schluck aus ihrer Tasse. Der Kaffee

war kalt. Sie stand gleichzeitig mit Kilian auf, der in sein Raucherreservat wollte.

Der erste Zug an seiner Zigarette war immer der kostbarste. Könnte man diesen Zug kaufen, müsste er von allen weiteren Zügen der teuerste sein, der zweite Zug wäre schon preiswerter, und den letzten könnte man sich fast schenken.

Sieben Euro kostete eine Schachtel Zigaretten. Zum Glück konnte er sein Rauchpensum von zwei Schachteln auf eine pro Tag heruntertherapieren. Für seine Sucht musste er aber immer noch 2.555 Euro pro Jahr berappen. Das machte in zehn Jahren 25.550 Euro. »Na und«, sagte er trotzig und zündete sich die nächste Zigarette an. Er versuchte, eine Idee zünden zu lassen, die ihm eine neue Spur freilegte.

Er eilte die Treppe hoch und nahm zwei Stufen auf einmal, um nach dem Rauchen seine Lungenfunktion zu testen. Wenn ihm jemand entgegenkam, versuchte er ein atmungstechnisch sauberes »Hallo« herauszubekommen.

Er sah sich *noch einmal* die Tatortfotos an, las *noch einmal* die Vernehmungsprotokolle und machte sich *noch einmal* Gedanken über den Jungen, der, als Mädchen getarnt, den Brief in den Polizeibriefkasten warf. Gewiss, er konnte sich an die wichtigsten Details erinnern: grünes Auto eines kleineren Modells. Die Anfangsbuchstaben des Nummernschilds, OB für Oberhausen. Die Frau, die ihm den Brief gab, war »eher jung«.

Er zog seinen Pullover aus, schaute auf sein krauses T-Shirt und zog den Pulli wieder an. Immerhin war es ihm unangenehm, durchs Büro zu gehen wie ein Urlauber durch eine Strandbar. Er dachte wieder an den Jungen. Es müsste doch möglich sein, mehr aus ihm herauszuholen. Winzig kleine Fetzen von Informationen, die sich in seinem Unterbewusstsein versteckt hatten und darauf warteten, aktiviert zu werden. Es müsste aber schnell passieren, weil sich Eindrücke, Erlebnisse und Emotionen im Dickicht des Gehirns niederließen und sich dort zu einem undurchsichtigen System stapelten. Es war sogar komplizierter: Der Junge sollte sich an etwas erinnern, das er gar nicht wahrgenommen hatte.

64.

Robert vertiefte sich in seltene und seltsame Fälle psychosomatischer Störungen, und er diskutierte mit Fachkollegen aus der Neurologie, Psychiatrie und Psychosomatischen Medizin den aktuellen Fall. Er wollte die Spur, die er sich in Gedanken gelegt hatte, weiter absichern.

Er ließ die Summe aller Theorien und Erkenntnisse auf sich wirken und entschloss sich, wie er das nach intensiven Denkübungen fast immer tat, ohne Ziel durch die Gegend zu gehen. Er ging an den Geschäften einer teuren Straße entlang, beobachtete die Menschen, die in der Altstadt unter Heizstrahlern saßen und Kaffee tranken, manche ein Altbier. Weiter zog es ihn an den Rhein. Er blieb stehen und zählte die Minuten, wie lange das Schiff von dort drüben bis zu seinem Standort brauchen würde. Auf dem Rückweg kam er an einer katholischen Kirche vorbei. Er ging hinein, obwohl er das nicht beabsichtigt hatte. Vielleicht glaubte er, er müsste sich kurz ausruhen und eine Weile die Stille genießen. Er setzte sich im linken Seitenschiff in die letzte Reihe mit Blick auf einen der drei Altäre.

Robert versank in sein Inneres. Seine Gedanken führten ihn in den Beichtstuhl, den er vor seiner Ersten Heiligen Kommunion betreten musste. Er wusste nicht so recht, was er dort eigentlich sollte. Unbeholfen fragte er den Priester, ob er jetzt seine Sünden aufsagen müsste. »Ja«, flüsterte der geweihte Mann, und Robert dachte sich Themen aus, die zu einer Sünde taugen könnten: mit der Schwester gezankt, die erste Schulstunde verschlafen und so weiter. Die Buße war mit drei Vaterunser ziemlich schnell erledigt. Nie wieder hatte er einen Beichtstuhl betreten.

Er hörte das monotone Sprechen älterer Frauen.

Gegrüßet seist du, Maria, voll der Gnade, der
Herr ist mit dir. Du bist gebenedeit unter den
Frauen, und gebenedeit ist die Frucht deines
Leibes, Jesus, der in uns den Glauben vermehre.
Heilige Maria, Mutter Gottes, bitte für uns
Sünder jetzt und in der Stunde unseres Todes.
Amen.

Robert fühlte sich plötzlich fremd in dieser Kirche mit diesen Frauen und ihrem Jammern und Bitten, als würde eine Hungersnot herrschen oder ein Krieg drohen oder der leibhaftige Teufel grinsend vor der Tür stehen.

Die Frauen ließen wie in Trance die Perlen ihres Rosenkranzes durch die Finger gleiten. Ihre Stimmen verformten sich zu einer schrillen Helligkeit.

Jesus, der für uns Blut geschwitzt hat
Jesus, der für uns gegeißelt worden ist
Jesus, der für uns mit Dornen gekrönt worden ist
Jesus, der für uns das schwere Kreuz getragen hat
Jesus, der für uns gekreuzigt worden ist.

Ob die Mörderin wohl auch diesen Rosenkranz gebetet hatte, dachte Robert. Er war der Meinung, dass Menschen mit einem schwachen Selbstwertgefühl, einer Angststörung oder neurotischen Zwängen sich nicht mit Kreuz, Blut und Dornen abgeben sollten, sondern mit fröhlichen Gebeten und schönen Liedern.

Nur noch schemenhaft nahm er die sprechheulenden Frauen wahr. Blut schwitzen, geißeln, kreuzigen …

Alles, was er über die Mörderin zusammengetragen und mit den Experten aus anderen Fachgebieten diskutiert hatte, führte ihn in einen seltsamen Traum. Darin betrat er ein fremdes Haus, in dessen Flur ein Foto hing, das Chira Walldorf verblüffend ähnlich sah. Er ging von dort ins Wohnzimmer und traf auf die Frau, die auch Chira Walldorf sein könnte. Er sah, wie sie vor einem Kreuz kniete und betete.

Mein Herr im Himmel, gütiger und barmherziger Jesus
Christus, ich habe dir zu Ehren mein altes Gesicht geopfert
und offenbare dir als Geschenk meine neue Schönheit.
Was ich war, ist nicht mehr da. Was ich jetzt bin, soll dir
gehören. Es gibt keine Vergangenheit mehr in meinem
Gesicht, und so rufe ich dich, mein Gott:
Hier bin ich.

Sein Traum endete plötzlich. Wieder hörte er die Frauen, wie sie jede Perle abbeteten. Er konnte sich nicht vorstellen, dass Gott solche Gebete gefielen. Er schaute auf die Kerzen, die der Küster gerade angezündet hatte, weil gleich die Abendmesse stattfinden würde.

Er flüsterte sich zu, dass er geträumt hatte, was er träumen musste, um seiner Ahnung eine Gewissheit zu geben. Die Mörderin musste ihr Gesicht nach dem Ebenbild der Chira Walldorf verändern, weil sie glaubte, für Gott nicht schön genug zu sein.

Ein Lächeln rutschte durch sein Gesicht, das mehr Verwunderung als Freude ausdrückte, und es schien, als würde er für einen Moment zurückkehren wollen in seinen Traum, um dort die letzten Wahrheiten zu entdecken. Ihm blieb nur noch die Vermutung, dass die Mörderin Gott nicht näher gekommen war und deshalb noch trauriger durchs Leben stolperte.

65.

Auf der Treppe kam Kilian Miko entgegen, was verwunderlich war, weil er das Treppensteigen hasste. Er keuchte »Aufzug kaputt« und zeigte dabei hektisch auf die Uhr, was wiederum bedeuten sollte, dass Mittagszeit war und ob Kilian Lust hätte, mit ihm ins »Irsina« zu gehen. Kilian hatte Lust, weil er sich in diesem Moment eigenartig frei fühlte. Diese Freiheit wollte er nicht in der Kantine verbringen.

Als sich Mikos Atem nach dem erzwungenen Treppensteigen beruhigt hatte, fragte er: »Sag mal, Kilian, bleibt es dabei, dass wir eine Mörderin suchen und keinen Mörder?«

»Warum?«

Miko holte tief Luft und strich sich beim Hinausatmen über seinen Bauch, als müsste er ihn wegen seines Hungers trösten. »Der Portier hat so eine klammheimliche Art. Er geht nicht durch das Gebäude, er huscht von Treppe zu Treppe, von Flur zu Flur. Man bemerkt ihn nicht, obwohl er da ist. Der Mann weiß ziemlich viel über die Hausbewohner. Da bin ich mir sicher. Er sieht nicht nur viel. Er hört auch einiges. Es ist ja nicht so, dass die Nachbarn ins Schweigen verfallen, wenn sie ihn sehen. Ganz im Gegenteil. Der Mann gehört zum Inventar. Da bildet sich schließlich Vertrauen.«

Kilian knirschte mit den Zähnen, dann meinte er mit wichtigem Gesichtsausdruck: »Die Fallanalyse von Dr. Kirsch ist für mich eindeutig. Wir suchen eine Mörderin. Genau genommen suchen wir eine Doppelgängerin.«

»Eine Doppelgängerin?«, fragte Miko erstaunt.

Miko sah natürlich ein, dass der Portier als Doppelgängerin eines Models nicht in Frage kommen konnte. Aber er hielt es für wahrscheinlich, dass der Mann etwas wusste, das er bewusst oder unbewusst verheimlichte. Miko spielte zunächst die *bewusste* Variante durch. Der Portier bekam ein Schweigegeld, damit er das Geheimnis für sich behielt. Oder es war ein Schweigen auf Gegenseitigkeit. Schuld gegen Schuld, welche Schuld auch immer. Dann überlegte Miko, was für die *unbewusste* Variante sprach. Der Mann war dermaßen von seiner Routine gefesselt, dass er blind wurde für neue Details. Seine Aufmerksamkeit folgte dem Rhythmus eines jeden Tages, Überraschungen waren nicht vorgesehen.

Kilian bestellte einen Salat mit Hühnchenstreifen, Miko eine Pizza mit Mozzarella.

»Ich weiß nicht, was du mit Doppelgängerin meinst«, sagte Miko unvermittelt.

Kilian dachte nach. Er müsste doch nur die Frau finden, die Chira Walldorf stark ähnelte. Dann hätte er die Mörderin. Er behielt diesen Gedanken noch für sich.

»Also?«, drängelte Miko.

Kilian zuckte mit den Schultern. »Ich weiß es nicht.«

66.

»Oh Divchen«, strahlte Kilian beim Anblick von Cosima, »mal wieder richtig schick für die Verbrecherjagd?« Sie trug einen schwarzen Hosenanzug mit schmalem Schnitt und eine weiße Seidenbluse mit Schluppen. Konzentriert schaute sie auf ihren Bildschirm. Jedenfalls tat sie so. Miko stichelte vergnügt: »Zum Glück stehen heute keine Verhöre an.«

»Ich muss übrigens rechtzeitig aus dem Büro, weil ich ins Theater gehe«, versuchte Cosima einen Gegenangriff.

Miko ordnete schnell seine Gedanken. »Ich dachte, nur in der Oper zieht man sich so steif an, im Theater ist es doch lässiger.«

»Schau mal«, antwortete Cosimo wie eine geduldige Mutter ihrem Kind, »ich bin nicht steif gekleidet, sondern sommerlich apart, aber woher weißt du eigentlich, wie man im Theater gekleidet ist?«

»Vielleicht hat Miko mal ein Theaterstück im Fernsehen gesehen, und die Kamera fing dabei ein paar Besucher ein«, stichelte Kilian.

»Und was kommt da für ein Stück?«, fragte Miko etwas abwesend, als würde ihn die Antwort gar nicht mehr interessieren.

»Das Modell und sein Ebenbild«, antwortete sie mit fester Stimme.

Kilian und Miko schauten sich irritiert an.

»War nur ein Witz, entspannt euch.«

»Nur ein Witz?«, fragte Kilian zurück.

Cosima verzog das Gesicht.

Kilian presste die Lippen aufeinander und runzelte die Stirn. »Wir haben in dieser Mordsache mit sehr vielen Frauen gesprochen, hatte eine von ihnen Ähnlichkeit mit Chira Walldorf?«

»Jetzt wird es unheimlich«, stöhnte Miko.

Cosima lehnte sich zurück und nickte, als wollte sie damit Kilians Doppelgängertheorie bestätigen. Schon nach ihrem Gespräch mit der Nonne war sie auf dieser Spur. Auch ihr kam der Gedanke unheimlich vor, dass ein Mensch allein wegen seiner Attraktivität sterben musste. Sie lächelte betrübt, als sie über die Einzigartigkeit des Menschen nachdachte, über sein Werden und Reifen, über das Ich, das sich nicht teilen, stehlen oder kopieren lässt, und sie dachte über die Mörderin nach, die sich in einem anderen Menschen wiederfinden musste, um zu überleben. Sie fragte sich, ob ein Mensch sich seiner Mutter Natur in den Weg stellen durfte. Sie glaubte an die Schöpfung. Die Natur hatte immer Recht, glaubte sie, und wer an diesem Gesetz rüttelte, musste ein böser oder kranker Mensch sein.

Sie erinnerte sich an einen Fachaufsatz von Dr. Kirsch über normal aussehende oder sogar schöne Menschen, die sich für hässlich hielten. Er ging darin näher auf eine junge Frau ein, die er therapierte. Er gab ihr einen Stift, mit dem sie ihr Aussehen skizzieren sollte. Sie malte ein Gesicht mit übertrieben großen Ohren, schrägen Augen und einer breiten Boxernase.

Die Frau stolperte von Satz zu Satz, angetrieben von einer kranken Seele, die das Gehirn manipulierte:

Mein Aussehen macht mich krank.

Ich sehe aus wie eine Hexe.

Ich bin hässlich.

Ich habe eine unreine Haut.

Meine Augenbrauen sind zu dünn.

Meine Haare sind zu dünn.

Meine Nase ist zu lang.

Mein Gesicht ist zu markant.

Ich habe keine sinnlichen Lippen.

Ich sehe aus wie ein Junge.

Ich kann meine unterschiedlichen Augenhöhen nicht mit falschen Wimpern überspielen.

Ich bin süchtig nach Modeschauen und Modemagazinen, ich geile mich an der Schönheit der Frauen auf und falle danach umso tiefer. Das ist wie eine Selbstbestrafung. Der Drang nach Liebe und Aufmerksamkeit wurde immer stärker und das Monster in meinem Gesicht auch.

Ich schminke mich mehrmals am Tag.

Ich verlasse das Haus kaum noch, weil ich die verächtlichen Blicke nicht ertrage.

Die Menschen starren mich an.

Sie lachen mich aus.

Hoffentlich sieht mich keiner.

Ich hasse Licht, Sonne, besonders Neonlicht, weil es jeden Makel ausleuchtet.

Ich kann mich ohne Sonnenbrille nicht konzentrieren.

Dr. Kirsch führte aus, dass diese Patientin wie eine Einsiedlerin lebte und Antidepressiva nahm. An manchen Tagen saß sie bis zu 10 Stunden vor dem Spiegel. Sie hatte sich schon fünfmal die Nase operieren lassen. Der Nasenknorpel war so geschwächt, dass eine erneute OP die Nase spalten könnte. Sie lehnte eine weiterführende Therapie ab. Ihre Begründung: »Nach einer OP sehe ich sofort das Ergebnis.« Eine Therapie dauerte ihr zu lange. Die junge Frau hatte schon 65.000 Euro für Operationen ausgegeben. Um das Ebenbild zu finden, stellte sich Miko eine ganzseitige Anzeige im »Glitzglotz« vor:

Polizei sucht
Doppelgängerin von Chira Walldorf.

»Damit würden wir den Deutschen Comedy-Preis gewinnen«, lachte Miko in sich hinein.

»Du bist heute ja lustig drauf«, bemerkte Cosima, als sei ihr Kollege sonst ein bierernster Mensch. Dabei konnte er die besten Witze reißen. Er legte dann seinen Körper in die Worte, wippte, zeigte Grimassen, modellierte seine Stimme, um die Pointe zum Strahlen zu bringen.

Er hatte mal gelesen, dass jeder Mensch auf der Welt durchschnittlich sieben Doppelgänger hatte. Das hieß also, dass sich auf die Anzeige rund sieben Frauen melden müssten – weltweit, von Oslo über Madrid bis nach Sydney. Vielleicht würden sich aber sogar mehrere Tausende Frauen melden, weil sie glaubten, sie seien so schön wie Chira Walldorf.

Im Geist ging er das Gespräch mit Walldorfs Haushälterin durch. Er hatte keine Ahnung, weshalb er ausgerechnet jetzt an sie dachte. Sie erfüllte wohl sein Klischee von einer umsichtigen Hausfrau, die, bevor der Besuch kam, noch schnell die Servietten faltete.

Sie hatte gesagt, dass ihre Chefin in manchen Dingen nicht so genau gewesen war. Wie häufig hätte sie ihr zum Beispiel gesagt, dass ein Schlüssel fehlte und deshalb das Schloss ausgebaut werden müsste. Aber es passierte nichts.

Miko fragte sich, wer wohl den fehlenden Schlüssel für die Wohnungstür hatte? Sie ließ sich mit diesem Schlüssel und mit einem Code öffnen, während der Hauseingang nur mit einem Code zu öffnen war.

67.

Kilian schaute aus dem Fenster, als würde ihm dieser Blick eine neue Sichtweise auf den Fall eröffnen.

Er sinnierte: »Die Mörderin stand wartend vor der Haustür. Ihr Gefährte oder ihre Gefährtin stellte die Kamera aus, ging in wenigen Schritten zur Haustür, öffnete sie, und die Mörderin gelang unerkannt ins Gebäude.«

Wenn ein Fall ausfranste mit undurchsichtigen Details, versuchte er seine Ohnmacht in einen positiven Satz umzumünzen, als sei dieser eine Satz eine Zielscheibe.

Er schrieb auf einen Zettel:

Wir suchen eine schlanke junge Frau aus Oberhausen mit einem psychologischen Problem, die der Toten zum Verwechseln ähnlich sieht.

Er sortierte seine Gedanken. Alles sprach für eine Täterin. Höchstwahrscheinlich eine Ersttäterin.

Die erste Tat und sofort ein Mord. Kilian versuchte diesen Gedanken zu fixieren, ihn wenigstens einzukreisen und dann mit neuen Gedanken zu ergänzen. Wer zum ersten Mal in seinem Leben zum Kriminellen wird und dann auch noch mit der schwersten Straftat, der …

Kilian ließ den Satz auslaufen und begann einen neuen Satz. Wer sich dann für den Giftmord entschied, musste alle Geduld und alle Raffinesse auf den einen furchtbaren Moment konzentrieren. Die Mörderin wusste, dass es einen zweiten Versuch nicht geben würde.

Jetzt schrieb Kilian auf seinen Zettel:

Junge, schlanke Frau, seelisch krank, aus Oberhausen, begeht mit dem Mord ihre erste Straftat.

»Tja, großartiger Kilian Stockberger, was nun?«, sagte er zu sich. Er stellte sich vor, wie die Mörderin an der Supermarktkasse stand und die Kassiererin ihr einen schönen Tag wünschte. Vielleicht kannten sie sich sogar von früher oder machten gemeinsam Sport oder engagierten sich in einem Verein.

Er fragte sich, welches Gesicht er gerne hätte. Er stellte sich vor, wie sich eine andere Haut über seine Haut spannte, er dann in den Spiegel schaute und sich entgeistert fragte, wer bist du eigentlich. Eine Stimme würde ihm dann antworten: Du bist nicht mehr Kilian, du bist ein Fremder mit meinem Gesicht.

Eigentlich müsste sich der »Bundesverband der Schönheitschirurgen« in »Bundesverband der manipulierten Gesichter« umbenennen. Kilian hielt das in diesem Moment für eine kluge Idee. Denn zigtausende Männer und Frauen ließen sich jedes Jahr von Schönheitschirurgen *schöner machen*. Aber wie viele von ihnen sahen hinterher nicht schöner, sondern hässlicher aus? Was würde er sagen, wenn seine Charlotte auf die Idee käme, sich die Falten oder das Lid straffen zu lassen. Er müsste dann unbedingt mit Trennung drohen, nein, diese Waffe erschien ihm zu gefährlich. Er würde sie in die Therapie seines Freundes Robert schicken. *Sprechen statt schneiden.*

Er müsste sich mal wieder mit Robert treffen, um neue Erkenntnisse oder Vermutungen zum kranken Seelenleben der Mörderin auszutauschen.

Auf das Blatt schrieb er:

Wir suchen in Oberhausen eine depressive Frau, die zum Schönheitschirurgen geht.

Dieser Gedanke faszinierte ihn. Die Schnittmenge aus Depression und Schönheitswahn könnte den Fall lösen. Aber er ging in sich, weil Depression und Schönheitswahn nicht Ursache, sondern eine Folge waren.

»An Gott und Kirche kommen wir in diesem Fall nicht vorbei«, befand er.

68.

Sommer-Hagel trommelte gegen die Scheiben. Cosima schaute Miko und Kilian an: »Wenn wir wirklich an diese These mit dem Ebenbild glauben, dass also die Mörderin so aussehen wollte wie das Opfer, dann frage ich mich, wie man das macht. Das geht doch nur mit Operationen, mit vielen Operationen. Das kostet verdammt viel Geld. Und wenn wir davon ausgehen, dass eine junge Frau die Mörderin ist, dann frage ich mich weiter, wie soll eine junge Frau all die Operationen finanzieren können?«

»Vielleicht arbeitet sie im Rotlichtmilieu?«, wendete Miko ein.

Mit einer wegwerfenden Handbewegung meinte Kilian: »Frag mal die Sitte, die können dir sagen, wie hart das Geldverdienen im Puff ist. Die Mörderin hatte einen Liebhaber, einen Gönner, wie auch immer man das nennt, der hat ihr das alles bezahlt.«

»Und dieser Gönner war ein Nachbar von Chira Walldorf«, ergänzte Cosima siegesgewiss.

»Richtig«, bestätigte Kilian.

Kilian schaute Cosima an. »Was ist mit deinem Anwalt, diesem Nachbarn, Herrn Wolters?«

Cosima verzog das Gesicht. »Ach ja, dieser Jürgen Wolters, der hat sich bei meiner letzten Befragung ziemlich komisch benommen, als sei ihm irgendetwas sehr unangenehm. Auf einmal wurde er aggressiv, nur, weil ich ihn gefragt hatte, wie es sein kann, dass sich die Nachbarn kaum oder nie begegnen.«

»Verdächtigst du ihn noch?«

»Wolters ist häufiger in Oberhausen gewesen. Als Anwalt eines Unternehmers, für den er viele kleine Rechtsfälle löste.«

Als weder Kilian noch Miko darauf eingingen, fügte sie hinzu: »Das muss nichts bedeuten.«

Miko schwieg.

Kilian wollte etwas sagen, entschied sich aber anders.

»Ich finde euer Schweigen inspirierend«, stichelte Cosima.

»Wenn ich denke, spreche ich nicht«, antwortete Miko mürrisch. »Klar kann es Wolters gewesen sein. Es kann aber auch der Theaterwissenschaftler oder der Zahnarzt, der Manager oder der Diskobesitzer oder der Sportmanager gewesen sein.«

»Miko«, fuhr ihn Cosima an, »ich habe die Gespräche geführt. Ich habe doch gesehen, wie sich die Leute benahmen. Wie sie auswichen oder locker plauderten. Wie sie mit den Händen spielten oder Gelassenheit vorspielten. Der Wolters war komisch. Sehr komisch.«

»Superkomisch finde ich allerdings den Diskobesitzer«, erklärte Kilian nachdenklich.

»Den habe ich schon ins Präsidium geladen«, sagte Cosima.

Miko musste viel über die Regisseurin Simone Capella nachdenken. Was ihn dazu antrieb, konnte er nicht genau sagen. Für ihn war sie die »große Geheimnisvolle«. Sie war präsent, dann doch nicht. Sie war nach ihren eigenen Worten die Vertraute von Chira Walldorf, in deren Tagebuch sie aber nicht vorkam. »Spielt diese Frau Verstecken mit uns?«, fragte Miko.

»Wir denken zu einfach«, dachte Kilian, ohne den Gedanken auszusprechen, dass nicht ein Mann, sondern eine Frau beim Morden half.

69.

Kilian verschränkte die Arme. Er hörte zu, wie sich Miko in die Farbe grün hineinfantasierte, weil der Junge ausgesagt hatte, dass die Frau ein grünes Auto gefahren war. »Grün steht für Hoffnung, Leben, Natur und Schöpfung. Sie drückt die Dankbarkeit der Menschen für alles aus, was Gott ihnen geschenkt hat.«

»Amen«, bekreuzigte sich Kilian, holte sich einen Kaffee und ging in sein Büro.

Miko schaute ihm hinterher.

»Guten Morgen«, schneite Cosima herein. Sie schlug ihrem Kollegen vor, in die Kantine zu gehen, und dort einen Kaffee zu trinken. Miko nutzte die Gelegenheit, zwei Mettbrötchen zu kaufen. Cosima winkte ab, ein Kaffee genüge ihr. Trotzdem brachte er ihr ein Croissant mit.

Während er in das erste Brötchen biss, schilderte er Cosima sein Leid. Er ärgerte sich, dass es ihm nicht gelang, mit einer animierenden Sprache ein kreatives Chaos zu zünden. Denn er glaubte fest daran, dass in diesem Fall jedes Mittel recht war, um die Ordnung aus Logik und Plan zu sprengen. Für ihn war völlig klar: Eine raffinierte Mörderin brauchte raffinierte Gegner. Er dachte an die großen Kriminalfälle der vergangenen 30, 40, 50 Jahre, die deshalb gelöst worden waren, weil die Polizei nicht das gemacht hatte, was einer Erwartung entsprach, sondern einer spontanen Idee gefolgt war.

Miko vertilgte Cosimas Croissant. Die fettigen Krümel rieselten wie Holzspäne von seinen Lippen.

»Tja«, sagte Cosima gedankenverloren, »so ist das alles«, und stand noch einmal auf, um sich ein Croissant zu kaufen. Miko schaute ihr dabei zu, wie umständlich sie in ihr Croissant biss. Wahrscheinlich glaubte sie, die Glasur ihres Lippenstiftes dürfte durch das fettige Hörnchen nicht beschädigt werden. Mehrmals tupfte sie ihren Lippen mit der Papierserviette ab.

So einen Vorgang erledigte Miko mit der Rückseite seiner Hand, die er von links nach rechts über Mund und Lippen zog.

Er kratzte sich an seiner rechten Stirnseite, obwohl sie nicht juckte, er wusste in diesem Moment nicht viel mit sich anzufangen. Aber er überlegte, ob er sich weiter in den Schlamassel hineinreden oder ein anderes Thema anschneiden sollte, zum Beispiel über Cosimas grünes Satinkleid. Er könnte sie ja fragen, was Satin eigentlich genau war, wie sich dieser Stoff anfühlte und ob man ihn leicht reinigen und bügeln konnte.

Er entschied sich rücksichtlos für die Revolte und fragte Cosima, ob sie wisse, dass Grün in der katholischen Liturgie eine extrem wichtige, geradezu existenzielle Farbe sei.

»Nein«, antwortete Cosima, und in ihrer Stimme lag die schwere Last des Desinteresses. Miko war erstaunt, wie abweisend so ein Nein sein konnte, schneidend knapp und eindeutig.

»Willst du es denn wissen?«, bohrte er.

»Ach Miko«, stöhnte sie leise.

Miko musste ihr all seine Gedanken mitteilen. Er hatte dieses Verlangen, als würde er eine Vase mit aufmunternden Blumen in einen leeren Raum stellen, um dessen Kargheit zu durchbrechen. *Es sind meine Gedanken, meine Blumen.* Er wollte sich nicht verstecken hinter all den unwahrhaftigen Wirklichkeiten, die nur konstruiert wurden, damit sie passten.

Er holte tief Luft, Cosima schaute ihn ratlos an, weil sie nicht wusste, weshalb er auf einmal tief Luft holte, und er fragte weiter: »Wusstest Du eigentlich, dass die katholischen Priester fast jeden Sonntag, außer an den Feiertagen, grüne Messgewänder tragen, um damit das Leben auszudrücken?«

»Nein.«

Miko schluckte das Nein und fuhr fort: »Ich habe im

Internet gelesen, dass Jesus das Leben als etwas Wachsendes beschreibt. Er spricht von Samen, die aufgehen und neues Leben entfachen.«

»Ach ja«, gähnte Cosima, die sich nun keine Mühe mehr gab, interessiert zu wirken.

70.

Dr. Kirsch und der Gerichtsmediziner Dr. Albert Justus kannten sich über die Jahre eher flüchtig. Über einen Small Talk waren sie kaum hinausgekommen. Aber sie hatten beide das Gefühl, dass sie sich schon häufiger intensiv ausgetauscht hätten. Diese Täuschung mochte an dem aktuellen Fall gelegen haben, der sie in kurzer Zeit häufiger zusammenbrachte. Denn Robert hatte viele Fragen zum Auffinden der Leiche und dem tödlichen Wirkstoff, und ob eine einzelne Person ohne Mithelfer den Mord verübt haben konnte.

Diesmal verabredeten sie sich zu einem Thema, das nichts mit dem Tod, sondern mit dem Leben zu tun hatte. Robert wollte mehr über Schönheitsoperationen wissen. Denn Justus hatte ihm einmal von einer Frau berichtet, die sich so lange operieren ließ, bis sie wie die berühmte Barbie-Puppe ausgesehen habe. »Sie hatte eine Fresse zum Reinhauen«, befand der Gerichtsmediziner.

»Wie läuft denn so eine Operation ab, ich meine, bevor man so eine Fresse zum Reinhauen bekommt?«, fragte Robert eher belustigt.

Justus stöhnte bedeutungsvoll. »Eine Operation? Um sich so ein Gesicht zu schnitzen, braucht man 30, 40 oder mehr Operationen. Wunden müssen verheilen, und denken Sie mal an die ständigen Narkosen. Das muss der Körper erst einmal alles abbauen, bevor es weitergeht.«

Robert massierte mit den oberen Schneidezähnen seine untere Lippe. Er suchte nach praktischen Anhaltspunkten, um sich die Prozedur der vielen Operationen auch für das Alltagsleben vorzustellen. Denn die vielen Eingriffe müssten zwischen Familie und Beruf integriert werden. Er wusste darauf keine Antwort, und Justus redete weiter. »Ich verstehe, dass sich Menschen mit einem enormen psychischen Leidensdruck unters Messer legen, um störende Details zu operieren. Wer sich aber ein neues Gesicht verschreiben lässt, verrät seine Identität. Ich fürchte, Herr Kirsch, dass diese Menschen seelisch sehr krank sind.«

»Ja, das stimmt, es geht grundsätzlich um die Würde des Menschen. Es gibt keine größere Würde, als sich zu akzeptieren und sich zu mögen. Erst daraus entstehen Liebe, Toleranz und Gelassenheit.«

»Ist denn das, was wir im Spiegel sehen, Ausdruck unserer Würde?«, fragte Justus eher unbeholfen. Er kümmerte sich um seelenlose Menschen, kalt und hart – tot. Er glaubte auch nicht an Gott. Er hielt ihn für ein Fabelwesen.

Robert schaute den Mediziner überrascht an. Dessen Frage nach der Würde betraf ein schwieriges Feld. Denn wie der Mensch sich selbst beurteilte, war für ihn eine Abfolge von Stimmungen, Erlebnissen und Gewohnheiten.

»Schwierig, schwierig«, murmelte Justus.

»Wir reden von seelisch kranken Menschen«, erklärte Robert. »Sie spüren womöglich nicht, dass sie ihre Würde verletzen.«

»Und so ist das mit dem Schönheitswahn?«, fragte Justus.

»Der Begriff sagt es ja bereits. Es ist ein Wahn.«

Robert versuchte das Gespräch auf die medizinische Seite zu lenken. »Mindestens 30 Operationen sind also erforderlich, um die äußere Identität eines anderen Menschen anzunehmen. Wie muss ich mir das vorstellen?«

Justus schaute konzentriert. »Erst einmal muss der Operateur bei einer aufwendigen Gesichts-OP das Gesamtkonstrukt aus Knochen, Nerven und Adern prüfen. Es gibt Fälle, da konnte der Patient anschließend nicht mehr richtig essen, sprechen, zwinkern oder durch die Nase atmen. Und dann geht es zur Sache. Unter- und Oberkiefer, die Wangenknochen und die Stirn müssen ausgerichtet und Lippen, Lider und Augen dem Vorzeigegesicht angeglichen werden. Also, das sind Hunderte von Schritten. Spektakulär.«

»Wissen Sie, wie teuer all diese Operationen sind?«

»Ab 50.000 Euro aufwärts. Aber das ist nur eine lauwarme Schätzung. Ein Mann, der so aussehen wollte wie eine männliche Puppe, hat für 125 Eingriffe rund 160.000 Dollar ausgegeben.«

Robert fragte sich in diesem Moment erneut, wie Freunde, Eltern, Geschwister, Arbeitskollegen, der Pfarrer und andere Leute aus der Kirche auf einen Menschen mit solchen Veränderungen reagierten.

Er massierte mit beiden Händen sein Gesicht, auf- und abwärts, als würde er es waschen. Er war müde, aber es war eine befriedigende Müdigkeit. Er dachte schon daran, diesen Fall in der renommierten Fachzeitschrift »Head Soul«, *Kopf-Seele,* zu veröffentlichen. Das würde ihm Reputation verschaffen. Seine Bücher würden sich besser verkaufen, und er könnte für seine Vorträge mehr Geld verlangen. Aber er wischte diese Gedanken dann doch beiseite. Er wollte heute nur noch mit seiner Tilda im »Irsina« schön essen gehen, ohne Gott, Kirche und eine verrückte Mörderin. Er freute sich auf Francesco und Jasmine.

71.

Kilian war wieder in seinem Raucherreservat. Sein Körper arbeitete. Er zog die Schultern hoch, steckte seine linke Hand in die Hosentasche, wieder raus, wieder rein, ging ein paar Schritte, dann zurück, bewegte seine Lippen, als würde er mit jemandem sprechen, sprach aber mit sich selbst. Er drückte die Zigarette aus, telefonierte und zündete sich eine weitere Zigarette an.

Er hatte von Robert erfahren, nach mehreren hypnotischen Sitzungen habe der Junge immer deutlicher erkannt, dass das Nummernschild nicht mit OB für Oberhausen, sondern mit BO für Bochum begann. Nach einigen Tests konnte Robert dies Kilian als Gewissheit mitteilen.

Der Kommissar musste kurz auflachen. War ein Buchstabendreher imstande, den ganzen Fall zu drehen?

72.

Miko nahm sich noch einmal die Fotos mit den geblitzten Autos am Tag der Beerdigung vor. Fest stand, dass die Frau, die den Jungen dazu animierte, einen Brief in den Polizeibriefkasten zu werfen, ein kleines, grünes Auto fuhr. Jetzt wusste er auch, dass sie aus Bochum kam. Tatsächlich sah er am Steuer eine Frau in einem kleinen grünen Auto mit Bochumer Kennzeichen. Sie trug eine großformatige Brille im Stil der 70er-Jahre, eine Baseballmütze, die schräg ins Gesicht gezogen war, und einen Schal, der locker um den Hals hing. Sie machte auf Miko den Eindruck, als käme auch sie aus der Modebranche. Er fragte sich allerdings, weshalb eine Frau aus der Modebranche so ein bescheidenes Auto fuhr. Und er fragte weiter, ob es Zufall war, dass ein grüner Kleinwagen aus dem Ruhrgebiet mit einer modisch anmutenden Fahrerin zum Zeitpunkt der Beerdigung durch diese Gegend fuhr? Fest stand jedenfalls, dass diese Autofahrerin nicht an der Beerdigung teilgenommen hatte. Denn die Polizei hatte alle Fahrzeuge auf den Parkplätzen vor der Kirche, vor dem Friedhof und in den Seitenstraßen fotografiert. Es könnte allerdings sein, dass sie an der Beerdigung teilnehmen wollte, es sich aber, aus welchen Gründen auch immer, anders überlegte. Er starrte ausdrucklos auf seine Kaffeetasse, als müsste er seine Gedanken hochkonzentriert einhegen, ihnen eine Struktur geben, um Substanz aus seiner Fotosichtung zu ziehen.

Cosima fragte ihn, ob er gerade meditiere.

»Ich denke nach, liebe Cosima.«

»Aha.«

Er verirrte sich mit seinen Gedanken, und Worte wie »Himmel«, »Kirche« und »Gott«, die er in den vergangenen Wochen so häufig gehört hatte, mischten sich in seinem Sammelsurium. Und er verharrte wieder bei der Farbe grün, katholisches grün, grünes Auto. Er wusste, dass viele Bauern auf grün lackierte Autos standen, aber eine junge Frau? »Miko«, fragte Miko sich, »rede ich jetzt Unsinn?«

Wehmut beschlich Kilian, besser gesagt, eine Melancholie, die er selbst nicht enträtseln konnte. Lebend war er Chira Walldorf nie begegnet. Auf ihrem Totenbett war sie schon in einer anderen Welt. Ob es in dieser Welt tatsächlich einen Gott gab? Was machte dieser Gott bloß den ganzen Tag? Sprach er mit jemandem? Jedenfalls war er angesichts der Not in der Welt nicht sehr handlungsfähig, meinte er.

Kilian starrte auf das Bild in seinem Büro. Es zeigte ihn mit Charlotte und den Kindern, wie sie den Sonnenuntergang auf der griechischen Insel Zakynthos an der Seite mächtiger Felswände verfolgten. Er schüttelte den Kopf, weil der Sonnenuntergang einen merkwürdigen Kontrast zu seiner jetzigen Stimmung setzte. Er dachte an Sonnenaufgang, an das Werden des Tages – an das Leben. Aber die Urlaubsromantik bevorzugte offenbar Sonnenuntergänge.

Miko ließ sich die Frau im grünen Auto mit dem Bochumer Kennzeichnen von den Technikern vergrößern. Er fragte sich, weshalb eine Frau im Frühling im Auto einen Schal trug und eine Baseballmütze, die ihr ins Gesicht rutschte. Innerlich wehrte er sich dagegen, irgendein Indiz darin zu erkennen. Da saß eine modische und zu warm gekleidete Frau in einem billigen Auto – »na und?« Je intensiver er sich allerdings das Foto ansah, desto mehr fühlte er sich an etwas erinnert. Aber er konnte es nicht richtig einordnen. Dahinter verbarg sich eine vage Vorstellung von einer Frau, die er glaubte, schon einmal gesehen zu haben. Er wurde wütend auf sich, weil ihm das Gesicht keine Botschaft sandte. Er kannte dieses Gefühl anlässlich der Suche nach einem Wort, das ihm partout nicht einfallen wollte, und wenn er gar nicht mehr daran dachte, war es auf einmal da.

Und tatsächlich, die Erinnerung kam. Aus vagen Bildern, die sich nur schemenhaft offenbarten, wurde ein klares Profil. Er hatte mit ihr Präsidium gesprochen.

Cosima tippte ein paar Daten in ihren Computer und stellte fest, dass das geblitzte Auto tatsächlich auf diese Frau zugelassen war.

Zusammen mit einem Beamten der Bochumer Polizei fuhr sie zu ihrer Wohnung. Der Weg führte durch ein älteres Villenviertel mit üppigen Vorgärten. An den Mauern hingen Kameras und Alarmanlagen. Dann begann ein Neubaugebiet mit dreistöckigen Gebäuden, und in der Sackgasse links befand sich das Haus, das erst seit einigen Monaten bezugsfertig war. Der Garten war noch nicht angelegt und der Bürgersteig mit Brettern notdürftig begehbar gemacht.

»Teuer hier«, meinte der Kollege von der Bochumer Polizei. Sie schauten durch die Fenster und sahen eine möblierte Wohnung im Ruhezustand. Kein Mensch. Keine umherliegenden Sachen. Der Briefkasten quoll mit Werbeblättchen über.

»Sie ist wahrscheinlich im Urlaub und hat vergessen, jemanden zu bitten, dass er sich um den Briefkasten kümmern soll.«

Aber die Selbstsuggestion funktionierte nicht. Am liebsten würde sie die Feuerwehr rufen, um die Eingangstür aufbrechen zu lassen, aber ohne einen konkreten Verdacht, dass sich zum Beispiel eine hilflose oder tote Person im Hause befinden könnte, wäre das Rechtsbruch. Sie rief Miko an, er solle auf die Schnelle einen Hausdurchsuchungsbeschluss besorgen.

»Du hast es aber eilig.«

»Mach schon.«

Gut zehn Kilometer von hier entfernt, wohnten ihre Eltern in einem Spitzdachhäuschen einer ehemaligen Bergarbeitersiedlung.

Kilian fuhr ebenfalls nach Bochum, um die Eltern zu besuchen.

Er saß mit ihnen am Küchentisch. Die Mutter von Sara Saale holte gemusterte Tassen und Untersetzer. Die Butterkekse hatte sie selbst gebacken. Im Erker hing ein Holzkreuz mit einem Heiland aus Metall.

Sie hatte verweinte Augen, schniefte immer wieder in das Papiertaschentuch. Ihr Mann hielt ihre Hand. Er saß gebeugt auf seinem Stuhl und schaute auf die Plastikdecke.

»Kaffee ist gleich durch«, sagte sie. Kilian lächelte. Ihn ergriff die gedrückte Stimmung in diesem Haus, das wohl schon lange kein Lachen mehr gehört hatte. Er schwieg sich in das Schweigen hinein. Und der Vater stellte fest: »Sie kommen wegen unserer Tochter.«

Kilian nickte.

Die Mutter schenkte den Kaffee ein. Der Vater reichte Kilian den Teller mit den Butterkeksen.

Die Mutter beteuerte, ihre Liebe zu ihrer Tochter sei grenzenlos.

Der Vater nickte.

»Wie geht es Ihrer Tochter?«, fragte Kilian. Er wunderte sich selbst, dass er nicht zuerst nach dem »Wo« gefragt hatte.

»Sie hat eine schwere Zeit hinter sich. Wir haben sie länger nicht gesehen, sie brauchte Abstand«, sagte die Mutter weinend.

Der Vater holte tief Luft. »Sie war unglücklich mit sich selbst und der Welt. Sie glaubte, sie müsste sich verändern, um wieder glücklich zu werden.«

»Glücklich?«, fragte Kilian vorsichtig.

»Essen Sie doch ein Plätzchen«, forderte die Mutter ihn auf.

»Ich würde gern mit Ihrer Tochter sprechen.«

Die Mutter schaute zunächst ihren Mann an, ehe sie dann sagte: »Wir glauben, dass sie mit diesem Mann aus Düsseldorf im Urlaub ist, mit dem ist sie ja häufiger zusammen, was uns gar nicht recht ist, weil er nicht zu ihr passt. Er macht einen verdorbenen Eindruck. Wir haben ihn nur zweimal gesehen …«, dann stockte sie plötzlich mitten im Satz.

»Wer ist dieser Mann?«

»Ach, der hat ein Tanzlokal«, antwortete sie mit einer wegwerfenden Handbewegung. Dabei fiel ihr das Taschentuch auf den Boden.

»Eine Diskothek oder Club wie das heisst«, korrigierte der Vater hastig. »Aber er ist ein böser Mensch. In ihm steckt der Teufel, und der Teufel sucht sich immer die Menschen aus, die unseren Heiland, seine Liebe und Barmherzigkeit bekämpfen wollen.«

»Warum der Teufel?«, fragte Kilian mit leiser Stimme.

Der Vater riss die Augen weit auf. Er verharrte schweigend, schaute seine Frau an, sie schwieg auch. Dann sagte er sehr überlegt: »Herr Kommissar, es geht nicht darum, dass er ein ungläubiger Mensch ist. Er ist auch noch stolz darauf, mit Gott nichts zu tun zu haben.«

Als Kilian ging, standen auch dem Vater Tränen in den Augen. Er führte noch einen Satz durch sein anschwellendes Schluchzen und blickte dabei den Kommissar treuherzig an.

»Unsere Tochter ist ein guter Mensch. Gott liebt sie.«

Kilian nickte.

73.

Sie trug ganz in Schwarz einen knielangen Rock mit einer figurbetonten Jacke. Das Gesicht verhüllte sie mit einem schwarzen Schleier, als stünde sie auf einem Friedhof in Sizilien und ihr Mann, ein bekannter Mafiaboss, würde zu Grabe getragen. Möglich wäre auch eine Audienz beim Papst, allerdings ohne die volle Verdeckung des Gesichts, denn der Nachfolger auf Petri Stuhl mag es nicht, wenn die Schöpfung des Herrn sich versteckt.

Die Pfeifen der Orgel pressten die Töne langsam heraus, wie ein warmer Strom flossen sie durch das Kirchenschiff.

Um ihre Hand mit den lackierten und polierten Fingernägeln lag ein Rosenkranz, neben ihr ein verknülltes Taschentuch. Der Beichtstuhl schien sie herausfordernd anzuschauen. Sie zitterte, auf ihrer Stirn bildete sich eine perlende Feuchtigkeit, die sie behutsam abtupfte, um Struktur und Farbe ihres Makeups nicht zu gefährden. Sie versuchte sich abzulenken, indem sie die Perlen des Rosenkranzes zählte, obwohl sie die Anzahl der Perlen kannte. Vielleicht rechnete sie auch mit einer Überraschung: Alles käme ganz anders, ihre Vorausschau würde nie Wirklichkeit.

Die Sonne, die sich einen kurzen Blick durch die Wolken verschaffte und ihre Haut mit einem Hauch von Wärme erfasste, kam ihr für einen kurzen Moment wie der Schein eines Engels vor, der ihr im Auftrag des Heilands eine frohe Botschaft verkündete, aber die Wolken versiegelten die Sonne wieder, und das Kirchenschiff fiel zurück in seine verdunkelte Gestalt.

Langsam, als müsste sie gestützt werden, stand sie auf und hielt sich an der Ablage für die Gebetsbücher fest. Die Kirche war fast leer, sie hörte nur vereinzeltes Gehen und Husten, auch mal ein Flüstern, denn in der Kirche flüstert man. In der Kirche herrschte immer Andacht, auch wenn keine Messe war.

Nur zwölf Schritte trennten sie vom Beichtstuhl.

Zwölf Stationen, dachte sie. Zwölf Stationen hatte Jesus auf seinem Weg zur Kreuzigung zurückgelegt. Ein Weg des Leidens, der Erniedrigung und des Todes. Er war diesen Weg gegangen, um die Menschen vom Tod zu erlösen. Jetzt ging sie diesen Weg.

»Verstehen die Menschen, dass auch ich mein Erlösungswerk verrichten musste? Versteht das der Pfarrer im Beichtstuhl?«

Eine dumpfe Wärme schoss durch ihren Kopf, und Hitze stieg auf, als käme das Herz mit dem Pumpen des Blutes nicht mehr nach, ihre Sinne verdrehten jeden klaren Gedanken. »Gib acht, gib acht, was passiert gerade mit mir?«

Die erste Station.

»Ist es der Teufel, der durch mein Gehirn tanzt und mich antreibt, vertreibt … treiben lässt? Reiß dich zusammen, achte auf deinen Schritt, gehe langsam, langsamer, atme mit jedem Schritt, es geht um die Wahrheit, meine Wahrheit, mein Leben, Gott weiß es. Gehe aufrecht und falte die Hände, die Andacht beginnt mit Form und Stil.«

Die zweite Station.

»Ich kann nicht mehr umkehren, keiner zieht mich aus meinem Weg, was ich gleich sagen muss, sind nur Worte, Buchstaben, stinkende Phrasen, die der Teufel auf meine Zunge legt, Worte, die ich selbst nicht kapiere, Worte, die mein Leben nicht kapieren, Worte, die Gott nicht kapieren, es geht nicht mehr ums Kapieren, es geht um die Erfüllung, ich melde mich bei meinem Heiland ab.«

Die dritte Station.

»Das Holz des Beichtstuhls sieht aus wie ein Sarg, totes

Holz für eine tote Wahrheit, was ich bin, bin ich nicht mehr, mein Gesicht ist eine Lüge, die Lüge war eine Hoffnung, die Hoffnung hat Gott nicht erkannt, ich erkenne mich selbst nicht mehr. Ich bin geboren worden, um Gott gerecht zu werden, aber diese Gerechtigkeit führte mich ins Unheil.«

Die vierte Station.

»Durch meinen Magen schleichen Geister, ich spüre grummelndes Drücken, Luft, Luft, noch so weit bis zum Beichtstuhl, und doch so nah, ich muss dort hin, ich will aber nicht, was will ich denn, darum geht es jetzt nicht mehr.«

Die fünfte Station.

»Mein Gott, mein Gott, warum hast du mich verlassen, ich habe dir mein Opfer dargeboten als Zeichen meiner Liebe, ich habe alles, was ich an Energie, Mut und Zuversicht in mir habe, aus meinem Körper gerissen, um es dir zu schenken.«

Die sechste Station.

»Ich bin eine Hexe, warum gibt es keine Scheiterhaufen mehr, ich würde so gern das Feuer spüren, das meine Sünden den Flammen übergibt, bis ich zu Asche geworden bin, zu einem Nichts, nichts mehr da, nichts.«

Die siebte Station.

»Maria Mutter Gottes, ich wollte so schön sein wie du, ich wollte dem Himmel ein Gebet meiner Schönheit senden, denn Schönheit bedeutet Reinheit, was ich zeige, bin ich auch, doch heute weiß ich, das ich gar nicht ich bin, ich berühre mein Gesicht, um mich zu spüren, aber das ist alles nur Fantasie.«

Die achte Station.

»Was erwartet mich im Angesicht des Herrn? Ich habe gedient, aber ich habe meinen Dienst nicht erfüllen können. Ich wollte ein Soldat für seine Liebe und eine Kämpferin für seine Barmherzigkeit sein, aber ich fühle nur die schwielige Hand des Teufels, die mich nicht mehr loslässt.«

Die neunte Station.

»Wenn ich gut sein will, muss ich das Böse aushalten, aber ich bin ein Mensch und kein Gott, ich bin ein Mensch auf Erden und kein Gott im Himmel, ich möchte lobpreisen meine Sünde, denn mit meiner Sünde habe ich dir mein Leben geschenkt.«

Die zehnte Station.

»Die Ehrfurcht packt mich, sie ringt mich nieder und entführt meine Seele, wie kann ein Körper ohne Seele sein, ich bin eine Maschine, die wie ein Mensch aussieht. Habe ich gelebt und geliebt wie eine Maschine? Waren meine Tränen nur Schmieröl, mein Denken und Träumen nur ein Computerprogramm?«

Die elfte Station.

»Noch zwei Schritte. Süßer Tod, komm schon, komm mir näher, ich habe dich lieb, zeige mir deine Welt, in der es keine Blumen gibt, kein Lachen und keine Zuversicht, in der es schwarz und kalt ist, wo nichts mehr gedeiht, hier herrscht ewige Sille.«

Die zwölfte Station.

»Hier bin ich, mein Gott, oder bist du nicht mehr mein Gott, ich weiß nicht, wer du bist oder wer du sein sollst, ich weiß auch nicht, wer ich bin oder wer ich sein soll, das Band meines Lebens, das mit der Geburt begann, löst sich heute auf, es geht nicht darum, dass ich noch lebe, es geht darum, ob ich mich noch Mensch nennen kann.«

Der Beichtstuhl war eng, ein Holzgitter trennte sie vom Priester. Gitter! Enge! Zelle! Gefangen! Schuld und Sühne. Leben bedeutet Schmutz, der sich in den Ritzen des Lebens einnistet, und der Beichtstuhl war die Hygieneanstalt, um aus elenden Sündern porensaubere Menschen zu machen.

Der Priester fragte leise: »Was kann ich für dich tun, was führt dich zu mir?« Er presste sein Ohr begierig an das Holzgitter.

»Ich bin hier, weil ich hier sein muss«, antwortete sie, als würde sie Anlauf nehmen für einen Weitsprung, immer weiter und weiter, du schaffst es.

Sie spürte den Atem des Priesters, es schien, als hätte er ein süßliches Parfüm aufgetragen. »Was bedrückt dich?«

Seine Stimme war ölig-weich, aber fordernd. »Nimm diesen Ort an, um dich zu reinigen von deinen Qualen und deiner Schuld.«

»Ich bin hier, weil ich Gott mit meiner neu errungenen Schönheit gefallen wollte. Gott hat mich nicht gemocht. Gott hat mich mit meinem Aussehen gestraft. Ich fühlte mich hässlich.«

»Schöpfung ist keine Frage der Schönheit, Schöpfung bedeutet nur eines: nämlich Liebe«, verkündete der Geistliche.

»Ich habe diese Liebe nicht gespürt, deshalb habe ich mich schöner gemacht.«

»Und das heißt?«, fragte der Priester zögerlich nach.

»Ich bin jetzt schön, aber meine Schönheit ist nur geliehen.«

»Geliehen?«

»Ihr Gesicht ist jetzt im Himmel.«

»Im Himmel? Um Gottes willen!«

»Ich habe ein totes Gesicht, weil ich einen Tod verursacht habe.«

»Verursacht?«

»Verursacht, Hochwürden. Verursacht.«

Eine Stille lastete im Beichtstuhl wie geklebte Luft, sie spürte, was Leben bedeutete, es war …

»Du hast jemanden umgebracht«, flüsterte der Priester.

Kein Wort der Beichte durfte nach außen dringen.

NACHWORT

Dr. Robert Kirsch war wieder in die Kirche eingetreten. Seine Frau Tilda kommentierte: »Du spinnst.«